FOLIO POLICIER

Pierre Magnan

Le tombeau d'Hélios

Gallimard

Retrouvez Pierre Magnan sur son site Internet :
www.lemda.com.fr

ESSAI D'AUTOBIOGRAPHIE

Auteur français né à Manosque le 19 septembre 1922. Études succinctes au collège de sa ville natale jusqu'à douze ans. De treize à vingt ans, typographe dans une imprimerie locale, chantiers de jeunesse (équivalent d'alors du service militaire) puis réfractaire au Service du Travail Obligatoire, réfugié dans un maquis de l'Isère.

Publie son premier roman, *L'aube insolite*, en 1946 avec un certain succès d'estime, critique favorable notamment de Robert Kemp, Robert Kanters, mais le public n'adhère pas. Trois autres romans suivront avec un égal insuccès. L'auteur, pour vivre, entre alors dans une société de transports frigorifiques où il demeure vingt-sept ans, continuant toutefois à écrire des romans que personne ne publie.

En 1976, il est licencié pour raisons économiques et profite de ses loisirs forcés pour écrire un roman policier, *Le sang des Atrides*, qui obtient le prix du Quai des Orfèvres en 1978. C'est, à cinquante-six ans, le départ d'une nouvelle carrière où il obtient le prix RTL-Grand public pour *La maison assassinée*, le prix de la nouvelle Rotary-Club pour *Les secrets de Laviolette* et quelques autres.

Pierre Magnan vit avec son épouse en Haute-Provence dans un pigeonnier sur trois niveaux très étroits mais donnant sur une vue imprenable. L'exiguïté de sa maison l'oblige à une sélection stricte de ses livres, de ses meubles, de ses amis. Il aime les vins de Bordeaux (rouges), les promenades solitaires ou en groupe, les animaux, les conversations avec ses amis des Basses-Alpes, la contemplation de son cadre de vie.

Il est apolitique, asocial, atrabilaire, agnostique et, si l'on ose écrire, aphilosophique.

P. M.

À Rosette Garbiès

Paterne Lafaurie traitait ses pommiers à la bouillie d'hiver. Autour du tracteur, en une irisation d'arc-en-ciel, le pesticide pulvérulent jaillissait jusqu'à dix mètres alentour. La bruine se répandait sur les branches taillées et le peu d'herbe épargnée par les défoliants. Elle dégoulinait aussi sur la combinaison spéciale plastifiée, destinée à garantir l'opérateur contre cette ondée délétère.

Il s'accoutrait ainsi pour faire plaisir à sa vieille mère, mais il n'allait pas jusqu'à utiliser le masque. Car c'était un fumeur invétéré et comment fumer avec un filtre sur la bouche? En outre, il n'y croyait pas, lui, à la légende des pesticides. Ses voisins, prudents, osaient à peine dépasser les doses prescrites. Lui, il les majorait de vingt pour cent.

C'était un homme naturellement coléreux, mais ce jour-là, particulièrement, il grimaçait de fureur. Il y avait de quoi... D'abord, au milieu à peu près de la rangée d'arbres longue de deux cent cinquante mètres, le vent, jusque-là nul, s'était mis de la partie. Il soufflait plein sud. De sorte que rabattue vers l'avant du tracteur, la pulvérisation turbulente et mal orientée enveloppait le machiniste, ruisselait sur sa figure. A chaque bouffée de cigarette, il aspirait ainsi une bonne lampée du cocktail savamment dosé dont il avait bourré le réservoir de la turbine d'où la pompe l'expulsait.

Et comme si ça ne suffisait pas, tout à l'heure, au début de la raie, il avait aperçu, mal garée sur le talus, la voiture de Jean-Luc, ce feignant, ce fils d'agriculteur soi-disant biologique qui tournait autour de Léone, sa fille.

Et ce n'était pas tout encore : il lui avait fallu se déranger pour aller engueuler ses journaliers arabes qui avaient interrompu la taille pour se chauffer autour d'un feu de sarments. Au prix que coûtait l'heure d'un manœuvre! Ah, elle n'était pas enviable, la condition d'exploitant agricole!... D'autant que, ayant déversé sa bile, alors qu'il revenait maugréant vers le tracteur, il lui avait bien semblé voir s'enfuir au loin une silhouette furtive qui se coulait parmi les branches enchevêtrées, sous la protection d'un casque rouge de cyclomotoriste. Mais là, il s'était cru le jouet d'une illusion. Ce n'était pas possible qu'on vînt le narguer d'aussi près, à domicile... Heureusement, les choses allaient bientôt changer, balayer les difficultés, lui offrir de plus riantes perspectives et le venger...

Pourtant, cette pensée ne le déridait pas. Il ruminait dans sa tête tous ces contretemps, toutes ces avanies, propres à entretenir sa colère et ses vingt-deux de tension.

Il jeta son mégot, enclencha le système de sécurité qui lui permettait d'avoir les mains libres pendant que le tracteur poursuivait sa route rectiligne. Il fouilla ses poches intérieures à la recherche d'une cigarette qu'il colla entre ses lèvres mouillées de bruine aux pesticides. Ce liquide aujourd'hui avait un curieux goût. Là-bas, loin devant, le mur du hangar à paille limitait sa vue au bout de la rangée de pommiers. Il lui parut plus proche que d'habitude. Il lui parut que l'air étouffait soudain.

Il ouvrit largement la bouche comme un poisson noyé. La cigarette lui tomba des lèvres sur le ciré ruisselant.

Le tracteur continua tout droit son bonhomme de chemin. Au bout de la rangée d'arbres, il en sortit, toujours crachant son nuage délétère. Il traversa l'aire en terre battue qui le séparait des bâtiments. Il défonça un grand cube de caisses de pommes sorties la veille du frigo. Elles attendaient là d'être portées à la voirie où on les souillerait de fuel avant de les enfouir. La bouillie toujours jaillissant de la pompe les aspergea en totalité. Un paon qui faisait la roue en fut transformé en oiseau gris cendre. Il se mit à pousser des « Léon » éperdus.

Le tracteur écorna au passage une pile de barils de défoliant vides, peints en vert qui s'écroulèrent en un tintamarre de fin du monde. Enfin, il alla terminer sa course contre le mur de balles de paille qui protégeait le hangar métallique.

C'était là, derrière, que Léone et Jean-Luc faisaient l'amour. Le rempart de balles s'écarta devant eux, en un éboulement. Ils virent le mufle du tracteur dont le moteur cala. Ils virent Paterne Lafaurie auréolé de bouillie cuprique qu'irisait le soleil derrière lui. L'ombre propice soudain dissipée les laissait sans défense. Ils étaient là, à genoux, dépoitraillés, déculottés, les yeux écarquillés.

« Merde, mon père! » s'exclama Léone.

« Si jamais je te prends dans le pailler avec Jean-Luc ou un autre, je t'*estardasse*! » lui avait-il promis. A évoquer ce mot dialectal chargé de tant de haine, Léone à l'instant retrouva parfaitement sa lucidité. Jean-Luc se recroquevillait dans le poussier, tentant de se rajuster, de donner le change.

Ils regardaient fixement le visage ruisselant de pesticide de Paterne sous son capuchon; un rictus de méchanceté burinant ses méplats, son front barré de rides impitoyables. Alors, ils découvrirent avec stupeur qu'il commençait à glisser en avant, qu'il avait les yeux vitreux.

« Merde! Il est mort! s'exclama Léone incrédule.

– L'abricotier en fleur! cria Jean-Luc.

– Imbécile, tais-toi! Et va-t'en! Va-t'en! »

En un éclair, elle mesurait sa nouvelle situation.

Un père, même mauvais, c'est une toiture. Elle venait d'être emportée. Qui retournerait le sol sous les pommiers, discuterait âprement avec les courtiers? Qui irait manœuvrer contre les messieurs du Crédit Agricole? Léone revit sa mère : une femme blonde et élégante qui passait sa vie à claquer la portière de sa voiture. Elle arrivait, elle repartait... Le reste du temps elle suivait des cours d'expression corporelle quand elle ne s'essayait pas aux techniques de méditation transcendantale. « Bonne à rien! » résuma Léone. Et l'oncle! L'oncle! Léone en eut froid dans le dos. L'oncle allait arriver : copie conforme de son frère, insatiable, auquel ses trois cents hectares suffisaient à peine et qui se sentait assez d'appétit pour en avaler le double.

« Le fumier! souffla Léone.

– L'abricotier en fleur! » répéta Jean-Luc à quatre pattes, les narines dilatées et qui ne quittait pas le cadavre des yeux.

Léone replaça ses seins dans le soutien-gorge avec beaucoup de décision. Elle écarta Jean-Luc d'un coup de coude comme si elle ne l'avait jamais connu.

« Ramasse-toi et fous le camp! souffla-t-elle. J'ai pas besoin de scandale! »

Elle surveilla sa fuite le long des berges du canal d'arrosage jusqu'à ce qu'il eût disparu. Elle s'ébouriffa les cheveux. Et c'est seulement alors qu'elle se mit à hurler de désespoir comme une fille qui vient de perdre son père.

A soixante à l'heure, comme il convient à ceux qui doivent donner l'exemple, la voiture de Laviolette se traînait entre Volx et Manosque. A ses côtés, le juge Chabrand contemplait fixement la chaussée.

Ils étaient encore abasourdis par le dénouement bizarre de l'énigme de Ganagobie qu'ils venaient de résoudre.

Derrière eux, cinquante véhicules se résignaient à cette allure majestueuse.

« Des pommes! dit soudain le juge. On vend des pommes. Regardez! »

Laviolette vit un écriteau : « Pommes à vendre », sur une aire de dégagement, mais s'il y avait bien un sac de fruits, en enseigne, contre un vieux cageot, l'éventaire – fait de quelques tréteaux – était désert.

« Vous voyez bien qu'il n'y a personne! répondit-il au juge.

– N'importe, dit Chabrand. Il me faut des pommes. Prenez ce chemin de terre, là à droite. Il doit conduire à la ferme...

– Minute! Que je ralentisse encore, que je mette mon clignotant et, s'il vous plaît, veuillez avoir l'obligeance de baisser la glace et de tendre le bras horizontalement. Là! Et agitez-le! »

Le juge haussa les épaules.

« Le clignotant, vous ne croyez pas que ça suffit? »

La voiture cahotait maintenant sur l'un de ces chemins de ferme creusé de fondrières par les tracteurs.

« Qu'est-ce qu'il fait celui-là? » dit Chabrand.

Un grand gosse dégingandé traversait une jachère en courant. Le juge le suivit des yeux, le vit qui s'engouffrait dans une voiture rouge et démarrait.

« Pourquoi diable, demanda Laviolette, cette soudaine envie de pommes?

– Pas soudaine, dit le juge, raisonnée!... Ma provision est épuisée et vous savez bien qu'à la suite de mon hépatite virale...

– Ah oui, c'est vrai, grommela Laviolette, votre hépatite!... »

Il le regarda du coin de l'œil. Effectivement, le teint du juge rappelait ces coings de décembre qui tournent lentement du vert au jaune, sur quelque cheminée de campagne.

« Attention! cria le juge en saisissant Laviolette par le bras. Vous allez l'écraser! »

Une fille échevelée, blonde, de peut-être dix-huit ans, fonçait vers eux de toute la vitesse de ses jambes robustes.

Elle s'abîma dans les bras du juge qui venait opportunément de mettre pied à terre.

« Mon père! criait-elle. Mon père! Il est mort! Venez vite! Il est mort!

– *Léon! Léon! Léon!* »

Derrière la fille, un fantôme de paon gris cendre ameutait le quartier de son cri alarmant. Le solvant du pesticide qui l'avait douché, en séchant autour de ses rémiges les avait raidies. Il ne parvenait plus à refermer sa roue.

« Où est-il, votre père? » demanda le juge.

Laviolette aussi était descendu. Il contemplait la pagaille environnante semée par la course folle du tracteur, arrêté, en équilibre instable sur ses roues de gauche, contre les balles de paille qui avaient stoppé sa course.

Un homme était resté accroché par le pied à la pédale d'embrayage. Son corps écroulé touchait le sol par les bras et la tête. Il était manifestement mort.

Les cris du paon et ceux de la fille qui se tenait la tête à deux mains sans cesser de hurler, avaient rempli leur office. Des journaliers surgissaient de dessous les pommiers, accouraient à la rescousse. De la villa moderne à l'écart des bâtiments de ferme, une vieille femme sortait, un tricot à la main. Elle trottait de toute la vitesse de ses vieilles jambes et à mesure qu'elle découvrait le spectacle, sa bouche s'ouvrait sur un cri qu'elle ne parvenait pas à articuler.

« Grand-mère! Mon père! Mon père! » hurlait la jeune fille.

Il y avait maintenant un groupe compact autour du mort. On le saisissait, on l'emportait, on le rentrait dans la villa. Mais la fille s'y était précipitée avant tout le monde et derrière les vitres du rez-de-chaussée, on la voyait maintenant qui téléphonait.

Personne ne faisait attention au commissaire ni au juge. Laviolette saisit Chabrand par le bras.

« Si vous voulez m'en croire, dit-il, pour vos pommes, c'est râpé. Nous avons un rendez-vous gastronomique à douze heures trente et ici nous ne sommes d'aucune utilité... »

Il avait poussé doucement le juge dans la voiture. Il avait démarré.

« Mais, dit Chabrand, ce n'est pas un peu cavalier ce que nous faisons? Ça ressemble à une fuite...

– Mon cher juge, répondit Laviolette après avoir manœuvré pour repartir, la dernière fois que j'ai attendu auprès d'un cadavre, c'était à Sisteron et j'en ai eu pour trois mois avant de pouvoir repartir...

– Pauvre petite!... murmura le juge.

– J'admire, dit Laviolette, que le désespoir de cette belle fille ait retenu votre attention bien plus que celui de sa grand-mère à râtelier. Et pourtant, dans ce spectacle navrant, quelque chose clochait. Je ne sais quoi d'ailleurs...

– Vous ne pourriez pas préciser votre pensée?

– Oh, c'est très simple dans le fond... La mère, la fille, les journaliers... On avait bien l'impression qu'ils s'attendaient tous depuis longtemps à quelque chose comme ça... »

Un fourgon de réanimation tourna dans le chemin de terre comme ils en sortaient. Et à sa suite, une décapotable gris fer que conduisait une femme blonde fonça elle aussi vers la ferme.

« Je mettrais ma main à couper qu'il s'agit de l'épouse, dit Laviolette. Elle va recevoir un choc... »

« Il me semble, dit l'inspecteur du groupe au directeur de l'agence, que, en l'occurrence, nous aurons du mal à obtenir le feu vert...

– Ah, vous exagérez! Comment! Un client de toujours! Que dis-je! Un client de père en fils de toujours! Son grand-père avait déjà toutes ses assurances chez le mien. Et vous pouvez consulter le fichier : jamais un seul sinistre! Ni incendie ni accident de voiture. Pas ça!

– Oui mais cette fois ça rembourse tout d'un coup et au centuple. Cent millions! Mâtin! Il s'estimait cher, votre Lafaurie. »

Le directeur particulier écarta les bras.

« Que voulez-vous! On ne peut pas toujours gagner à tous les coups!

– Je n'aime pas beaucoup, dit l'inspecteur, cette sentence dans la bouche d'un agent de province...

– Navré! dit sèchement le directeur, mais vous pouvez consulter nos statistiques : notre région est leader, aussi bien pour la ponctualité du règlement des primes que pour la rareté des sinistres. Et chaque année, nos clients se garantissent davantage. A votre place, j'hésiterais à jeter un froid sur leur tranquillité d'âme. *Eux*, ils se croient à l'abri...

– Tout ce que vous voudrez! Mais nous ne sommes pas des philanthropes. Et quand nous versons cent millions, nous aimons savoir qu'à notre tour nous sommes bien garantis.

– J'avoue ne pas très bien comprendre où vous voulez en venir avec le dossier Lafaurie.

– A ceci : je balance si au bas de mon rapport préliminaire, je ne vais pas inscrire : " Il y a apparence de tentative de suicide... " »

Le directeur leva les yeux au ciel :

« Un homme qui avait vingt-deux de tension! Un début d'angine de poitrine! Un homme qui avait de l'urée dans le sang. Un homme auquel le docteur Magloire, en prenant le pastis en sa compagnie, répétait tout le temps : " Paterne! Tu creuses ta tombe avec tes dents! " »

L'inspecteur secouait la tête, à cette énumération, mal convaincu.

« Vous parliez de statistique : vous seriez étonné du nombre de gens qui vivent vieux avec 22 de tension, de l'urée, etc. Non! Avouez! Depuis deux ans cet homme double la dose de pesticide dans son pulvérisateur! Sa combinaison protectrice est toute trouée. Il fume en sulfatant, ce qui est rigoureusement interdit et contre toutes les règles, il se refuse à mettre le masque! En outre – ce qu'aucun de ses pareils n'oserait faire – quand le vent tourne, il s'obstine dans la même direction! Alors qu'il lui reste cent cinquante mètres de la rangée à traiter... Connaissant la nocivité du produit et sa propre fragilité, il semble que l'accusé... Euh! Je veux dire la victime, ait au moins péché par imprudence...

– Ça ne fait pas un suicide...

– Ça se plaide... En fouillant dans sa vie privée, on trouverait bien une raison...

– Je voudrais bien savoir comment vous vous y prendriez?

– Eh bien d'abord, en persuadant la famille qu'elle a intérêt à provoquer une autopsie...

– Une autopsie! Mais le docteur Tronquet a délivré le permis d'inhumer! »

L'inspecteur fit la moue.

« Le docteur Tronquet est jeune. Il a pu se fier davantage au passé pathologique de... la victime qu'à ses observations personnelles. Autrement dit, fort d'un bilan de santé qui expliquait la mort, il a pu ne pas chercher plus loin...

– Fort bien! Et si la famille refuse?

– Eh bien c'est nous alors qui porterons plainte contre X – en l'occurrence la victime – pour tentative d'escroquerie.

– Et si l'autopsie est négative? Si comme tout porte à le croire, les pesticides n'y sont pour rien?

– Dans ce cas, soupira l'inspecteur, que voulez-vous? Nous verserons les cent millions, mais du moins nous ne l'aurons pas fait sans combattre. Notez bien que, dans n'importe quel cas, l'autopsie avantage la famille car, si la nocivité des pesticides se révèle déterminante, ils perdent en partie nos cent millions, mais en revanche ils peuvent se retourner contre le fabricant du produit.

– Oui, eh bien, ce n'est pas moi qu'il faut essayer de convaincre. C'est la famille.

– Justement! Je me disais qu'une petite visite de convenance ne manquerait pas...

– Comment! Mais le cadavre n'est pas encore en bière! Vous n'allez pas déranger cette famille éplorée.

– Mon cher, la douleur c'est une chose et cent millions ça en est une autre. Ils comprendront très vite d'ailleurs... Les familles comprennent très vite...

– Quel métier! gémit le directeur.
– Vous en vivez mon cher, vous en vivez! Et largement! A propos nous prenons votre Passat ou ma Volvo? »

Paterne était là, austère, sérieux, un peu désolé, comme il convient à un cadavre qui n'a pas eu le loisir de modeler son dernier visage.

On avait transformé son bureau en chapelle ardente afin de ne pas obliger les visiteurs à monter un étage. Et puis, Fabienne, la veuve, avait dit tout de suite qu'elle ne supporterait pas de coucher dans une chambre où elle aurait vu son mari mort.

La famille recevait les condoléances dans la salle à manger attenante. On avait descendu des chambres, les chaises des grandes occasions. Elles étaient alignées, serrées autour de la table et le long des murs. On avait tourné l'écran de télévision vers la cloison. C'était le frère du Paterne – celui auquel trois cents hectares de plus n'auraient pas fait peur – qui avait eu cette idée.

« Sans ça, dit-il, ils vont se figurer que ce soir on prendra les informations comme d'habitude... »

La veuve ne feignait pas la douleur. Son beau front d'intellectuelle très pâle, ses belles jambes croisées une cheville sur l'autre, elle offrait l'image de la parfaite dignité, sans plus.

Debout derrière sa mère, Léone surveillait l'entrée. Elle gardait la tête froide. Son amour pour son père n'avait pas grandi depuis que celui-ci était mort.

La grand-mère seule assurait le spectacle. A chaque nouvel arrivant, elle se levait, secouée de sanglots, pour se ruer vers la couche mortuaire, serrer le cadavre dans ses bras, criant à travers des hoquets qu'elle le suivrait dans la tombe. « Bientôt », ajoutait-elle.

A ses deux autres enfants incombait la tâche harassante de la ramener chaque fois, flageolante, « ses jambes ne la portant plus », vers son fauteuil où le reste du temps, elle se rongeait les ongles.

Léone souffrit quatre ou cinq fois cette scène bien réglée. A la sixième, entre deux visiteurs, elle s'accroupit à côté de sa grand-mère pour lui chuchoter :

« Vous savez mémé, vous devriez vous souvenir que le mois dernier, mon père vous a encore donné un coup de pied au cul parce que vous vous leviez pas assez vite du milieu... »

Ce n'était pas la bonne tactique. Cela évoquait trop la belle vie, la bonne santé... Ah, ce coup de pied au cul!... Elle eût voulu encore être en train de le recevoir, tant est absolu l'amour d'une bonne mère. Elle éclata en sanglots renouvelés.

« Fille dénaturée! criait-elle. Tu n'aimais pas ton père!

– Allons maman! dit Fabienne. Léone lève-toi de là!

– Léone! Qu'est-ce que tu fabriques encore? » dit l'oncle aux trois cents hectares.

Commodément carré à côté de sa belle-sœur, il l'entreprenait patiemment, sans la heurter. Avec ses cheveux coupés en brosse, sa bonne grosse bouille à bajoues cramoisies, il portait bien son prénom : « Rosin ». Sitôt connue la nouvelle, il avait dit à sa femme : « C'est pas ta place. Avec tes trois enfants et ta maison à tenir, reste là. » Et il était venu seul, camouflé en célibataire, comptant un peu sur sa séduction naturelle pour fléchir sa belle-sœur. C'était un rêveur, ce Rosin. Il se voyait très bien la conseillant, la guidant, écartant d'elle tout prétendant, l'investissant peu à peu de sa pléthorique personne, lui gouvernant son domaine. « Car Fabienne, lui disait-il, avec pour enfant une seule fille et qui poursuit ses études et vous qui êtes si distinguée... » Il se débrouillait, malgré les circonstances, pour laisser sonner un rire, parmi ses paroles : « Vous vous voyez menant un tracteur? » Ces gens qui n'ont pas de cœur s'imaginent toujours, pour leur commodité, que les autres en ont un. Rosin se figurait naïvement que la veuve d'un Lafaurie ne pouvait qu'être abîmée dans le désespoir.

Aussi chuchotait-il penché sur Fabienne, jusqu'à lui chauffer l'oreille et en faire rosir le lobe délicat.

« ... Je vous verse une bonne rente, lui susurrait-il, et vous pouvez continuer tranquillement à cultiver votre esprit... »

Cette formule, entendue à la télé, lui paraissait convenir à la situation.

Pour lui, la partie était jouée. Il se voyait gouvernant à la fois les deux biens et les deux familles. Ceci atténuait beaucoup son chagrin fraternel.

Léone n'avait pas besoin de l'entendre pour comprendre ses paroles. Son entrée solennelle et triste, son baiser à la fois protecteur et discrètement sensuel, tout en lui proclamait le « t'en fais pas je suis là! » qu'il réprimait à chaque instant sur ses lèvres.

« Attends, se dit Léone, tu vas voir si tu vas me servir de père! »

Tournant le dos à la parentèle, elle monta rapidement à l'étage, gagna le débarras, attenant à la salle de bains, que son père appelait « le sas ». Il y enfermait ses vêtements de travail. Léone revêtit d'abord un bleu de chauffe par-dessus sa robe courte, puis elle alla chercher ses bottes dans sa chambre. Dans l'effort qu'elle fit pour les enfiler, elle entendit un crissement dans la poche du veston bleu. Elle y porta machinalement la main et en retira une vieille enveloppe du Crédit Agricole qu'elle allait rouler en boule pour la jeter, lorsqu'elle reconnut l'écriture de son père. C'était une seule ligne tracée au crayon gras : *Téléphoner à H... vendredi sans faute 75 01 68.*

Léone refroissa le papier et le jeta à la corbeille. Un sourire discret s'épanouit sur ses lèvres. « Vendredi sans faute, se dit-elle, c'était aujourd'hui. Sa H... peut toujours l'attendre... Elle ne le reverra jamais... Elle ne le reverra jamais », se répéta-t-elle avec une intime satisfaction.

Mais soudain, une idée subite lui traversa l'esprit et la fit se raviser : « Mais que je suis stupide! se dit-elle. 75 01 68... C'est peut-être... » Elle se pencha vivement pour récupérer ce bout de papier et le défroisser avec soin. « Oui, c'est bien ça, se dit-elle après l'avoir relu, H... ce n'est pas sa maîtresse... »

Songeuse, elle rempocha ce message posthume, quitta sa chambre et regagna le cagibi. Raide comme un fantôme sous une housse isolante, la combinaison de protection se balançait lentement sur un cintre, avec des oscillations de pendu. La grand-mère l'avait retirée du corps de son fils mort pour la ranger là, machinalement, comme si elle devait servir encore.

« Et elle avait bien raison... » se dit Léone.

Sans hésiter elle l'enfila et redescendit à la salle à manger. Rosin fut le premier à la voir apparaître. Il en eut le souffle coupé.

« Léone! Qu'est-ce que tu fais? » cria-t-il.

Tout le monde releva la tête. Même les Bertrand, qui, venus s'incliner devant le mort, tenaient longuement la grand-mère embrassée, eurent un haut-le-corps. En bons commerçants vite alarmés, ils n'aimaient pas les maintiens incongrus.

« Tu vois, dit Léone. Je vais sulfater! »

C'était le terme convenu pour exprimer une opération qui recouvrait pourtant tout un ensemble plus complexe.

« Laisse ça ! dit Rosin, je m'en occuperai à partir de demain.

– Tu t'en occuperas à partir de jamais, dit Léone calmement. Tu as un testament qui te charge de quelque chose ?

– Léone ! gémit Fabienne. Tu n'as pas honte d'élever la voix ? Ton père est dans la pièce à côté ! »

Léone lui jeta un regard de biais.

« S'il pouvait, dit-elle, c'est lui qui l'élèverait. »

La grand-mère se tirait péniblement hors des embrassades des Bertrand. Alors l'accoutrement de sa petite-fille lui sauta aux yeux :

« Léone ! » cria-t-elle.

Et son bras se tendit comme pour repousser un spectre.

« Léone ! Ma pauvre petite ! Pourquoi tu mets cette combinaison ?

– Je vais faire le remède ! répondit Léone.

– Tu n'as pas crainte ? Le jour de la mort de ton père !

– Et qu'est-ce que vous croyez qu'il aurait fait, *lui*, le jour de la vôtre, si les pommiers avaient pressé ? Et justement ils pressent ! Il avait juste commencé. Et s'il pleut ? Et s'il fait vent ?

– Tu es même pas bonne à conduire un tracteur ! » dit Rosin plein d'espoir.

Léone lui fit face en tapant du pied.

« Si je sais ! Qu'est-ce que vous croyez qu'il faisait de moi mon père, pendant les vacances ? Qu'il m'envoyait en colonie, peut-être ? Risque pas ! Il aurait eu bien trop peur que je me fasse dépuceler ! Non ! Il me faisait transporter le foin. Il m'apprenait à conduire le tracteur. »

Sa tante, sœur de Paterne et de Rosin, qui avait pincé les lèvres jusque-là, crut bon de jeter son grain de sel.

« Et le monde? dit-elle. Qu'est-ce qu'il dira le monde? »

Bien que fardée à toutes fins utiles, elle était l'épouse d'un conseiller général et le monde, pour elle, s'écrivait toujours avec une majuscule.

« Le monde n'a qu'à venir faire le remède à ma place. Il en aurait bien besoin, tiens! »

Elle se planta devant Rosin et lui lança en le dévisageant bien en face :

« Et à partir d'aujourd'hui, ce sera comme ça! »

Les Bertrand se fondaient littéralement dans la muraille, tout à l'inquiétude de donner à croire qu'ils enregistraient l'altercation.

« Léone! gémit Fabienne. Et tes études? »

Léone esquissa un geste insouciant.

« Mes études, elles peuvent attendre... »

Elle referma la porte avec décision.

Les yeux baissés vers les tommettes rouges, Rosin semblait contempler, à côté de ses souliers bien cirés et visibles pour lui seul, les tessons épars de son rêve saccagé.

Sur le terre-plein ensoleillé, tout était à sa place, sauf le paon qui était mort.

Léone défila lentement devant le hangar aux machines. Les trois tracteurs, la moissonneuse-batteuse et à leur suite tant d'outils sophistiqués dont le Paterne était si fier, s'alignaient comme pour une foire-exposition. Tout ceci était sans maître désormais et, sur ces machines pourtant sans âme, flottait l'étrange désolation des troupeaux à l'abandon.

Léone, dans le silence et cette solitude, respira l'émanation irritante qui sourdait toujours sous ce hangar, mélange des composés chimiques nécessaires aux luttes du paysan contre la nature. Aujourd'hui cependant, dans cette pestilence familière, une fragrance insolite stagnait. Léone flaira le vent avec insistance. Aux aguets, les narines frémissantes, son regard errait sur les machines au repos. Cette odeur la suivait, la précédait et Léone comprit au bout de quelques instants qu'elle la portait sur elle. C'était la combinaison protectrice qui la recelait dans ses plis. Cela la rendit songeuse un moment. Puis elle haussa les épaules et s'avança vers le tracteur sur lequel son père était mort et dont on n'avait pas dételé la turbine. La batterie horizontale de pulvérisateurs était encore en place, robinets ouverts, à la hauteur de son visage. Il n'était pas besoin d'aller mettre le nez dessus pour déceler que cette odeur particulière sourdait, ténue mais lancinante, des tuyaux.

Léone se secoua. Les pommiers attendaient. Bientôt ce serait le soir. Elle empoigna avec décision le rebord du garde-boue pour se hisser sur le siège, mais elle y renonça aussitôt. Un recul inexprimable de tout son être la tirait en arrière. Il ne fallait pas tenter le diable... Elle tourna brusquement le dos pour s'installer aux commandes du second tracteur. Elle médita quelques secondes avant de le mettre en route. Quand on a dix-huit ans et qu'une situation grave se présente, il est bien difficile de chercher en soi des précédents qui vous dictent la conduite à tenir. Jean-Luc peut-être!...

Elle dirigea l'engin rouge par les chemins de bon voisinage vers la ferme de son ami. A la limite entre les deux propriétés, au bord d'une luzernière, peint de couleurs vives un écriteau indiquait : « MARJOLAINE – Cultures Agrobiologiques – Ferme DAVIGNON. »

Elle ralentit, hésita. Davignon et Paterne étaient

ennemis en doctrine, ce qui divise plus que des intérêts concurrents ou des passions partisanes.

Heureusement, elle aperçut Jean-Luc sous le hangar métallique, qui découpait à la bêche un tas de compost. Elle le héla. Il lâcha son outil pour s'élancer vers elle.

« Comment, tu es là? Mais ton père... Mais chez toi qu'est-ce qu'ils vont dire? Mais qu'est-ce que tu fais dans cette horrible combinaison?

– Oh, dis, arrête! Je perds mon temps si tu veux le savoir! Je devrais être en train de sulfater... Seulement... Quelque chose me tarabuste... Qu'est-ce que tu m'as dit, hier, quand le tracteur nous arrivait dessus?

– Qu'est-ce que je t'ai dit? N'importe quoi! J'étais sous le coup de l'émotion... Tu crois que ça m'a rien fait de voir ton père mort? Surtout dans ces...

– Jean-Luc! Tu me prends pour une idiote!... Je ne t'ai jamais, même quand nous avions dix ans, entendu parler pour ne rien dire. Tu m'as parlé de quelque chose, hier. Répète-le-moi! »

Jean-Luc secoua la tête en signe d'ignorance.

« Ma foi! »

Léone coupa le contact et croisa les bras sur le volant.

« Monte à côté de moi! » commanda-t-elle.

Jean-Luc hésita.

« Tu sais, mon père, c'est comme le tien...

– Monte à côté de moi, je te dis! »

Elle tapait du pied sur le carter de la boîte à vitesses. Jean-Luc empoigna le garde-boue et se trouva debout à côté de Léone.

« Sens-moi! ordonna-t-elle.

– Que veux-tu que je sente?

– Ma combinaison! Celle que mon père portait hier. Sens-la! »

Et comme il n'obéissait pas assez vite, elle lui saisit la

tête à deux mains et la retint contre sa poitrine. Jean-Luc résista, s'ébroua, reprit son équilibre, respira une grande goulée de cet air tiède autour de la luzernière qui fleurait bon le fumier de ferme.

« Abricotiers en fleur! souffla-t-il.

– Tu vois... dit Léone lentement. Tu vois que tu te souviens... »

L'oncle arriva vers trois heures. C'était le frère de l'aïeule éplorée. Il descendait de Pont-de-Chabestan, berceau de la famille. On lui avait envoyé un télégramme dès la veille au soir, par décence et puis parce qu'il était riche et sans enfants. On avait bien espéré qu'il serait empêché mais l'homme était libre comme l'air. Il avait pris un taxi depuis l'arrêt du car.

« Christophe! Quel malheur! Quel grand malheur! » hurla la mère en lui sautant au cou.

Les autres se tenaient sur une prudente réserve. On se méfiait de ses gestes brutaux et mal dégrossis. D'ailleurs, dès qu'il fut entré, dans les embrassades générales, il commença d'encombrer. A chaque pas on se heurtait à son ventre, à son gros derrière, à son informe sac de voyage largué au beau milieu de la pièce. On s'embronchait dans ses brodequins.

Il voulut tout de suite rendre ses devoirs au mort et quand il revint :

« Fermez la porte! ordonna-t-il. A clé! »

Son visage cramoisi de nature avait encore foncé. Il savait communiquer à ses méplats l'apparence de la sagacité austère. Il les contempla tous l'un après l'autre et ils frissonnèrent à lire cette gravité tragique sur les traits de cet homme d'âge et d'expérience. Il proféra :

« Il faut faire l'autopsie! »

Au mot d'autopsie, la mère entendit distinctement le bruit de déchirure qui soulignerait l'ouverture du corps. Elle vit s'échapper à l'air libre les entrailles de son enfant. Elle poussa un cri de bête comme si elle accouchait de nouveau.

« Non! Pas d'autopsie!

– Ta ta ta! dit Christophe. Il faut les faire casquer! Paterne était fort comme un taureau. C'est les saloperies pour les pommiers qui l'ont tué. Y a qu'à attaquer le fabricant. La mauvaise publicité ça se paye. Ils ont des biologistes pour ça! Ils nous étoufferont sous un peu d'argent...

– Mais l'autopsie, Christophe! »

Fabienne haussa les épaules.

« D'ailleurs, le docteur Tronquet a délivré le permis d'inhumer, alors... »

A ce moment, on gratta discrètement à l'huis.

« N'ouvrez pas, recommanda l'oncle. Il faut d'abord qu'on parle un peu entre nous. »

Mais Rosin jetait déjà un coup d'œil discret par-dessus le rideau de la porte vitrée.

« C'est Froidevie, l'assureur, dit-il. Avec un autre particulier. Ils ont des serviettes. »

L'oncle fit aller rapidement son regard de droite à gauche.

« Alors ça c'est différent! S'ils ont des serviettes, dit-il. Ouvre-leur la porte. »

Ils entrèrent. Et tout de suite, ils allégèrent l'atmosphère en donnant aux condoléances qu'ils présentaient ce ton de bonne compagnie qui prévaut dans les discussions d'affaires. Même la grand-mère s'abstint de tout excès.

Ils étaient là depuis cinq minutes que, déjà, les serviettes s'ouvraient sur la vaste table, parmi les verres mal vidés et les bouteilles de vin de noix. Ils étaient là depuis cinq minutes que déjà les ayants cause apprenaient du même coup et que le disparu avait souscrit une assurance de cent millions et qu'elle risquait de leur passer sous le nez.

« C'est une affaire d'avocat! dit le péremptoire Christophe. Mais d'abord l'autopsie...

– Oui l'autopsie...

– Non non! Pas l'autopsie! gémissait la mère.

– C'est grave une autopsie... » disait le Rosin.

Il s'apercevait que cent millions tombant dans le gousset de la veuve, ça la mettrait hors d'atteinte de ses entreprises sur les biens. Avec cent millions de centimes – hors impôts... – on voit venir...

Ainsi le mot *autopsie* continua de voler de bouche en bouche comme le vent de feuille en feuille. Il fut prononcé d'abord avec horreur, avec répulsion, avec réticence. Puis on s'y accoutuma peu à peu. Il redevint un mot comme un autre.

C'est alors que Léone entra. Elle considéra avec humeur l'encombrant oncle Christophe, lequel déjà se jetait sur elle pour la couvrir de baisers mouillés tout en la tripotant un peu. Elle l'esquiva tant bien que mal et désigna sur la table les serviettes béantes.

– Qu'est-ce que c'est? dit-elle.

– Ton père avait souscrit une assurance d'un million de francs, dit Fabienne. Et ils veulent faire l'autopsie... »

Léone les dévisagea l'un après l'autre avec une expression qui mit mal à l'aise même l'inspecteur de l'U.A.P.

« Oui... répondit-elle enfin posément. Je crois moi aussi qu'il faut demander l'autopsie. »

Ce jour-là, dans la salle d'autopsie, le jeune docteur Tronquet, vingt-sept ans, nouvellement installé, subissait, l'air déconfit, mais avec beaucoup de constance, la première humiliation de sa vie de praticien.

Devant lui, imposant comme la statue du commandeur, mais en bottes cuissardes, rubicond, le légiste enregistrait sa contrition avec beaucoup de majesté mais aussi une forte envie de rire.

« Ça vous apprendra, dit le docteur Magloire, à délivrer des permis d'inhumer inopinément. Mort naturelle! bougonna-t-il. Maintenant, pour qu'une mort ne leur paraisse pas naturelle, il faut au moins que la victime ait un couteau de boucher enfoncé dans le cœur! Vous n'avez pas vu ses pupilles?

– Mais il avait vingt-deux de tension!

– Vous n'avez pas vu qu'il avait les côtes affaissées? Ses poumons plats comme des soles...

– Mais il avait un début d'angine de poitrine! Et il pesait quatre-vingt-quinze kilos pour une taille d'un mètre soixante-cinq!

– Sa langue! s'exclama Magloire. Il a avalé sa langue à force de vouloir aspirer un air que ses poumons bloqués par ses muscles ne pouvaient plus recevoir.

– Il avait pourtant tout le faciès d'une victime de l'apoplexie. Etant donné son passé pathologique...

– Eh oui! Vous vous êtes dit : pastis, gibier, tabac, pléthore, hygiène déplorable, inhalations répétées et chroniques de produits délétères et quarante-huit ans! A quarante-huit ans, un homme vous a paru assez bon pour faire un mort! Vous verrez quand vous les aurez! »

Il ôta ses gants, les jeta dans un coin et posa sa patte velue sur l'épaule de son jeune collègue.

« Allez! dit-il, remettez-vous! C'est moins grave que si vous aviez pris une appendicite pour une hernie étranglée. De toute façon, il était mort, alors! Et puis, je vais vous dire une chose : j'en connais de plus vieux et de plus aguerris qui s'y seraient trompés aussi, parce que : une cause de décès comme celle-là, ce n'est pas courant, vous savez! »

« Et c'est ainsi, dit Laviolette, que partant d'une mort bien banale et bien naturelle, on arrive à dresser un beau piège à cons pour policier jobard! Qu'est-ce que je suis encore allé faire, je vous le demande, dans cette ferme où personne ne me réclamait?

– Acheter des pommes! dit le juge. Souvenez-vous! J'avais un grand besoin de pommes. Mais du diable si je me doutais... »

Ils contemplaient le mur du hideux abattoir, hanté par les fantômes des bêtes suppliciées depuis cent ans qu'il existait. Maintenant, il menaçait ruine. La ville hésitait si elle devait l'abattre ou le faire classer monument historique. Il injuriait de sa lèpre le pimpant palais de justice, que ses abords non aménagés transformaient en île flottante. Car il pleuvait, il pleuvait, il pleuvait. Les berges du chantier, déjà minées par les excavatrices s'éboulaient autour du bâtiment; le gravier coulait; les tranchées mal comblées s'affaissaient, se remplissaient d'eau. Le palais sonnait le vide, le creux. Il était neuf, mais il protestait déjà, par les craquements de ses murs en train de sécher, qu'il ne voulait pas d'histoires.

« Avez-vous déjà vu quelque chose d'aussi laid? dit le juge en désignant son bureau d'un grand geste découragé.

– Il est de fait que...

– Si nous empoignions le dossier pour nous changer les idées?

– C'est cela! Empoignons! »

Le juge gagna son fauteuil et désigna à Laviolette le siège des prévenus.

« Celui-là, dit le commissaire, vous l'avez apporté de Digne.

– Par superstition, n'en doutez pas. J'y ai recueilli mes plus beaux aveux... Est-il à votre goût?

– Ma foi... Je m'y résigne.

– Voici donc une famille bien attrapée! dit le juge qui feuilletait les procès-verbaux disposés devant lui. Elle réclame une autopsie dans l'espoir d'établir que le cher disparu a bien naturellement succombé et que, par conséquent, l'assurance n'a qu'à payer...

– Notez bien... L'assurance aussi est bien attrapée! Elle comptait fermement elle aussi prouver que, *volontairement*, ce Paterne Lafaurie avalait trop de pesticides, qu'il portait un vêtement de protection troué; qu'il fumait en sulfatant, etc. Toutes choses qui justifiaient la suspicion de suicide... »

Laviolette branlait du chef en roulant sa cigarette.

« Et en définitive, dit-il, si la victime n'a pas succombé aux pesticides, elle n'est pas non plus morte de mort naturelle...

– Ce décès est consécutif, précise l'autopsie, à une inhalation prolongée d'acide cyanhydrique vaporisé autour de la victime dans le cocktail des pesticides... Curieux n'est-ce pas?

– Ingénieux, en tout cas. Notez bien que le médecin légiste a bien souligné que la bouillie composite constituait un bon support pour le poison.

– Acide cyanhydrique... énonça le juge. Je ne l'avais plus rencontré depuis bien longtemps celui-là...

– On l'utilise aux Etats-Unis, dans certains Etats, pour expédier les condamnés.

– Procédé barbare de pays capitalistes décadents... Mais de toute façon, cela se pratique dans un lieu soigneusement clos... Tandis que là, en plein air... Vous y croyez, vous?

– L'autopsie est formelle... Toutefois, elle précise aussi que la mort est intervenue au bout de plusieurs minutes, alors que ce poison est foudroyant. D'autre part, le réservoir du tracteur en contenait encore assez pour tuer dix personnes.

– Si la fille, murmura le juge, avait repris le travail de son père, comme elle vous a dit en avoir eu l'intention, elle y passait elle aussi... Mais qui, selon vous, avait intérêt à la disparition de la victime?

– Ah ça! Toute la famille! vous pensez : Lafaurie s'était assuré sur la vie pour cent millions de centimes!

– Voici enfin un beau mobile! dit le juge en se frottant les mains. Dans la bourgeoisie pourrie où nous vivons, il est évident que cent millions... Mais où trouver de l'acide cyanhydrique?

Laviolette hocha la tête.

– Je suppose que ce genre de produit ne se trouve

pas sous le pied d'un cheval... Il va falloir nous documenter sérieusement. »

Le juge feuilletait le dossier.

« Et à quel moment croyez-vous qu'il a été introduit dans le réservoir?

– Dès le matin, la victime avait utilisé l'appareil sans encombre. Mais, une demi-heure avant sa mort, Paterne a stoppé son tracteur au bout du champ, et, ce qui est très important, *en bordure même de la route.*

– Pourquoi a-t-il interrompu son travail?

– Pour engueuler les tailleurs d'arbres un peu plus loin qui se chauffaient les mains autour d'un feu de branches.

– Vous êtes bien précis.

– J'ai le témoignage des élagueurs. Ce sont eux plus tard, qui se sont portés au secours de leur patron.

– Et que nous avons par conséquent vus autour du tracteur quand nous sommes arrivés là comme un cheveu sur la soupe... »

Laviolette branlait de nouveau du chef tout en roulant toujours sa cigarette qu'il avait déjà ratée deux fois.

« Les gendarmes, dit-il, ont fait comme d'habitude leur travail à fond. Ils ont même criblé au péril de leur vie – à cause des émanations – le reliquat du réservoir. Ils ont lavé les boues chimiques retirées du filtre de la pompe et ils ont trouvé ça... »

Il sortit de sa poche une enveloppe de papier kraft dont il tira un minuscule tube transparent.

« Je vais envoyer ça au labo, dit-il.

– Qu'est-ce que c'est? » demanda le juge.

Laviolette agita le tube.

« De minuscules poussières de verre, mais d'un verre si mince et si coupant qu'il est en lui-même une indication. Mais de quoi? Vous n'avez pas une idée, vous? »

Il faisait sombre dans la pièce malgré les grandes baies vitrées qui donnaient sur la désolation du ciel. Le juge alluma sa lampe de bureau pour mirer le tube à la lumière.

« Je n'en ai aucune idée, dit-il. Vous pensez que ces débris peuvent avoir un rapport avec le poison?

– Le labo le dira. Ce qui est certain c'est que le poison a été versé dans le réservoir alors que le tracteur stationnait en bordure de la route.

– Je vous entends. Et que, par conséquent, n'importe qui a pu l'y mettre.

– N'importe qui, mais plus probablement un membre de la famille. Car : personne n'a d'alibi. La mère, seule dans la villa, repassait du linge. La veuve était à Manosque – deux kilomètres – à un cours de méditation transcendantale.

– De quoi? s'exclama le juge.

– Oui... Ne me demandez pas d'expliciter; ma science est toute neuve... Quant à la fille, elle faisait l'amour, elle ne nous l'a pas caché. Quant au dénommé Rosin, frère de la victime, il sulfatait, lui aussi, ses pommiers...

– La veuve... N'est-ce pas cette jeune femme blonde que nous avons croisée dans notre fuite? Souvenez-vous : elle suivait de peu le fourgon de réanimation.

– Le peu que je sais de la méditation transcendantale, dit Laviolette, c'est qu'on vous abandonne de grands moments seul dans une pièce froide. Sa méditation, la veuve peut fort bien l'avoir interrompue pour venir verser le poison dans le réservoir et retourner à Manosque. Avec sa voiture et son habitude du parcours... Trois minutes aller, trois minutes retour... Il faudra vérifier. Les gendarmes interrogent les personnes susceptibles de l'avoir rencontrée. La mère peut aussi avoir interrompu son repassage...

– De même que le Rosin son sulfatage. Sa propriété est en face, au bord du grand canal.

– De même que Léone... »

Le juge pinça les lèvres. Ça lui déplaisait d'imaginer que, trois minutes avant de lui sauter si spontanément au cou, cette fille faisait l'amour avec un autre.

« Et à propos, dit-il, ce garçon que nous avons vu traversant la jachère...

– Jean-Luc Davignon. L'ami de Léone. Le fils de l'agrobiologiste...

– Lui aussi, notez bien, peut...

– Sans doute, mais dans ce cas, le garçon et la fille sont complices, car vous ne concevez pas, j'imagine, l'un disant à l'autre : " Attends-moi cinq minutes, je reviens ! "

– Evidemment non ! » concéda le juge avec humeur.

Il préférait ne pas se représenter la scène de manière trop précise.

« Et bien entendu, dit Laviolette, vous avez raison : n'importe qui pouvait venir de la route. Il passe six cents voitures à l'heure, en régime normal, sur la 96... Allez donc remarquer quelque chose... Ajoutons toutefois aux coupables possibles les élagueurs. L'un d'entre eux pouvait se glisser hors du groupe pendant l'engueulade...

– N'oubliez pas non plus que la victime elle-même...

– Oui. Oh ça, c'est une idée d'assureur. Grand chasseur, grand mangeur, régnant en despote, tant sur ses salariés que sur ses proches, ce Paterne Lafaurie n'avait pas le profil d'un suicidaire. »

Ils se levèrent d'un même mouvement avec un soupir

pour venir constater devant la baie vitrée que la pluie tombait toujours.

Le soir envahissait la cité. Sur l'antique Manosque, le brouillard engluait la vieille ville, tâtait le vide des loggias abandonnées où séchaient les draps, jadis. Sur de vieilles cordes à linge jouaient encore aux castagnettes des épingles oubliées. Un ennui du dimanche soir envoûtait les ruelles et les murs à pariétaires. Le présent était fait de plus de morts que de vivants. Sur la ferronnerie du clocher, un gonfanon de fer dirigeait le vent.

Les nouveaux quartiers méprisants, alentour de la ville noire, la regardait mourir à distance, tout étonnés qu'elle tînt encore debout.

Une portière claqua, arrachant le juge et le commissaire à leur méditation.

Une voiture stoppait contre le mur de l'abattoir, en un coin isolé, mal commode et cerné de flaques de tous côtés. Il en descendait deux personnages qui s'orientaient, évaluaient de l'œil la majesté du palais et, courbant la tête, commençaient à s'en rapprocher en pataugeant dans les fondrières. Des sacoches de cuir patiné pendaient à leurs épaules. L'un marchait résolument, cossu, affichant respectabilité et bonne opinion de soi. Le second, déférent sans servilité, suivait au plus près, mettant ses pas dans les traces de l'autre. Ils conversaient avec animation, semblant poursuivre un dialogue depuis longtemps entamé.

« Voici, dit le juge, deux particuliers qui ne craignent pas la pluie. »

Ils étaient nu-tête, l'un en veston, l'autre en une sorte de vareuse d'uniforme mal défini, dont les revers portaient un écusson à chiffre.

« Et qui ne sont pas pressés d'arriver... » remarqua Laviolette.

Et en effet, pour atteindre l'entrée du palais, ils prenaient par le plus long, sous prétexte d'éviter les flaques et jetant sur la façade des regards furtifs, ils s'arrêtaient parfois pour s'apostropher, hocher la tête ou écarter les bras en signe d'impuissance. Et pendant ce temps, sur leur lente approche, tombait la pluie qui ne désarmait pas.

Ils disparurent enfin sous le péristyle.

« Je me demande ce qu'ils cherchent? dit Laviolette.

– Oh! le tribunal de commerce sans doute. »

Mais une voix forte s'éleva à cet instant dans le grand vestibule. Car dans ce palais sans indication, sans portier, il n'y avait pas d'autre solution que de héler celui qu'on voulait voir. Et la voix appelait :

« Monsieur le juge! Monsieur le juge! »

Ils entendirent le greffier qui sortait du cabinet attenant et demandait par-dessus la rampe d'escalier :

« Qu'y a-t-il?

– Vous constaterez, dit le juge à Laviolette, comme ce palais est bien insonorisé... Le secret de l'instruction risque d'en pâtir souvent...

– Ils parlent vraiment très fort! » remarqua Laviolette.

On toqua à l'huis. Le juge cria d'entrer. La tête d'un jeune homme à lunettes parut dans l'entrebâillement de la porte. C'était un greffier plein de santé, arborant toujours un sourire entendu, comme s'il détenait les secrets que le juge cherchait en vain à découvrir. Ce greffier lui portait sur les nerfs. Chabrand en avait *hérité* avec sa nomination ici. Il était vermeil, frais émoulu, aussi flambant neuf que le palais de justice lui-même.

« Il y a là deux messieurs, dit-il, qui demandent que vous les entendiez. »

Cette requête était incongrue et, animé d'un tout autre état d'esprit, le juge l'eût carrément refusée. Mais le sourire du greffier et son intonation signifiaient clairement : « Bien entendu, vous allez n'en rien faire ! » Chabrand se rebiffa.

Il plongea son regard dans celui du greffier.

« Je vais les recevoir, prononça-t-il calmement.

– Je me retire... dit Laviolette en se levant.

– Non, non, restez. Je les expédie en cinq minutes. »

Le greffier entrouvrit un peu plus la porte et y passa le torse, sans entrer toutefois.

« Mais c'est que... hésita-t-il.

– C'est que quoi ? dit le juge avec humeur.

– Mais c'est qu'ils puent étrangement... termina le greffier.

– N'importe ! répondit le juge avec un léger mouvement d'insouciance. Introduisez-les ! »

Alors le greffier ouvrit largement la porte et s'effaça devant les deux personnages. Ceux-ci se casèrent dans la pièce comme s'ils voulaient entrer dans les murs, ce que leur carrure leur interdisait. L'un resta collé au battant, l'autre envahit aussitôt le cabinet, empestant tout l'air qu'il déplaçait autour de lui, brassant une effroyable odeur de chantier d'écharnage.

« Il avait raison cet animal de greffier, se dit Laviolette. Ils puent étrangement... »

On ne savait d'où sourdait la puanteur, si c'était de leurs bottes, de leurs sabretaches ou de leur peau elle-même. Ce fumet sauvage matraquait l'odorat de Laviolette et celui du juge. Un vieil atavisme leur commandait de fuir en toute hâte, de se fier à leur panique. Malheureusement, il y avait le monde et ces deux gaillards embarrassés qui distillaient, d'un air gêné, ces relents de charogne.

« Je suis Félicien Dardoire! » annonça le plus grand et le plus gros, comme si ce nom devait inciter le juge à lui offrir un siège.

Il poursuivit très vite.

« Mais avant toute chose, que je vous prie d'excuser notre odeur. Depuis huit jours, nous vivons dans la compagnie d'une peau de chèvre écharnée à cru et rongée par les vers et d'un sac de fressures d'agneau avariées. Ajoutez à ceci que mon garde s'est enduit les mains et le visage avec de la graisse de blaireau, de sorte que...

– Mais qui êtes-vous donc? questionna le juge avec impatience.

– Félicien Dardoire! Eleveur de vin. Président départemental de la fédération! Et voici mon garde adjoint : Antoine Donatello.

– Fort bien! La fédération de quoi?

– Mais... la fédération de chasse... »

Le personnage semblait tout étonné. Qu'on pût ne pas le connaître le laissait interdit.

« Ah... la fédération de chasse... » répéta le juge.

Il n'aimait pas les chasseurs. Il avait toujours évité de les fréquenter. Il n'avait jamais imaginé pourtant qu'ils pussent sentir aussi mauvais.

« Que puis-je pour vous, messieurs? » questionna-t-il froidement.

Le président cherchait un siège des yeux. Le juge enfin lui en désigna un, voulut aussi que le garde se détendît, mais celui-ci refusa.

« Je sens trop mauvais... dit-il humblement. Je vous gâterais vos chaises.

– Je n'abuserai pas de vos instants, annonça le président Dardoire en s'asseyant. Je vous explique d'abord que depuis huit jours, avec mon garde adjoint, nous parcourons les communes de l'arrondissement en vue de la destruction des nuisibles.

– Lesquels? demanda le juge.

– Les renards et les blaireaux. »

Chabrand eut un haut-le-corps. Les renards et les blaireaux étaient ses animaux de prédilection.

« Oui... reprit Dardoire. Notez bien, ce n'est pas ma place... C'est même tout à fait incongru, mais... le garde fédéral a eu un accident de moto et celui-ci vient du Périgord, il est tout nouveau... Moi seul connais bien tous les passages. Vous pensez! Mon grand-père a créé la fédération et mon père a été président... Alors je me dévoue. »

Il se détendit un peu, décroisa les jambes. Le tic du démagogue le démangeait. Il ne put l'empêcher de se manifester :

« Oui, acheva-t-il avec un bon sourire, la tâche d'un président, vous savez, c'est d'abord un grand sac de dévouement... »

Jusque-là effacé discrètement dans son coin, Laviolette, au mot de *nuisibles*, était venu s'accouder derrière le juge.

« Je ne vois pas en quoi... dit Chabrand.

– J'y arrive j'y arrive! Mais que je vous explique d'abord comment ça se passe : on sélectionne les passages des bêtes, pas les terriers, pas les renardières, ça prendrait pas. La bête mange jamais autour de sa tanière. Non! Seulement les passages. Les endroits où les sauvages suivent les traces de leur gibier. Et sur cette prise, pour ne pas qu'ils sentent l'odeur de l'homme, nous traînons derrière nous quelque peau de bouc véreuse ou quelque sac de fressure pourrie... Aux endroits propices, nous posons un appât. Oh nous repérons bien le coin, nous le marquons au besoin par quelque entaille sur quelque arbre... C'est fait sérieusement ! Le lendemain nous refaisons le même chemin, nous comptons les bêtes mortes et nous récupérons chaque appât qu'elles ont dédaigné. Et que je vous explique quelque chose d'important : il arrive que la sauvagine joue avec l'appât, qu'elle refuse de l'avaler et qu'elle l'emporte avec elle au tonnerre de Dieu, souvent... Alors quand nous ne le retrouvons pas à sa place, nous le cherchons... Nous le cherchons inlassablement ! Parce que... »

Il s'interrompit pour faire très longuement avec son bras une sorte de geste d'adieu par-dessus son épaule.

« ... Parce que, répéta-t-il, si par malheur un animal domestique ou un enfant en retrouvait un, même six mois après, tant que c'est dans la capsule, c'est toujours bon ! Et si quelqu'un l'avale... Adieu pays !

– Nous le cherchons, appuya le garde, jusqu'à la nuit !

– Et quand nous les avons retrouvés, nous les plaçons dans nos carnassières et chaque jour nous les comptons...

– Mais, ça ressemble à quoi ces appâts ? demanda le juge intéressé malgré lui.

– Donatello, montrez ! » commanda le président.

Le garde fouilla dans sa sabretache et ramena en triomphe, bien enveloppée dans un papier cellophane, une sorte d'immonde chose noire qu'il se préparait à exhiber.

« Ne le sortez pas ! Ne le sortez pas ! s'exclama le juge précipitamment. Ma religion est faite ! Mais je ne vois toujours pas en quoi cela me concerne.

– Je vous en prie monsieur le juge ! Faites-moi crédit d'encore quelques minutes... Voici : vendredi dernier, nous avons justement perdu deux appâts dans le vallon de Villemus et nous les avons cherchés jusqu'à la tombée de la nuit. Nous n'en avons retrouvé qu'un, d'ailleurs... Et nous avions laissé les voitures au pied du transformateur, au bord de la route.

– Les voitures? demanda Laviolette.

– Oui. La Deux Chevaux du garde avec la peau de bouc et les fressures et les appâts récupérés et une Méhari que j'utilise pour la chasse, contenant les capsules pour armer les appâts... c'est-à-dire, une boîte de capsules numérotées... comptées... soigneusement répertoriées... sous ma responsabilité... »

Il fit une pause, se passa le doigt dans le col de la chemise comme s'il étouffait et jetant de tous côtés des regards d'homme traqué. Ce mot *responsabilité* lui rappelait qu'il était dans le bain jusqu'au cou.

« Continuez... pria Laviolette soudain très attentif.

– Oh c'est simple... Quand nous sommes remontés à la route, harassés, le garde et moi, en nous donnant rendez-vous pour le lendemain, chacun a repris sa voiture... Et... En arrivant chez moi... En mettant la main dans le vide-poches, j'ai constaté que la boîte d'ampoules avait disparu... J'ai fouillé la voiture de fond en comble pendant deux heures, à la lampe électrique, je me refusais à me rendre à l'évidence... J'étais tellement affolé que j'en arrivais à me demander si je ne l'avais pas remise au garde. Malheureusement il n'a pas le téléphone. J'ai couru chez lui...

– A deux heures du matin, précisa le garde.

– Nous sommes tout de suite retournés au pied du transformateur, le dernier endroit où nous avions stationné. Il a bien fallu se rendre à l'évidence : nous ne l'avions pas perdue. Et comme nous l'avions avant ce stationnement, c'est bien là qu'elle nous a été volée...

– Vendredi? demanda Laviolette.

– Vendredi... confirma le président accablé.

– C'est-à-dire il y a quatre jours...

– Quatre jours... répéta le président à voix sourde.

– Et depuis quatre jours vous n'avez rien dit... rien fait...

– Demandez-lui! dit le président. Nous avons refait tout notre itinéraire. Nous avons questionné toutes les fermes où nous nous arrêtons d'ordinaire... Nous ne pouvions imaginer le vol...

– Mais n'était-ce pas de la dernière imprudence, dit le juge, de laisser ainsi un produit aussi dangereux dans une Méhari ouverte à tous vents?

– Qu'est-ce que vous voulez! On fait ça depuis toujours. C'est une routine. Je l'ai vu faire aux gardes de mon père. Il n'est jamais rien arrivé!

– Eh bien vous voyez, dit Laviolette, il semble que cette fois, il soit arrivé quelque chose...

– Que voulez-vous dire? » demanda le président en se dressant à demi.

Laviolette ne répondit pas. Il recueillit sur le bureau du juge le tube de verre étiqueté qui allait partir au labo. Il fit tinter les débris à l'intérieur du tube. Il le présenta à la hauteur des yeux du président.

« Regardez bien! dit-il. Ces fragments, là, à l'intérieur, est-ce que ça vous dit quelque chose? Etes-vous capable de les identifier? »

Dardoire sortit ses lunettes qu'il assujettit, d'une main un peu tremblante. Le garde fit deux pas en avant et considéra, lui aussi, les yeux plissés, l'intérieur du tube.

Le président le premier releva la tête et remit ses lunettes à l'étui.

« Oui, dit-il, oui... Ce sont des débris d'ampoule. C'est du verre spécial. C'est fragile, c'est calculé pour que le nuisible se blesse tout de suite les muqueuses... Le poison pénètre dans le sang... Je les reconnaîtrais entre mille. C'est bien ça, hé Donatello? »

Le garde acquiesça de la tête à plusieurs reprises.

« Mais... Où avez-vous trouvé ça? Comment se fait-il que ce soit en votre possession? »

Laviolette fit le tour du bureau et vint se planter devant le président. Il le scruta longuement, en face, sans lui répondre. Il tourna sept fois sa langue dans la bouche, avant de poser cette question.

« Samedi, entre... mettons deux ou trois heures, où... »

Le juge leva la main.

« Attendez! dit-il. Nous nageons en pleine illégalité! Je ne sais pas pourquoi vous êtes venu vous adresser directement à moi. C'est à la gendarmerie que vous deviez aller.

– La gendarmerie! s'écria le président. Justement! Depuis on se consulte avec Donatello. Les gendarmes! Ça va être la panique! Ils vont mettre le pays sens dessus dessous! On va savoir qu'il y a des capsules d'acide cyanhydrique éparpillées dans la nature! Ça va être le scandale!

– Plus que vous ne croyez! renchérit Laviolette. Combien déteniez-vous d'ampoules dans ce carton?

– Vingt-cinq... souffla le président.

– Courez chez les gendarmes sur-le-champ! ordonna le juge. Ne prononcez plus une parole! Je ne veux plus vous entendre! Allez chez les gendarmes et racontez-leur tout et répondez à toutes leurs questions! Je vais les prévenir de votre arrivée! Allez! Allez! Ne dites plus un mot. »

Il empoigna le téléphone pendant que les deux hommes se retiraient. Quand il raccrocha :

« Désolé! dit-il à Laviolette, mais je ne pouvais pas vous laisser leur poser une seule question! Je ne suis pas un poste de police! La situation était scabreuse dès le début et déjà, leur montrer le tube c'était trop! Si j'avais souffert que vous les interrogiez en ma présence, je me serais fait taper sur les doigts par le procureur.

– Je vais de ce pas chez les gendarmes, dit Laviolette. Je serais curieux de savoir...

– Vous alliez le leur demander!

– Oui. J'allais leur demander où ils se trouvaient exactement samedi après-midi à peu près vers trois heures.

– A l'heure où Paterne Lafaurie a été assassiné avec de l'acide prussique? »

Le juge frappa de la main sur son bureau.

« Quelle inconséquence! s'exclama-t-il. Quatre jours! Ils ont gardé ça pour eux quatre jours avant de nous alerter.

– Il faudra vous y habituer mon cher. Les gens d'ici ne font appel aux autorités que lorsqu'il n'y a plus rien à faire d'autre.

– Croyez-vous qu'ils puissent ignorer la cause de la mort de Paterne Lafaurie?

– Nous ne l'avons pas divulguée à la presse, mais la famille est au courant par les résultats de l'autopsie. Oui, ils peuvent le savoir et que ce soit cela qui les ait incités à venir vous trouver!... »

Il faisait faire deux tours de cou à son écharpe et assurait son chapeau.

« Mais, poursuivit-il, je suis sûr que les choses ne se sont pas passées comme le président le raconte. Son regard fuyait le mien chaque fois que j'essayais de le rencontrer.

– Au fait... j'ai eu la même impression, dit le juge.

– C'est certainement un homme mal rompu au mensonge. Et là, il mentait manifestement.

– Vous croyez qu'il aurait pu conserver les ampoules?

– Non, je pense qu'on les lui a réellement volées, mais pas de la façon dont il prétend.

– En tout cas, remarqua le juge, on a volé vingt-cinq capsules d'acide prussique et un homme a été tué précisément avec ce poison...

– Je ne voudrais pas jouer au prophète, dit Laviolette en prenant congé, mais ça me paraît bizarre qu'on ait eu besoin de voler une boîte entière pour ne tuer qu'un seul homme... »

« J'ai bien manœuvré, se dit Félicien Dardoire. Je m'en suis bien tiré. Devant le garde d'abord, puis devant le juge, puis devant les gendarmes et enfin devant ce Laviolette... Mais celui-là, j'ai l'impression qu'il se doute que j'ai menti... J'aurais peut-être mieux fait de leur avouer la vérité... Mais je ne pouvais pas... Il aurait d'abord fallu que je leur pose une question et ils ne m'auraient pas répondu... »

La rumeur des grands arbres plus hauts que la maison l'accueillait comme chaque nuit. C'était un vent particulier aux Iscles, qui sévissait quand alentour tout était calme. On l'entendait au plus lointain de la plaine s'écouler en cataracte au plus profond du silence. Il ne soufflait pas au ras du sol, mais les sycomores, mais les cèdres, mais les trois chênes épargnés depuis deux siècles, le captaient dans leurs cimiers d'une saison à l'autre. Car ils étaient dans l'axe même de la Durance et c'était le souffle des montagnes à l'horizon qui roulait jusqu'ici. Peut-être était-ce le soupir de leur réveil, quand le soleil chasse l'air froid au matin. Peut-être cette lame de fond d'air froid mettait-elle toute la journée pour venir enfin percuter ce bosquet dans la plaine de Manosque, qui tenait captive entre les barreaux énormes des troncs d'arbres, cette vaste ferme triste.

Ce vent lugubre, lourd de regrets, parlait de temps qui s'écoule. A la longue, il avait envoûté tous les bâtiments du domaine, mais ses habitants s'étaient toujours accommodés de lui. C'étaient des solides. Ils n'y prenaient pas garde.

Félicien Dardoire claqua la portière et regarda autour de lui. Selon ses instructions, la lampe du seuil restait allumée toute la nuit. Il était tard, la villa du régisseur, un peu à l'écart, était obscure et la demeure, bien sûr, devait être déserte, puisque, depuis le drame, les deux enfants résidaient chez leur grand-mère, à Aix, où ils allaient en classe. Pourtant, il lui sembla qu'au premier étage, derrière la fenêtre de sa chambre, une lueur furtive s'évanouissait soudain. Il pensa tout de suite à quelque reflet et ne s'arrêta pas à cette impression.

Il poussa un soupir d'aise. Sa tanière était là. Malgré ses six cents mètres carrés de bâtiments au sol, plus les dépendances, c'était seulement sa tanière. Une puissante odeur de vin l'enveloppait tout entière. Deux cents ans de vendanges, de fermentation, d'entassements des marcs sur les aires pour les composts futurs, avaient consolidé cette odeur de siècle en siècle. Aujourd'hui sa fraîcheur suave appelait vers les chais toujours béants.

Depuis deux mois, avec plus de constance, Félicien se retrempait chaque jour dans cette atmosphère. Il venait s'y frotter comme un chien qui retrouve à chaque retour un lieu familier.

La grande porte cochère n'était jamais fermée. Elle commandait le hall des clients, simplement garni de panneaux sur des tréteaux et d'un petit bureau où l'on remplissait les bordereaux de la régie. Félicien alluma les ampoules encastrées d'où filtrait une maigre lumière. Son regard errait de la table où s'empilaient quelques bouteilles, à la bascule chargée de bonbonnes pleines qu'on livrerait le lendemain. Il consulta machinalement, à côté du calendrier grivois, le tableau où s'inscrivaient d'ordinaire les commandes à préparer ou les éliages à faire. Mais tout y avait été effacé d'un coup, maladroitement et le morceau de serpillère, utilisé à cette fin, traînait déployé sur le bureau alors que, d'ordinaire, le régisseur ou sa femme le remettait soigneusement à sa place. Ce laisser-aller contraria Félicien Dardoire et l'absence d'ordres sur le tableau l'inquiéta, car c'était très rare en semaine qu'il ne portât aucune directive.

Félicien considérait cette ardoise avec quelque stupeur, lorsqu'il distingua dans le bas, comme une signature, un mot tracé à la craie. Il chaussa ses lunettes pour le déchiffrer. C'était un prénom : Elvire. Seule la première lettre de ce mot était fermement dessinée, les cinq suivantes penchaient vers le bord de l'ardoise, comme si c'était un enfant qui eût tracé le mot. On l'imaginait se dressant d'abord sur la pointe des pieds pour écrire le E puis trouvant soudain la position trop fatigante; ce qui expliquait la chute des cinq lettres suivantes, comme si elles voulaient s'évader de la surface noire.

A lire ce mot, Félicien Dardoire sentit une moiteur sur ses tempes, à la racine de ses cheveux entre l'oreille et les méplats. Il fit quelques pas pour observer l'alentour avec une certaine attention.

A sa gauche, s'ouvrait la porte de fer à glissières qu'on fermait seulement durant la fermentation, pour éviter les accidents. Elle commandait quatre longues marches qui desservaient le chai. C'était une vaste cave voûtée où luisaient dans la chiche clarté des ampoules les surfaces planes et les vannes des cuves en inox. Dans le silence total, une goutte percutait un récipient métallique. Elle tombait irrégulièrement : quatre coups précipités, un temps, trois coups précipités, un autre temps, puis dix coups à la suite légers comme des pas de danse. Ensuite le silence durait plusieurs secondes, avant que recommence le processus capricieux.

« Il faudra changer le joint de la quatre rosé... » se dit Félicien Dardoire, machinalement.

Pourtant, dans son esprit envoûté par la solitude, une sorte d'espoir végétait dont il n'eût pas tenu compte devant autrui, mais qu'il osait écouter, étant seul. Qui l'invitait sur ce tableau noir, par ce nom qui descendait vers la terre? Qui le conviait au fond du chai, pourtant familier de nuit de jour, mais soudain sonore d'un vide habité?

Il descendit les quatre marches, vers ce sanctuaire du vin qui respirait dans la pénombre. C'était là qu'il la recréait le mieux. Là qu'elle était vivante. Combien de fois, la voyant armée d'une bonbonne de vingt litres dans chaque main, s'était-il dit : « Elle n'était pas faite pour ça. Elle n'était pas faite pour devenir la femme d'un viticulteur. » Combien de fois avait-elle déambulé entre les tonneaux lutés de cire et les batteries aux chantepleures?

Il ne se pouvait pas qu'en tant d'années de vigilance, elle n'eût pas laissé d'elle quelque trace invisible, errante d'une cuve à l'autre, en quête d'une vie moins navrante...

Maintenant, elle était morte depuis deux mois. Et lui jouait là à cache-cache avec ses seuls fantasmes; s'élançant comme pour la surprendre; écoutant cette goutte dont les coups irréguliers composaient un message brouillé. Parfois, il se surprenait à avancer les mains, comme pour happer la souplesse fondante d'une taille qui venait de s'insérer derrière une cuve. Mais c'était seulement l'air sous la voûte, qui se déplaçait dans le froissement d'une robe irréelle et ses bras retombaient, découragés.

Soudain, il lui parut qu'une présence d'une autre essence que celle qu'il recherchait se mouvait au loin, peut-être dans le hall des clients qu'il venait de quitter. Il se retourna, tous les sens aux aguets, pour scruter la pénombre. Il ne vit que des objets immobiles. Pourtant cette prescience d'un être vivant tapi dans un coin pesa longuement sur son instinct de chasseur. Il n'en abandonna pas aussitôt la recherche passionnée. Il retint son souffle à plusieurs reprises, croyant enfin tenir quelque signe. La sensation pourtant diminua lentement, s'effaça tout à fait.

Alors, quand il fut bien certain d'être seul, il prononça à voix basse : « Elvire... ». La goutte lui répondit tout à côté de lui. « C'est bien la quatre rosé », se dit-il. Ce soir encore, nul fantôme ne lui fournirait l'occasion de régler ses comptes avec sa conscience.

Il revint à pas lents vers le hall des clients. Son regard mesura cet espace nu, cimenté en pente, où ne séchait jamais une rigole violine collectant le surplus des barriques trop pleines. Il se rapprocha du petit bureau pour éteindre les loupiotes du chai. Alors, il aperçut, jetée en désordre sur le bureau, la serpillière qu'il avait rangée tout à l'heure et sur le tableau noir, il vit que le mot « Elvire » avait été effacé.

Quelqu'un était donc venu, quelqu'un était reparti. Il sourit. Ce quelqu'un, s'il voulait l'effrayer, faisait fausse route. Félicien Dardoire ne se laissait jamais effrayer que par lui-même.

Mais il était intrigué. Il croyait bien, deux mois après sa mort, être le seul à se souvenir encore assez intensément de sa femme pour avoir envie d'en écrire le nom ou de l'effacer... Ses enfants peut-être, mais ils étaient loin...

Félicien sortit du chai, préoccupé, mal à l'aise. Il jeta un regard circulaire sur la cour baignée de clair de lune.

Au centre de la calade, devant le puits ornemental condamné depuis longtemps, se dressait, appuyé à la margelle, un de ces deux-roues au port agressif, que les enfants appellent un trial.

« J'avais bien dit à sa grand-mère, songea Dardoire avec fureur, de ne pas lui acheter cet engin! Ça fait un an qu'il me le réclamait! Ça y est! Maintenant, ou il va se casser la gueule avec, ou il va venir tous les jours de vacances me mettre des bâtons dans les roues! Tu vas voir si je vais te le renvoyer à Aix! Qu'est-ce que je peux foutre, moi, en ce moment, d'un gamin de quinze ans qui me rappelle sa mère chaque fois que je le regarde? »

Planté au milieu de la calade, il appela :

« Régis! »

Il n'y eut pas de réponse. La cataracte du vent coulait seule par-dessus les grands arbres, lointaine, indifférente. Le corps de logis était obscur. Là-bas, en face, commandant le parc sauvage, une grille noire à piques révolutionnaires défendait une allée d'ifs autrefois taillés en ballerines. Autour des rondeurs de leurs formes, des branches anarchiques les avaient transformés en sorcières hargneuses, hérissées de balais.

« De tout sûr il est là, se dit Dardoire. C'est son coin préféré. Celui-là, pourvu qu'il joue! Tu vas voir si je vais te l'engueuler! Venir d'Aix en trial! Je te demande un peu! »

Il pénétra dans le parc par la poterne pratiquée à côté de la grande grille et qui n'avait jamais reçu de porte.

C'était là le domaine du vent. Un quartier de lune à travers les hautes branches découpait les ifs noirs.

« Régis! » appela Félicien.

Il s'était avancé jusqu'à l'étendue d'eau plate, marécage autrefois et transformée par quelque aïeul en bassin d'agrément. Le reflet de la lune camouflait la couleur sale de cette mare. Elle l'irisait en une sorte de miroir glauque où Félicien pouvait contempler son image tremblante.

Il se souvint qu'Elvire, parfois, les nuits d'été, venait baigner sa nostalgie devant ce bassin. Ce miroir avait capté son image... Mais, lorsqu'il la surprenait c'était là-bas en face, à trente mètres de là... sur ce tertre de gazon où les ancêtres avaient fait bâtir ce banc de faux bois, laid comme un squelette.

Il eut la tentation de laisser errer son regard jusqu'à cette autre rive, mais un interdit superstitieux s'y opposa dans son subconscient. Il craignait trop, si Régis l'y attendait, de le prendre pour sa mère, tant il lui ressemblait.

C'est en courant presque qu'il sortit du parc. « Comme si j'étais poursuivi », se dit-il. Cette pensée modéra son allure. Mais il était plus tranquille dans le cadre ordinaire de sa vie : la cour dallée, le chai sombre aux portes ouvertes : la pagaille hétéroclite des vieux fûts qui débordaient d'un grand hangar.

La lampe grillagée éclairait le seuil où Félicien chaque matin prenait, avec sa première pipe, la couleur du temps. Sa lumière rasante sculptait la façade avenante de l'ancienne ferme qu'on habitait après avoir condamné en partie la bastide aux salles immenses et parfaitement inchauffables. Au seuil de la porte à nouveau Félicien appela d'une voix forte :

« Régis! »

Il n'y eut pas de réponse.

Félicien entra dans la pièce de plain-pied, ni salon ni salle à manger, à toutes fins utiles, mais sans destination particulière; toute de recoins sombres, d'entassements de meubles dépareillés, au plafond bas sous ses poutres ternes, telle qu'Elvire l'avait voulue : sans caractère. Au fond, l'escalier et sa rampe de bois y faisaient chaud au cœur par sa couleur de miel et sa vieillesse.

Félicien s'y engagea d'un pas fatigué. Les chambres étaient prises dans le corps de l'ancienne bastide et le couloir était long qui les desservait. Les chambres : ils avaient toujours, sans même s'être concertés, vécu séparément, chacun dans la sienne, encadrant une salle de bains commune. Jamais ils ne s'étaient endormis ensemble. La conception des enfants avait été déterminée par le signe du zodiaque auquel on prétendait les vouer.

Ces enfants n'étaient jamais venus baguenauder sur le lit de leurs parents le dimanche matin. Et d'ailleurs, y avait-il jamais eu de dimanche matin? Le vin, c'est exigeant, ça réclame l'activité de l'homme, en pensée ou en action, vingt-quatre heures par jour. La totalité de la vie. La totalité de la vie...

Félicien marcha jusqu'à la chambre de Régis. Il ouvrit la porte. Elle était vide. Alors, il s'immobilisa devant celle de sa femme où, depuis la mort de celle-ci, il pénétrait tous les soirs. Il crut entendre un pas furtif à l'intérieur, mais depuis que cet amour morbide, alourdi de remords, lui pesait aux épaules, il ne se fiait plus à ses sens. Il ouvrit résolument.

C'était une chambre de femme sans imagination ou peut-être secrète à en mourir : les murs gris clair, meubles cirés; ni vases à fleurs ni tableaux ni chromos ni photos. On n'apercevait pas un seul livre ni aucun de ces bibelots mièvres qui trahissent l'indigence du goût.

Cette nudité totale ne pouvait signifier qu'une chose : elle était volontaire.

« Parbleu! » se dit Félicien.

Chaque soir ainsi, depuis deux mois, il tentait de se rendre à l'évidence. Son regard errait sur toute cette décence modeste. Il tomba en arrêt devant le grand miroir en pied encastré entre les deux penderies. Elvire l'avait fait poser un an avant son décès. Il remplaçait une simple glace de salon qui n'occupait alors que le tiers de la hauteur du panneau.

« Parbleu! » se répéta Félicien. Et il eut envie de la casser à grands coups de pied, mais son image qui s'y reflétait l'arrêta. Il se toisa sans indulgence : lourd, grand, massif, portant beau avec sa calvitie avantageuse que ses deux maîtresses se plaisaient à tripoter. Naguère, l'évocation de leurs transports suffisait à sa vanité, mais depuis, il lui avait été donné de connaître un malheur que la vanité ne console pas.

A côté de son image se reflétait le secrétaire. C'était un meuble rustique, très vieux, à l'abattant uni. Il ne valait que par la qualité du bois. L'artisan s'était gardé d'en rajouter.

Félicien se souvenait de ce retour d'enterrement, lorsque soulagé d'un grand poids, il promenait victorieusement sa carcasse par toutes les pièces de la maison, qu'il se préparait à monter en voiture pour aller arpenter à pied ces cent hectares de V.D.Q.S. qui lui appartenaient enfin en propre.

Il était venu dans cette chambre pour tout y bafouer, vider la penderie des robes, des sacs et des manteaux; tout entasser pêle-mêle dans des cartons pour le fourguer au secours catholique. Avec un plaisir sadique, il avait forcé ce secrétaire – parce qu'il n'avait pas osé fouiller dans le sac qu'Elvire portait le jour de l'accident pour y prendre la clé – il avait tiré l'abattant brutalement. Il avait ouvert les tiroirs galbés qui contenaient peu de choses : ses rares bijoux – elle n'en avait jamais manifesté le goût – quelques pièces d'or et d'argent oxydé; la photo d'un grœnendael qu'elle avait aimé et qui était mort écrasé; un tiroir plein des souvenirs des enfants; rien le concernant lui-même; un bouchon de bouteille de champagne, d'une marque peu courante et ce fameux titre de propriété de cent hectares qui appartenaient en propre à Elvire. Mais il y avait aussi, voisinant sur la tablette avec un livre quelconque, le maroquin vert...

Ce soir-là comme le premier soir, Dardoire en tira, parmi les feuilles blanches et les enveloppes, cette page qui le subjuguait depuis tant de jours.

C'était une lettre d'Elvire et Dardoire savait, depuis bien avant qu'elle fût écrite, à qui elle aurait dû être adressée. Et d'ailleurs, souvent depuis, il s'était promis de la mettre quelque jour sous enveloppe et de l'envoyer par la poste. Mais ce qui le retenait, c'est qu'il ne voulait pas s'en dessaisir. Il la considérait comme son trésor ou en tout cas comme sa propriété. Et il aimait se poignarder tous les soirs de ces mots qui le désespéraient :

« Je ne t'écris pas pour me ressaisir mais pour me dessaisir. Mon corps te regrette déjà. J'attends demain. J'attends les jours suivants. Ils n'auront plus jamais la même couleur... comme elle était angoissante cette première fois... Angoissante comme un mystère. Mais comment avons-nous eu le courage? Comment nous sommes-nous deviné après tant d'années? Sans cette ivresse sans doute, nous serions passés encore une fois à côté... Je garde comme un talisman le bouchon de ce champagne qu'on nous offrait imprudemment, sans réaliser que nos regards restaient rivés l'un à l'autre... Je vais m'endormir sans somnifère, sans tranquillisants, depuis bien longtemps. A près de quarante ans, je suis comme une fleur fanée qu'on aurait retrempée dans l'eau. Demain matin sera beau par lui-même. Non comme une consolation. Merci... »

Cet homme, qui se frappait à mort chaque soir à l'aide de cette lettre, se leva, la tenant à la main. Il avait mal au cœur. L'insupportable puanteur qui imprégnait ses vêtements, et dont il s'était accommodé jusque-là, le tenait maintenant au bord de la nausée. Il convenait d'abord de s'en débarrasser.

Toujours tenant sa lettre en main, il ouvrit la porte de la salle d'eau et se fit couler un bain. Ce bruit de cascade le rasséréna un peu. Il crut qu'il commençait à mesurer le peu d'importance de ces mots d'une morte, le peu de place qu'ils tenaient encore de par le vaste monde.

Il se déshabilla, jeta ses vêtements dans le couloir et se plongea dans la baignoire. Mais tout en se lavant il guettait du coin de l'œil la lettre sur la tablette. N'y pouvant plus tenir, il s'essuya les mains pour s'en repaître une fois de plus; tenter de déchiffrer ce qu'il y avait de caché derrière ces mots si simples et qu'il savait être pourtant si mystérieux.

Enfin, avec un soupir d'incompréhension, il fit le geste de reposer la missive à côté de lui. Son regard machinal erra depuis le parquet jusqu'à la porte restée ouverte. Il eut soudain conscience d'un obstacle immense obstruant son horizon. Il leva les yeux.

Dans le chambranle de la porte, quelqu'un était debout dont le seul aspect le paralysa de terreur; quelqu'un qui le contemplait fixement, sans une parole, avec des regards glauques de somnambule. Ce quelqu'un se contentait, comme par jeu, de le bombarder avec de petites capsules qui éclataient presque sans bruit sur le bord interne de la baignoire.

Félicien comprit tout de suite et voulut en saisir une au vol. Mais, dans sa panique, il avait oublié que ces capsules étaient destinées à piéger les deux animaux les plus intelligents de la terre, qu'elles étaient conçues pour qu'ils n'aient pas le temps de reculer.

Celle que Félicien avait rattrapée avec trop de force se brisa dans sa main crispée et des éclats de verre s'y enfoncèrent. Quand il ouvrit les doigts il était trop tard. Il saignait. Il eut le temps de sentir qu'une autre capsule lui percutait le front entre les yeux.

La dernière image qui lui traversa l'esprit fut celle d'un dimanche de son enfance. On apportait sur la table la tourte à la frangipane du dessert. Mais cette odeur de frangipane était beaucoup trop forte pour lui, beaucoup trop forte...

« A Marat, David! » s'exclama le juge subjugué.

Il contemplait depuis le seuil de la pièce le cadavre allongé dans son bain, la tête penchée de côté, la bouche ouverte, les bras pendant hors de la baignoire et, dans le prolongement de ce bras, une lettre sur le tapis.

« Ça ressemblerait assez à ça... dit Laviolette. Il n'y manque que le poignard sortant du sein.

– Mais de quoi est-il mort? demanda le juge.

– Rien que l'odeur qui règne ici devrait vous renseigner... »

C'était un crime de première main. Personne n'avait touché à rien. Aucun témoin ordinaire ne s'était interposé. C'étaient les gendarmes venus chercher Félicien Dardoire à la première heure, pour lui poser de nouvelles questions concernant la perte des appâts, qui l'avaient trouvé dans sa baignoire, mort depuis un certain temps déjà.

Le légiste écarta les deux hommes qui lui bouchaient l'entrée pour enjamber le photographe de l'identité, à plat ventre sur le carrelage et qui prenait un gros plan de la lettre et du bras qui la désignait.

Le substitut vint s'appuyer sur les épaules du juge et de Laviolette. C'était un robuste gaillard qui mesurait plus d'un mètre quatre-vingt-dix, pourvu d'une voix tonitruante et d'une jovialité à toute épreuve. Le juge, par une dérobade polie de tout son corps, lui retira son appui. Il avait tout de suite flairé chez ce magistrat un autre animal politique, mais d'une espèce plus comestible.

« Approchez messieurs, dit le légiste. N'ayez pas honte... Venez que je vous montre quelque chose. »

Les trois hommes contournèrent le photographe et le préposé aux empreintes qui saupoudrait la lettre de quelque substance magique. Le légiste s'écarta, désigna du doigt le visage du mort.

« Il a été bombardé avec des ampoules d'acide cyanhydrique, dit-il. Regardez ça! Son front est égratigné. Quelques gouttes de sang ont séché parmi les rides. Et, dans ses moustaches, il reste d'imperceptibles éclats de verre. Et voyez sa main... Celle qui pend dans le vide... Il l'a ouverte trop tard... Il a dû essayer d'attraper une ampoule au vol... Ces saloperies, ça fait exprès des éclats pointus comme des dards... Par ces piqûres, le poison s'est immédiatement mélangé au sang et la mort a dû être instantanée.

– Mais comment savez-vous? demanda le substitut, qu'il s'agit bien d'acide cyanhydrique?

– L'odeur!

– Je sens seulement un léger parfum d'amande amère...

– C'est ça! Un léger parfum, comme vous dites! Celui qui a senti ça une fois dans sa vie ne peut plus manger de frangipane!

– Combien d'ampoules, d'après vous, ont été utilisées ici? » demanda Laviolette.

Le légiste désigna deux taches jaunâtres sur l'émail de la baignoire. Il montra ensuite le front et la main de la victime.

« Plus deux impacts ici... Je vous vois venir, soupira-t-il... Vous voudriez bien savoir combien il en reste encore...

– Ça nous le savons à peu près... D'après le laboratoire qui conditionne le produit et le livre aux fédérations, chaque boîte contient vingt-cinq ampoules. Lors de l'enquête sur la mort de Paterne Lafaurie, l'examen de reliquat du réservoir et des débris de capsule a permis d'estimer qu'on en avait utilisé six ou sept...

– Sept plus quatre égale onze... dit le légiste.

– Vingt-cinq moins onze égale quatorze. Il en reste quatorze à l'assassin. Il va falloir en faire part à la population... Mais, dites-moi, rafraîchissez ma mémoire. Quelle est la quantité nécessaire et suffisante pour provoquer la mort?

– Cinq centigrammes.

– Je vois.

– Non... Vous ne voyez pas... Excusez-moi...

Le légiste trempa le petit doigt dans la baignoire et le retirant le laissa en l'air pour se diriger rapidement vers le secrétaire ouvert. Il abaissa son petit doigt vers le buvard et l'imprima dessus. Une simple tache humide apparut alors qui s'estompait rapidement.

– Voici ce que c'est, dit le légiste, cinq centigrammes; la vingtième partie d'un gramme... Et vous pouvez être certain que la fédération et les labos, du moment qu'ils ont la permission de tuer des nuisibles, vous pouvez être assurés qu'ils font bon poids! Ils ont une belle peur qu'ils en réchappent! Vous pouvez tenir pour assuré que chaque ampoule contient de quoi tuer trois hommes! »

Laviolette ne l'écoutait plus. Il venait d'aviser à côté du sous-main, sur la tablette, un livre négligemment posé. Il le prit en main.

« *Le Traité du Narcisse*, lut-il à haute voix.

– Une couillonnade! trancha le légiste. Je l'ai lu quand j'avais vingt ans.

– Vous ne les avez plus depuis bien longtemps, persifla Laviolette.

– Dites donc! Mais... Vous non plus, ne vous en déplaise!

– Pas sûr! répondit Laviolette. *Le Traité du Narcisse* », se répéta-t-il pour lui-même.

Il s'aperçut qu'il était planté devant le miroir et qu'il se toisait de pied en cap.

« Courtois! » appela-t-il.

L'intéressé répondit de loin et accourut au bout de quelques instants...

« Courtois... Est-ce qu'il y a une bibliothèque dans cette baraque?

– Non patron... ou du moins si patron. Dans le salon en bas. Une vitrine fermée à clé.

– Qu'est-ce qu'elle contient?

– Des dictionnaires, des livres de distribution de prix et la collection du *Monde Illustré* de la guerre de Quatorze. »

De loin, Laviolette lui montra l'ouvrage qu'il tenait en main.

« Est-ce que d'après vous ce livre peut en provenir?

– Non, répondit Courtois nettement. Personne n'a plus sorti de livres de cette bibliothèque depuis longtemps. Les livres sont serrés. Il n'y a pas d'espace vide. On a dû la remplir dans cet esprit.

– Bravo Courtois! Vous finirez divisionnaire.

– Peuh! dit Courtois. Avec un patron comme vous! Chaque fois qu'il vient un contrôleur, je suis son regard.

– Et que dit-il ce regard?

– " Qui se ressemble s'assemble! " »

Le légiste regardait Courtois subjugué.

« Dites-moi, mon petit ami, vous saviez que votre patron allait vous interroger sur la bibliothèque?

– Pas du tout. Mais vous savez, il m'aurait interrogé sur le contenu du vaisselier ce serait pareil : il y a toute une collection d'assiettes à fond de proverbes Napoléon III; un vinaigrier en vieux Moustiers; trois piles de limoges blanches, deux plates, une à potage; quatre ménagères de soixante-douze pièces chacune...

– Ça va ça va! dit le légiste épouvanté.

– Il est comme ça, soupira Laviolette, mais n'en tirez aucune conclusion, je vous prie. »

Le juge s'avançait pour profiter de cette conversation animée.

« Qu'est-ce que c'est, demanda-t-il, que cette histoire de livre?

– Oh rien... un livre que j'ai trouvé dans le secrétaire.

– Mais encore?

– Tenez, dit Laviolette, sans lui montrer l'ouvrage, il s'agit du *Traité du Narcisse*. Savez-vous qui l'a écrit?

– Alain! répondit le juge.

– Allons donc! s'esclaffa le substitut qui s'était approché à son tour, *le Traité du Narcisse*, c'est de...

– Je vous en prie! lui intima Laviolette avec force. Et vous, Courtois, savez-vous de qui est cet ouvrage?

– Ma foi! dit Courtois.

– Bon... conclut Laviolette. Voici donc un homme de vingt-huit ans et un homme de trente ans, tous deux ayant une certaine culture, et ils ignorent qui est l'auteur de ce livre...

– Et quelle conclusion en tirez-vous? demanda le juge d'une voix acerbe?

– Aucune bien entendu », répondit Laviolette.

Il revint au seuil de la salle de bains.

« Dites-moi, quand vous en aurez fini avec cette lettre, nous pourrons peut-être en prendre connaissance? »

Il s'adressait au préposé de l'identité lequel prenait une photo verticale de la lettre que tenait son collègue à plat ventre.

« Elle est à vous! » dit ce dernier en la lui tendant.

Les trois hommes la lurent ensemble; le juge et le substitut par-dessus l'épaule de Laviolette qui la récitait à mi-voix.

« Le pot aux roses! s'exclama le substitut. L'homme dans son bain se repaît une dernière fois du poulet de sa maîtresse. Ses doigts de pied en frétillent d'aise. Mais soudain le mari jaloux surgit devant lui...

– Lequel, poursuivit le juge sarcastique, aurait d'abord nettoyé Paterne Lafaurie, mort également, ne l'oublions pas, d'une indigestion d'acide prussique. Une femme, donc, qui aurait eu deux amants, plus, probablement, un mari ou un troisième amant... Ça ne vous paraît pas un peu gros?

– Ça existe!

– Je sais bien, mais ce n'est pas la règle, c'est l'exception.

– Messieurs, dit Laviolette, examinez bien – et en silence – cette lettre. Je crois qu'elle nous fournit une indication précise, mais je veux votre confirmation... »

Il la leur tendit. Ils se la passèrent, la relurent, la mirèrent devant la lampe, la rendirent à Laviolette.

« Je donne ma langue au chat! soupira le substitut.

– Pas moi! triompha Chabrand. Cette lettre n'a jamais été pliée. Elle n'a jamais été mise sous enveloppe, par conséquent, elle n'a jamais été adressée à qui que ce soit. Et personne ne l'a gardée sur soi ni ne l'a transportée. Elle est toute neuve.

– Toute neuve... répéta Laviolette. Par conséquent, ce n'est pas la victime qui l'a reçue. »

Il tirait le panneau de la penderie. Il considérait les vêtements de femme. Il se tourna vers ses compagnons.

– D'après ce que nous savons de ce Félicien Dardoire – d'après ce que son régisseur vient de nous en dire – il était veuf depuis deux mois. Nous sommes ici dans la chambre de sa femme. Et de l'autre côté de la salle de bains, il y a sa chambre à lui. Mais la porte en est fermée à clé. Donc, il n'a pas, ce soir, pénétré dans la sienne. Il est d'abord venu ici. Il a forcé le secrétaire dont nous avons trouvé l'abattant fracturé.

– Et il a trouvé cette lettre... termina le juge. Cette lettre qui n'a jamais été envoyée à son destinataire.

– Cette lettre, dit le substitut, écrite par sa propre femme à son amant...

– Ouais... dit Laviolette dubitatif. Il trouve ça et *le Traité du Narcisse.*

– Sans doute, dit le juge, mais ce qu'il emporte pour s'en repaître dans son bain, ce n'est pas le livre, c'est la lettre...

– Une sorte de cocu posthume... » dit le substitut rêveusement.

Laviolette fouillait le secrétaire que les spécialistes venaient de lui abandonner. Il mettait de côté le sous-main en cordouan, ouvrait les tiroirs, feuilletait les papiers qui s'y trouvaient. Il revint vers ses commensaux, posa brusquement un objet sur le marbre de la commode où ils s'accoudaient.

« Ça ! » s'exclama-t-il.

C'était un bouchon de champagne.

« “ Je garde encore comme un talisman, récita Laviolette, le bouchon du champagne qu'on nous offrait imprudemment, sans voir que nos regards s'étaient rivés l'un à l'autre. " »

Penchés tous trois sur ce champignon de liège, ils l'interrogeaient comme un oracle. Le juge le faisait tourner entre ses doigts et déchiffrait une inscription sur la coupelle de métal incrustée dans le chapeau.

« *Champagne Raoul Curet,* lut-il à haute voix.

– C'est une marque qui m'est totalement inconnue, dit le substitut.

– Elle n'est pas courante... reconnut Laviolette qui était grand amateur de blanc de blanc. Mais souvent les petits producteurs...

– En tout cas, dit le juge, nous avons de la chance...

– Je ne vois pas en quoi par exemple!

– Moi, je vois, dit Laviolette au substitut. Merci juge de me tracer un travail aussi facile. Rechercher dans tout le département un restaurant qui vende du champagne Raoul Curet, c'est l'enfance de l'art.

– Et quand vous l'aurez trouvé... Savoir à quel moment Félicien Dardoire et sa femme y sont allés et avec qui?

– Encore que, objecta le substitut, la lettre ne précise pas si ce champagne fut consommé dans un restaurant... Ce peut être aussi bien lors d'un repas chez des amis.

– Ou lors d'un congrès...

– ... Ou d'une réunion de l'un de ces clubs que forment les provinciaux pour chasser l'ennui.

– Ou encore, dit Laviolette sarcastique, dans un stand de la section des vins, à la foire de Marseille. Merci. Vous êtes bien aimables tous les deux. »

Avec un sourire de martyr, il enfouit le bouchon au fond de sa poche et mit son mouchoir par-dessus.

« Heureusement, conclut-il, on peut procéder plus

simplement. Demander au fabricant lui-même la liste de ses clients dans la région. Il ne restera plus alors qu'à les visiter tous.

– Diable! s'exclama le substitut contrarié, je n'y avais pas songé. »

Laviolette les laissa discuter à l'infini sur ce bouchon et cette lettre qu'il connaissait par cœur. Il marcha jusqu'à la fenêtre, toujours tenant en main *le Narcisse.* C'était un tout petit livre. Presque un opuscule. Il le feuilleta machinalement. Quelqu'un en avait souligné ces quatre lignes à l'encre violette :

> « *Car c'est un esclavage enfin, si l'on n'ose risquer un geste sans crever toute l'harmonie. – Et puis, tant pis! Cette harmonie m'agace et son accord toujours parfait. Un geste! Un petit geste, pour savoir – une dissonance que diable! – Eh! va donc! Un peu d'imprévu!* »

Laviolette referma le livre, écarta les rideaux. Le parc, sous la lumière hivernale, se plaignait dans le vent. C'était une forêt vierge où tout s'élançait en anarchie vers le soleil, occulté par les grands arbres.

« Le regardait-elle quelquefois ce parc? » se dit-il.

Il ignorait son visage et jusqu'à son prénom. Ce n'était qu'une femme mariée parmi tant d'autres, qui avait eu son jardin secret et qui était morte récemment. Et ce n'était pas elle qu'on avait tuée, mais son mari après sa mort. Oui, elle devait regarder ce parc. Elle avait dû lutter devant lui, les jours de pluie, les jours où l'on sent passer la vie. Devant lui, peut-être en retenant ce rideau avec sa main, elle avait dû un jour se décider à laisser pénétrer l'imprévu dans sa vie...

Laviolette pensif revint vers les deux hommes qui relisaient la lettre.

« Ils l'apprennent par cœur, se dit-il. A considérer leur mine déconfite, j'imagine qu'ils se voient dans la peau du cocu. Regarde-les s'ils sont beaux! Ils ont tous deux cet air plus consterné que chagrin de celui qui se dit : “ Mais voyons! Elle avait tout avec moi! De quoi d'autre avait-elle besoin? ”

« Alors? demanda-t-il, ça vous a appris quelque chose? »

Le juge et le substitut levèrent la tête en même temps.

Ils firent signe que non.

« A moi non plus, avoua Laviolette. Et pourtant... Vous avez entendu parler de mes facultés extrasensorielles? »

Le substitut ne se permit aucune remarque. Le juge fit entendre le murmure menaçant d'une classe de seconde, quand le prof essaye de l'épater par des moyens déloyaux. Laviolette n'en tint aucun compte. Il leur prit la lettre des mains et la tapotant de l'index :

« Je suis sûr, vous entendez bien? Je suis sûr, leur dit-il, que ces lignes cachent la clé du mystère. Le malheur, c'est que nous ne sachions pas les lire...

– Patron! Patron! »

C'était Courtois qui appelait. Il arrivait brandissant un papier. C'était une enveloppe bistre du Crédit Agricole.

« Regardez ce que j'ai trouvé dans la poche du mort! Regardez ce qu'il y a d'écrit... »

Il mettait l'enveloppe sous le nez de Laviolette. Il l'agitait devant lui, telle une preuve irréfutable, il lisait à haute voix :

« *Téléphoner à H... vendredi sans faute. 75 01 68.* »

Il les regardait tous triomphalement comme si sa trouvaille avait le pouvoir de tout expliquer.

Chabrand, studieusement, recopiait deux pleines pages de notes prises au vol, au hasard de son inspiration; elles concernaient le second tome de l'œuvre de sa vie : *Réfutation de Karl Marx à la lumière de l'expérience chinoise.*

On toqua à l'huis. L'exécrable greffier – plus beau, plus jeune et plus costaud que lui – passa, selon son habitude, sa tête par la porte entrebâillée.

A neuf heures du matin, par une journée couleur de suaire, cet homme trouvait le moyen d'être frais et rose, jovial, montrant une dentition impeccable, alors que le juge devait déjà deux molaires à l'art de son dentiste.

« Eh bien? Qu'y a-t-il? questionna Chabrand revêche.

– Une jeune fille, dit le greffier... Elle a une communication à vous faire.

– Mais je ne l'ai pas convoquée?

– Non, vous ne l'avez pas convoquée.

– Eh bien alors? Je ne suis pas un confessionnal! »

Le greffier cependant gardait son fin sourire sur les lèvres.

« Bien, monsieur le juge, dit-il, je vais donc l'éconduire. »

Ce greffier était un rusé psychologue. En peu de temps, il avait su très bien appréhender le caractère du juge – lequel, d'ailleurs, le portait sur sa figure – et il n'était pas fâché de lui en souligner les inconvénients. Mais il avait tort d'éterniser son sourire, car le juge était armé d'une intuition à toute épreuve et n'écoutait pas toujours ses propres sautes d'humeur.

« Attendez! cria-t-il avant que le greffier eût retiré sa tête. A-t-elle dit son nom?

– Oui... chevrota le greffier.
– Qui est-ce?
– Léone Lafaurie. »

Le juge fut ébloui par ce nom comme si un dahlia déployait ses pétales sous ses yeux.

« Il faut, songea-t-il, que je me méfie de plus en plus de ce petit salaud... Voici donc la visite qu'il prétendait m'épargner... »

Il feignit de fouiller dans ses souvenirs.

« N'est-ce pas, dit-il, la fille de notre première victime?

– Il me semble... confirma le greffier à regret.

– Eh bien alors? Il est normal que je fasse exception.

– Officiellement? » demanda le greffier d'un ton neutre.

« Officiellement » cela signifiait qu'il devait assister à l'entretien. « Officiellement », grommela le juge mécontent.

En quelques gestes précis qui soulignaient la majesté du lieu tout en le tournant en dérision, le greffier organisa une sorte de pantomime pour introduire Léone dans le cabinet du juge. Et, l'ayant installée sur le fameux siège des prévenus, il alla se couler derrière sa machine à écrire, tout en croisant innocemment les doigts de manière à dissimuler son alliance.

Il faut dire que la visiteuse valait la peine de ces quelques ronds de jambe. C'était une fille comme il y en a tant. Elle avait de très longs cheveux blonds, les seins hauts, la taille serrée dans un *jean,* cuisses bombées, chair dure à la vue, dure au toucher sans doute; sûre, au demeurant, de l'effet qu'elle produisait.

« Elle est méchamment belle! » constata le greffier. Cet adverbe, insolite dans ce sens, il le lui appliquait depuis qu'il avait rencontré son regard très sec. « Ne promettez, disait ce regard, que ce que vous pouvez tenir. »

Elle n'était pas gênée. Elle ne souriait pas. Elle était naturelle. Une volonté peu commune se dégageait de sa personne trapue. Elle balayait de ses yeux bleus les deux hommes avantageux, devant elle. Ils ne paraissaient pas, à leur grand regret, l'intéresser. Probablement, se disaient-ils, le bureau et le siège inconfortable doivent la troubler...

Avant même qu'elle n'eût ouvert la bouche, ils crurent de leur intérêt d'afficher une grande modestie dans leur maintien.

« Eh bien mademoiselle? » dit le juge amène.

Léone se mordillait les ongles sans répondre tout de suite. Enfin elle redressa la tête et regarda le juge bien en face :

« Vous, dit-elle, je vous ai déjà vu.

– Oui, répondit Chabrand, le jour de...

– Le jour de la mort de mon père, n'est-ce pas? C'est vous qui étiez dans la cour quand j'ai découvert qu'il était mort?

– Je venais vous acheter des pommes, confirma le juge avec un sentiment de honte.

– Oui? excusez-moi... J'ai dû vous paraître... Je ne savais plus ce que je faisais... »

Le greffier déconfit considérait tristement le juge, lequel bien sûr ne l'avait pas renseigné sur sa première rencontre avec Léone.

« Voilà, dit-elle brusquement, j'ai oublié de préciser quelque chose aux gendarmes, lorsqu'ils m'ont interrogée.

– Quelque chose d'important? »

Elle haussa les épaules.

« Comment savoir si c'est important? »

D'un réticule accroché à la ceinture de son pantalon,

elle tira un papier tout froissé qu'elle jeta sur le bureau.

– Lisez », dit-elle.

Chabrand se saisit de la boulette, la déplia, la défroissa et lut à haute voix :

« *Téléphoner à H... vendredi sans faute. 75 01 68.* »

Pour être homme, on n'en est pas moins juge et Chabrand, sitôt qu'il eut déchiffré le billet, modifia du tout au tout sa conduite. Non sans conserver, toutefois, comme en filigrane, son intérêt à l'égard de Léone; il ne vit plus ses cuisses bombées ni ses lèvres ni ses yeux; ni même les seins nus sous le tee-shirt qui glissait soyeusement, lorsqu'elle avançait ou reculait le buste.

A la place de ces promesses, se tenait maintenant un témoin réticent, un témoin qui n'avait pas tout dit. Le greffier comprit incontinent que, face à ce ressaisissement de la justice, il n'y avait pas lieu de se tenir en retrait. Il appointa ses crayons, impassible.

« Voyons, dit Chabrand, effectivement je vois dans l'interrogatoire que vous n'avez fait aucune allusion à ce fait devant les gendarmes...

– Vous savez, dit Léone, perdre son père, c'est quand même quelque chose... Je n'avais plus ma tête à moi. »

Elle leur raconta qu'elle avait découvert cette enveloppe dans les poches d'un bleu de travail.

« Quand? demanda le juge.

– Le lendemain. Quand j'ai voulu reprendre le sulfatage des vergers... »

Le juge se rongeait, au bas d'un ongle, une peau qui le gênait.

« A ce moment-là, dit-il, vous ignoriez que votre père était mort assassiné... Le papier n'était donc encore qu'un débris sans valeur... Le geste normal eût été de le rouler en boule et de le jeter. Vous ne l'avez pas fait... Pourquoi?

– Parce que je n'avais pas de corbeille à papier sous la main. Et quand j'ai su la vérité, ce papier je l'avais oublié. C'est hier, en enfilant le bleu pour me mettre au travail, que je l'ai retrouvé. Alors, en refléchissant... »

– Bon. En avez-vous parlé à quelqu'un?

– A personne. Pourquoi?

– Même pas à votre mère?

– Oh! Ma mère! s'exclama Léone les yeux au plafond. Ma mère, c'est une âme en peine. Quand elle me rencontre, quand je croise son regard, j'y lis toujours un sentiment d'incrédulité.

– Il est vrai... Son chagrin...

– Mais non... C'était une âme en peine bien avant. Vous l'avez vue ma mère? A trente-sept ans elle en paraît vingt-cinq...

– Elle est fragile?

– Oh non! n'allez pas croire ça! On croit ça parce qu'elle est blonde. Non, ma mère est absente. On peut toujours l'appeler. " Elève Fabienne? Absente! " Voilà ma mère. Comment vous voulez que je lui parle de quoi que ce soit? »

Elle se tut brusquement, fronça les sourcils, ouvrit la bouche, la referma. Dans son regard, Chabrand lut un éclair de surprise aussitôt éteint.

« Vous lui donnez, je crois, quelque sujet d'étonnement, d'inquiétude, non?

– A elle? Jamais de la vie! C'est mon père qui tenait à ce que je reste vierge.

– Et... vous n'avez pas eu la curiosité de vérifier à quoi correspondait ce H... dont parle le griffonnage?

– Curiosité? J'avais bien le temps! Entre les obsèques, les gendarmes et un jour de pluie, nous avons perdu une semaine... Une semaine, monsieur le juge, chez les paysans, ça ne se rattrape pas... »

Elle se leva.

« C'est tout, dit-elle. Je peux m'en aller?

– Vous pouvez, dit Chabrand. D'ailleurs, je vous accompagne. »

En deux enjambées il l'eut rejointe et lui ouvrit galamment la porte.

Le greffier impuissant le regardait faire.

« Il va lui filer un rancard! se dit-il. Vingt ronds qu'il va lui filer un rancard. » Il avait photographié, pour s'en repaître dans le souvenir, le balancement souverain des hanches de Léone effectuant sa sortie.

Le juge, étroitement attentif à l'accompagner du plus près qu'il pouvait, long et flexible comme dans une danse, descendait l'escalier au pas de Léone.

Il n'attendait rien de bon de l'avenir. Les tuiles qui tombent, les voitures qui se jettent contre un arbre, les cancers embusqués au détour des entrailles et qui tuent plus vite les jeunes que les vieux; voilà l'avenir auquel il croyait. Aussi ne s'interdisait-il pas, quand le destin lui tendait quelque rare occasion, de s'y jeter, tête baissée. Du reste, l'autre jour, dans cette tragique circonstance, il lui semblait que cette jolie fille s'était cramponnée à lui un peu plus que de raison. *A lui!* Et non pas à Laviolette, plus conforme cependant, à l'idée que les enfants se font d'un génie protecteur.

Fort de cette certitude, Chabrand n'avait pas atteint le palier du rez-de-chaussée que déjà, il murmurait à Léone :

« Si je vous demandais un rendez-vous... Vous viendriez? »

Elle s'arrêta net, se retourna, le regarda bien en face et dit :

« Un rendez-vous... Rendez-vous?

– Oui », avoua le juge.

Elle le toisa de pied en cap, le jaugea, le pesa, dissimula un petit sourire.

« Pourquoi pas? dit-elle. Téléphonez-moi... »

Elle se détourna et s'en alla. Il la suivit du regard. Elle avait la croupe solide des femmes habituées à s'arc-bouter sur la terre. C'était une nature. Une nature : l'âme et le corps...

Dans l'escalier, pour remonter, il vola plus qu'il ne marcha et reprit place derrière son bureau, en sifflotant le chant des partisans kurdes.

Le greffier un peu moins rose contemplait pensivement à son doigt l'alliance captive. « Ils en ont de la veine, songeait-il, ces cocus de célibataires. »

Le juge comparait sur le sous-main les deux enveloppes du Crédit Agricole où chacune des victimes avait tracé la même inscription.

Il s'empara du téléphone.

Laviolette remonte la Grand-Rue. Manosque, en ce mardi après-midi d'hiver, rajeunit de cinquante ans à ses yeux. Seule tinte d'heure en heure la cloche de Saint-Sauveur. Les rues sont désertes et parfois, comme avant Quarante, on débusque un commerçant, derrière sa vitrine, qui épie le chaland.

Si par malheur on lève les yeux, on est tenté de se garer comme d'un cataclysme imminent : les façades hautes sont concaves, comme des torses de poitrinaire. Les portes d'entrée, en haut de deux ou trois marches, surplombent dangereusement la chaussée, par leur fronton à l'italienne. Pourtant, aucun tremblement de terre n'a jamais modifié l'aplomb de ces murs; simplement, ils ont été dressés ainsi, voici deux siècles, par des amateurs et, depuis ce temps, les professionnels prédisent qu'ils ne tarderont pas à s'ouvrir en deux.

Laviolette, qui avait oublié le numéro qu'il cherchait, poussa plusieurs portes à deux battants avant de trouver la bonne. Mais quelques traces d'une odeur subtile affleurant dans le courant d'air d'un soupirail ravivèrent son souvenir. C'était celle du cordouan, au sortir des mains du mégissier et que pimentait encore une pointe de salpêtre violet.

« Oui, jubilait-il, c'est ça! C'est bien ça! Oh bien sûr,

c'est parce que mes narines d'enfant l'ont senti très fort, autrefois, que je peux le reconstituer aujourd'hui, alors qu'il n'existe pour ainsi dire plus... Mais, si ce magasin, à côté, n'était pas devenu une bijouterie clinquante, je pourrais encore lire sur le fronton ces belles lettres de cuivre en relief : *Henry, cuirs et crépins* et c'est leur entrepôt qui exsudait ce parfum que je trouverai là-bas au fond de la cour. Et pourtant même l'entrée en a été murée et de l'autre côté, au lieu des piles de peaux travaillées, je ne trouverais à présent qu'un parking. »

Debout, au milieu de ce grand vestibule clair, il considérait les volées d'escalier qui montaient jusqu'à la verrière du toit. C'était une de ces maisons typiques du génie manosquin où tout semble avoir été dépensé pour ce qui se voit : les portes monumentales, les grandes fenêtres éclairant l'escalier. Tout ce qui est inutile se pare d'une intention cossue, révèle la richesse de celui qui fit bâtir.

Tout change à chaque étage. Une porte étroite creusée dans un mur de refend commande chaque appartement. Une porte, sur l'immensité du palier, est aussi confidentielle que celle d'un confessionnal. Comme si le maître de l'ouvrage, soudain honteux ou soudain prudent, avait voulu étouffer cette gloriole, si fort étalée dans la cage de l'escalier.

Laviolette escaladait lentement les marches, comme si sa grand-mère lui tenait encore la main. Et seul son souffle, un peu pénible, à cause de quarante ans de tabagie, lui rappelait qu'il était seul désormais. A chaque tournant, il rencontrait une ombre qu'il reconnaissait à voix basse : « Le Ménin Combe, la Félicie Batarel, le Milon de Chanteprunier. C'étaient tous de bonnes pratiques. Quand ma grand-mère portait à Hermerance de la salade champanelle, on les croisait souvent dans l'escalier. C'est curieux, se dit-il, la vie...

Ils étaient tous beaucoup plus jeunes qu'elle... Et ils sont morts et elle est vivante. »

Il reprenait souffle sur le palier du premier. Certaines choses annonçaient des changements : un landau de bébé stationnait sur les tommettes rouges. Auprès des portes confidentielles, des plaques de cuivre et des interphones étaient encastrés dans les murs.

« C'est au second », se dit-il.

Devant lui, invisible après le tournant de la rampe, quelqu'un achevait de gravir la volée, en un bruit d'étoffe froissée et de claquement de canne. Montant rapidement quelques marches, il la reconnut de dos. Pointe noire, le chignon blanc, en robe de soie noire – elle devait en avoir une collection qu'elle achevait d'user – elle était à peine un peu plus petite que voici quarante-cinq ans. Sa claudication même ne s'était pas aggravée. Son célèbre cabas flasque qu'elle tenait de la main gauche, Laviolette aurait juré qu'elle ne l'avait jamais remplacé.

Elle montait, accompagnée d'un cliquetis de lustre orchestré sur sa poitrine par une rivière de bouchons de carafe et, lorsqu'il fut dans son sillage, Laviolette reconnut le parfum piquant de *badassière* qui la suivait déjà voici un demi-siècle.

Il arriva à sa hauteur comme elle s'efforçait de sortir du cabas son trousseau de clés. Elle l'entendit souffler, se tourna vers lui :

« Tè, c'est toi? dit-elle. Tu n'es pas avec ta grand-mère?

– Ma grand-mère, elle est morte en trente-sept.

– Mais oui c'est vrai! Qu'est-ce que tu veux que je te dise? De te voir là, si jeune, je me suis plus rappelé... Mais où elles sont ces clés? Oh puis tant pis! Je vais taper... Cordélie doit être là! »

Elle frappa d'une poigne robuste. Elle appela d'une

voix aiguë qui emplit de panique les quatre volées de l'escalier.

– Cordélie! Cordélie!

Sur le seuil de la porte finit par apparaître une fille blonde, aux yeux candides, à la bouche sensuelle, âgée de dix-sept ans peut-être. C'était l'image même de l'ennui profond, mais dans son expression on pouvait pêcher comme en eau trouble les traits essentiels du vieux visage aux rides immobiles d'Hermerance.

« Ça, c'est mon arrière-petite-fille! Elle n'a plus que moi! Tous ses ascendants sont morts! Comme je l'avais prédit! Juste comme je l'avais prédit! »

Elle brandissait son bâton, claudiquait fermement, s'engouffrait dans son antre, posait la canne en travers sur la toile cirée de la table, se débarrassait de sa pointe de laine, s'affalait sur une chaise et considérait Laviolette entre bas et haut.

« Eh ben! Tu n'as pas beaucoup changé!

– Oïe! La dernière fois, j'étais encore en culottes courtes!

– Et alors? Tu étais déjà un peu gros, tu l'es resté. Un peu court sur pattes, tu l'es toujours. Tu as toujours les oreilles en paravent et les genoux un peu en cerceau. Et vaï, si j'en juge par ta tête, ton caractère a pas dû beaucoup s'améliorer... Y a qu'une chose qui m'échappe, c'est ton prénom... Attends... Ah oui! »

Elle éclata de rire comme une jeune fille, à gorge déployée. Elle n'en finissait pas de se taper sur les cuisses : « Regarde ça! se disait Laviolette. Quatre-vingt-quinze ans et encore capable de se foutre du monde! »

« Ah oui! Attends! Ton prénom c'était...

– Pitié! gémit Laviolette. Ne me tournez pas le couteau dans la plaie...

– Qu'est-ce que tu veux, c'est plus fort que moi! Moi, je trouve tout comique! »

« C'est pas possible, je rêve! » se dit Laviolette.

Il inventoriait, incrédule, autour de lui, cette cuisine immuable avec son potager à hauteur de la taille, la hotte ventrue de la cheminée dont la tablette s'agrémentait d'une bande festonnée. Brodé au point de croix, rouge sur fond écru, c'était un ouvrage de dame du temps jadis à motif d'ananas et de grappe de raisin quatre fois répété. Il soulignait l'alignement antagoniste de deux séries de pots en ordre décroissant : l'un de faïence, l'autre de fer portant la marque *phoscao*. Ces pots n'avaient jamais rien contenu. Ils étaient là pour *faire joli,* mais ils y étaient depuis cinquante ans.

Contre le mur, au même clou que le porte-brosses en tapisserie, les livraisons successives du calendrier annuel des postes s'entassaient en éventail. L'évier lui-même exhalait le même remugle qu'autrefois et, sous le robinet qui gouttait toujours, un *tian* d'argile vernissée recueillait le surplus. Oh, il y avait bien, là-bas au fond, une cuisinière électrique et une machine à laver, mais elles se faisaient oublier dans l'ombre.

« Assieds-toi, dit Hermerance. Y a guère de fauteuils ici. Y a que des chaises. Alors tu es venu un peu me voir? Alors tu es commissaire? Mais dis! Tu as bien réussi! Tu as fait une belle carrière!

– Oui, dit Laviolette lugubrement, une carrière de sable... »

La jeune fille qui tournait quelque chose sur la cuisinière émit une sorte de hennissement. Laviolette voyait ses épaules secouées par le rire.

« Cordélie! commanda Hermerance, au lieu de faire une peau de rire, fais un peu attention à ta béchamel! Je sens d'ici qu'elle fait des grumeaux! »

Laviolette la considérait en silence. En un mouvement de rapace, elle raflait sur la toile cirée un jeu de tarots éparpillé, elle le battait, elle l'étirait en accordéon entre ses doigts agiles.

« Quel jeu je te fais? dit-elle.

– Aucun », répondit Laviolette.

Elle l'observa, décontenancée. Ils se regardèrent un moment. Les yeux d'Hermerance luisaient derrière un lacis de ganglions écroulés comme un soleil qui va s'éteindre. On eût dit qu'avant terme, ils s'éloignaient de la terre.

Pourtant, ces yeux aux aguets, à l'expression encore acérée, connaissaient les malheurs et les infortunes de trois générations de Manosquins. Quand elle mourrait, ce serait comme si l'on brûlait en place publique trois quarts de siècle d'histoire locale. La destinée de beaucoup de ses pratiques, elle l'avait vue se dérouler de bout en bout, après l'avoir prédite. Certaines tombes du cimetière contenaient des dépouilles dont l'existence avait été fidèlement vécue en fonction de ses prédictions.

« Alors! Tu es venu pour quoi? demanda-t-elle.

– Pour vous interroger.

– Ah!... dit Hermerance. Ah!... »

Elle prononçait cette exclamation longuement, dubitativement; elle la répétait comme pour en examiner le contenu, soudain refroidie et faisant enfin le départ entre cet ancien petit-enfant de la mère Brunel et ce représentant de la force publique qui venait lui tirer les vers du nez.

Otant sa canne de dessus la table, elle la posa debout à côté de sa chaise. Elle repoussa au loin le jeu de tarots, comme si elle eût voulu faire oublier qu'elle gagnait sa vie avec ça.

« Et qu'est-ce que tu as, dit-elle, à me demander?

– J'enquête sur les deux crimes, répondit Laviolette.

– Ah!... répéta-t-elle sur le même ton. Ah!... »

Elle n'en finissait pas de prononcer cette exclamation, ce qui lui permettait pendant ce temps de faire son examen de conscience et d'assurer ses retranchements.

Laviolette ne la pressait pas. Tandis qu'elle réfléchissait, il tirait de son portefeuille les deux enveloppes du Crédit Agricole et il les lissait sur la table du plat de la main. Elle les observait impassible, les yeux luisants au fond de ce conduit caverneux qui les abritait.

« Vous avez bien entendu parler de ces deux crimes?

– Beau Dieu! s'exclama Hermerance. Tout le monde parle que de ça!

– Et alors? Vous connaissiez les victimes?

– Comme je te connais toi... C'étaient deux beaux hommes. Qué dommage! Quelle perte! »

Elle joignait les mains. Elle attestait le plafond du regard, comme si c'eût été le ciel.

– Ce Félicien Dardoire, encore un que j'ai vu en culottes courtes! Mais lui, c'était sa mère qui l'amenait... Celle-là, elle voulait tromper son mari, mais que je lui en donne la permission. Ah! couilloti! Moi, je voyais pas d'amant dans son jeu. Je lui disais : “ Ma pauvre Titine, qu'est-ce que vous voulez que je vous dise? Y a pas d'homme dans votre jeu! ” Il faut te dire que cette Baptistine Lèbre, le haut lui conservait le bas... Ils sont rigolos tous : ce qu'ils demandent aux cartes, c'est de les obliger à faire ce qu'ils ont envie! Après ils disent : “ Tu veux te défendre, toi, contre le destin? ” Tu peux pas savoir, dans cette ville, combien de fois il a eu bon dos le coquin de sort!

– Mais, depuis qu'il était en culottes courtes, vous l'avez bien revu et le Paterne Lafaurie aussi?

– Bien sûr que je les ai revus! Dans Manosque, comment ne pas se voir?

– Non, mais... Je veux pas dire dans Manosque. Je veux dire : ici, professionnellement, pas plus loin que la semaine dernière! »

Il soulignait du doigt, sur chacune des enveloppes, la ligne qui y était écrite.

« 75 01 68, c'est bien votre numéro de téléphone? H... c'est bien l'initiale de votre raison sociale? Ces enveloppes on les a trouvées dans les poches des victimes. Tous les deux voulaient vous téléphoner. L'ont-ils fait? Finalement, voilà la question que je voulais vous poser...

– Finalement! s'exclama Hermerance. C'est bien ce que j'avais compris. Tu commences par me demander s'ils m'ont téléphoné et si je te réponds oui, tu veux savoir ce qu'ils m'ont dit. Enfin! Réfléchis! Si j'en crois les journaux, ce pauvre Paterne, c'est le jeudi qu'il est mort! Comment voulais-tu alors qu'il vienne me voir le vendredi?

– Passe pour le Paterne! Mais Félicien Dardoire, lui, c'est le mardi qu'il a été tué. Il a donc fort bien pu téléphoner le vendredi et vous dire...

– Non. Il aura oublié, probablement. Mais, dit-elle avec force, mets-toi bien ça dans la tête : même s'il m'avait téléphoné, je ne te dirais pas ce qu'il m'a dit! Parce que, moi, je suis comme les docteurs : je me retranche derrière le secret professionnel. »

Laviolette se sentait étrangement impuissant devant Hermerance. C'était la première fois de sa vie de policier qu'il affrontait un témoin réticent âgé de quatre-vinqt-quinze ans et qui était une institution. Il risqua un sourire de martyr et la regarda bien en face.

« Parfaitement! dit-elle en soutenant son regard. Et

même, j'ai sûrement des secrets plus importants que ceux des docteurs. Des secrets à faire battre les montagnes !

– Eh bien alors, marchanda Laviolette, et si vous me disiez mon avenir immédiat ? Si vous me disiez comment, dans les semaines qui suivent, je vais m'y prendre pour cravater le meurtrier ? On peut pas faire dire un peu tout ça, aux cartes ? En somme, je vous entendrais... comme en confession !

– Mais dis ! Tu es pas un peu momo ! Je vais inventer, moi, peut-être, pour te faire plaisir ! Mais dis pourquoi tu crois que je vis de ça ? Je suis honnête moi ! Je dis ce que je vois ! Un point c'est tout ! Ni j'ajoute ni je retranche ! Et tu ferais mieux de ne pas jouer avec ça ! Parce que, par exemple, moi, je me risquerais pas de me dire le mien, d'avenir...

– Vous le voyez ?

– Je le verrais si je voulais. Mais je préfère ne pas le voir. Moi, tu sais, je suis superstitieuse : je crois que la parole ça crée l'événement... Quand on *dit,* c'est irréparable. C'est comme si on faisait...

– Justement ! Vous pouvez avoir vu un drame et que celui-ci, ensuite, ait eu lieu effectivement... se soit pour ainsi dire matérialisé. Vous voyez ça d'ici ? »

Hermerance se posa la main en bâillon devant la bouche, avec un regard épouvanté.

« Moum diou ! Ne me dis pas des choses pareilles que j'oserai jamais plus rien prédire de ma vie ! »

Elle restait ainsi, la main devant la bouche. Dans ses yeux défilaient des images révélatrices. Laviolette crut qu'elle allait parler. Mais elle se ressaisit tout de suite.

« Non ! dit-elle, haletante, non ! Tu essayes de me tirer les vers du nez... Mes secrets sont ceux des autres.

Je peux pas les galvauder. Ils ne m'appartiennent pas...

– Mais il y a deux hommes morts! Mais il peut y en avoir d'autres...

– Le destin c'est le destin...

– Mais vous m'avez dit, il n'y a pas cinq minutes, qu'il avait bon dos le destin?

– Pas pour la mort! Jamais pour la mort!

– Vous préférez que je vous fasse convoquer par le juge? »

Il n'y avait pas mis toute la conviction nécessaire. Hermerance secoua la tête :

« Non, non! On ne délivre pas de commission rogatoire contre les consciences! »

Laviolette se leva en soupirant.

« Bon! dit-il. Eh bien moi, je vais vous le dire votre avenir. Et vite! Il lui reste encore quatorze ampoules d'acide prussique à l'assassin... Si vous savez quelque chose qui le gêne...

– Mais pourquoi? Puisque je ne dis rien?

– Comment le saurait-il? Il peut croire que prise de remords...

– Mais jamais je serai prise de remords! Mon Dieu! »

Elle se tordait les mains.

« Comment lui faire savoir que je suis une tombe?

– Il préférera que vous y descendiez.

– Où ça?

– Dans la tombe! Alors Hermerance, fermez bien votre porte... Vous buvez une verveine, je suppose, le soir?

– Une bourrache! gémit-elle. Ça fait venir vieux...

– Alors un bon conseil Hermerance! Sentez-la votre bourrache, avant de la boire... Mais, ajouta-t-il, le doigt levé, sentez-la de loin, de très loin! N'allez surtout pas mettre votre nez dessus! »

La porte qu'il ouvrit grinçait affreusement. La plainte lugubre de ses gonds se répercutait dans l'escalier jusque sous la verrière.

Laviolette descendit lentement les marches. Il n'avait pas atteint le rez-de-chaussée que déjà retentissait dans les étages un pas pressé qui frappait les marches en cadence, à coups de talon aiguille.

« Monsieur! Monsieur! »

Comme il s'apprêtait à tirer la porte, Cordélie surgit dans son dos et s'accrocha à son épaule. Il se retourna.

« Monsieur! »

Elle pouffait de rire derrière sa main. Ses yeux se remplissaient de larmes.

« Monsieur... parvint-elle à articuler, vous m'avez tellement fait rire... Je voulais vous dire : vous savez le bon vieux qu'on a tué...

– Qui ça?

– Celui qui est dans le journal! Celui qui a mis ses cheveux au râtelier...

– Vous voulez dire Félicien Dardoire sans doute?

– Oui. Celui-là! Eh bien il est venu!

– Quand?

– Vendredi. Juste comme vous l'avez dit.

– Il a parlé à votre... aïeule?

– Oui. Mais je n'ai pas entendu ce qu'ils disaient. Quand elle consulte et que je suis à la maison, grand-mère m'enferme dans ma chambre.

– Il est resté longtemps?

– Deux minutes.

– Deux minutes? Vous savez ce que ça fait deux minutes?

– Ça fait deux minutes, quoi! Je regardais à la télé

une descente à ski et le temps s'inscrivait sur l'écran. Perrine était pas encore arrivée en bas quand grand-mère est venue me délivrer... Dites ! Vous croyez qu'elle va être assassinée, grand-mère ?

– Ah !... proféra Laviolette en branlant du chef. Ah !...

– Ça en ferait un tabac ! » s'exclama-t-elle.

Elle tournait les talons. Elle remontait les marches. Elle se tapait sur les cuisses en répétant :

« Une carrière de sable ! Une carrière de sable ! »

Son rire argentin enfin délivré cascadait d'écho en écho jusqu'à la verrière de l'escalier.

« Quatre-vingt-quinze berges! s'exclama le juge. Comment voulez-vous que je fasse mettre en garde à vue une institution de quatre-vingt-quinze ans? Et Hermerance, par surcroît! Et pourtant tout passe par elle. Et si vos coordonnées sont exactes, en plus, elle est en danger de mort...

– Et je ne peux même pas la faire garder. Tous les hommes disponibles sont lancés dans la nature à la recherche de ces quatorze ampoules. Le garde fédéral est sur la sellette. Il prétend que les choses ne se sont sûrement pas passées comme Dardoire nous l'a raconté... A la réflexion, dit le garde, pendant qu'ils étaient dans le vallon à récupérer les appâts inutilisés, il lui a semblé que le président était pâle, que ses mains tremblaient, que lui, si disert d'ordinaire, il ne pipait plus mot. " Je voulais même lui demander à un moment s'il n'était pas malade, a-t-il ajouté... Mais maintenant, je crois qu'il s'était déjà aperçu qu'on lui avait dérobé ses ampoules bien avant qu'il me l'avoue... "

– A cet instant pourtant, il semble – je dis bien, il semble – que connaissant la mort de Paterne Lafaurie, il ne savait pas encore la cause de ce décès. Donc si le vol lui paraît très grave, il peut ne pas lui sembler encore irréparable. Mais alors... quelle raison a-t-il de dissimuler au garde cette disparition? Pourquoi, au contraire, ne l'alerte-t-il pas immédiatement?

– J'ai bien réfléchi à cette question, juge, et je crois que ce Dardoire s'était rendu en un lieu où il ne devait pas aller. Où il était compromettant qu'on le vît... lui, ou quelqu'un d'autre.

– Un rendez-vous?

– Pourquoi pas?

– Et ce serait pendant ce rendez-vous...

– Seul un homme troublé ou soudain agité de quelque sentiment violent pouvait oublier qu'il avait la responsabilité de vingt-cinq ampoules d'acide cyanhydrique.

– Ah!... J'ai eu tort de le laisser partir. Je me serais fait engueuler par le procureur mais au moins nous saurions quelque chose et même peut-être...

– Oh sortez-vous cette idée de la tête! Il aurait probablement continué à mentir comme il a menti au garde et aux gendarmes et comme, de toute façon, vous ne l'auriez pas gardé, ça n'aurait pas modifié son destin...

– En attendant, il est mort et c'est la panique.

– Tout le monde a le trouillomètre en berne. Un pharmacien de la ville interviewé a cru de son devoir de préciser très exactement combien ça pouvait tuer de monde, quatorze ampoules d'acide prussique : c'est à faire dresser les cheveux sur la tête... Les pâtissiers ont brûlé dans l'incinérateur leur stock de frangipane congelée... A toutes fins utiles et pour ne pas être écharpés, le cas échéant. On a muré les grilles d'aération des réservoirs d'eau potable et d'ailleurs tout le monde ne boit plus que de l'eau en bouteille. J'ai même entendu dire que les grand-mères ont jeté les confitures d'abricots à la poubelle. Vous savez! Celles auxquelles on donne un léger goût d'amande amère, en décortiquant les noyaux?

– Et nous, pendant ce temps, nous allons nous goberger dans un restaurant une étoile!

– C'est dans la ligne des directives préfectorales. Nous nous agitons, mon cher, nous nous agitons! Il nous faut donner l'illusion de l'action grâce à beaucoup de mouvement! Du reste, nous allons faire un bon déjeuner, mais ce n'est pas sans dessein... »

Dans la berline de Laviolette, ils montaient par le plateau d'Aurifeuille vers le Revest-des-Dames. L'adorable jour d'hiver faisait du monde rutilant un jouet pour les hommes. Le Largue, dans les fonds d'Aubenas, se cachait d'une rive à l'autre, à chaque courbe de son cours. De petites fermes mourantes riaient pourtant encore sous le soleil et parfois quelque étique troupeau y moutonnait sous les saules d'un seul pré à l'arrosage. Seulement des portes basses, lorsqu'une silhouette hésitante se risquait au-dehors, c'était toujours celle d'un vieillard.

Cependant ils croisèrent, descendant des Hautes Plaines, trois marginaux hirsutes qui trimbalaient des lardons en bandoulière, sanglés dans des paniers de sparterie.

« Ce seront peut-être les nouveaux habitants », dit Laviolette plein d'espoir.

Le juge ricana :

« Sans une redistribution des richesses et une idéologie constructive, il n'y a pas de vie possible dans ce pays... »

Laviolette haussa les épaules...

« Regardez-le donc un peu ce pays, grogna-t-il, au lieu d'en parler à l'aveuglette! On dirait que vous vous croyez étranger à la terre! Que la politique vous nourrit! Vous vous faites de vous-même une fausse image. Vous vous refusez à vous voir tel que vous êtes! Car, je vous le demande, qu'est-ce que ça peut bien vous foutre, *à vous*, le bonheur du peuple? Assurez donc le vôtre!

– C'est la première fois que vous vous immiscez dans ma vie privée... dit le juge chagrin.

– Ce sera la dernière! Je n'éprouve aucun plaisir à me répéter. Je sais que vous vous souviendrez de mes paroles inutilement, seulement à votre lit de mort. Je les prononce pour être en ordre avec ma conscience. Mais en attendant, regardez-moi un peu ce bouquet! »

Un amandier qui pour cette raison ne portait jamais d'amandes faisait, comme chaque année, son caprice d'hiver. Seul de son espèce, au penchant d'un talus, il disait bonjour à tout le monde par toutes ses fleurs qui tremblaient au vent de Lure.

« Vous êtes passéiste! dit le juge. Un rien vous fait retomber dans l'enfance. Un jour vous y resterez!

– Le ciel vous entende », soupira Laviolette.

Il ralentit, il stoppa même sur le bas-côté pour charmer son regard de cette image : l'amandier abritant dans ses branches tout l'horizon des monts de Lure.

Sous cette hauteur de cumulus entassés, de tous côtés cernée par le ciel bleu et qui éventrée de cavernes cendreuses se déchirait en charpie, Lure nourrissait en secret les sources profondes. Elle aspirait à elle seule toute l'humidité du ciel.

Entre cette montagne et cet amandier, les dômes verts des collines de Lardiers épandaient leurs laves figées jusqu'au bord du Gubian où coulait un ruisseau.

Mal quillé, mi-nord, mi-sud, au revers d'un peloux – un peu honteux d'être là et n'ayant jamais osé s'installer carrément au meilleur soleil du coteau – le village du Revest-des-Dames vivait dans l'expectative, paré de son clocher, de son école et de sa poterne à califourchon sur la pente roide d'une rue. Les arbres dénudés dans la cour de l'école et les buissons de branches mortes qui hérissaient le tour de l'église paraient ce village d'une couronne hivernale, mais il rutilait d'une si aimable lumière qu'on se serait cru un dimanche matin.

C'est du moins ce dont Laviolette essayait de persuader Chabrand impassible et qui lui rappelait aigrement :

« Vous devriez songer plutôt aux quatorze ampoules perdues dans la nature et aux deux crimes que nous avons sur les bras...

– Un lama rencontré à Digne, repartit Laviolette, m'a enseigné que le ciel finit toujours par confondre dans la même impuissance l'activité fébrile et la coupable inaction. Seul le raisonnement...

– Sans doute! Mais vous raisonnez avec lenteur... Quand je songe à l'énergie dépensée par les gendarmes et par votre malheureux inspecteur Courtois, sacrifié à toutes les basses besognes... Quand je songe aux vérifications fastidieuses, aux interrogatoires minutieux de chaque membre de la famille des victimes... Et nous, nous sommes là! Et nous admirons le paysage! »

Laviolette soupira.

« Qui est le destinataire de la lettre trouvée dans le secrétaire? Qui a souligné un passage dans *le Traité du Narcisse*? Croyez-vous que quelqu'un, interrogé par les gendarmes, va répondre à ces deux questions?

– Je ne vois pas ce que ces deux éléments ont de décisif. Surtout le livre...

– Moi non plus... Mais c'est étrange qu'il se soit trouvé là où il n'y en a pas d'autre. Manifestement ni Félicien Dardoire ni son épouse n'ouvraient jamais un bouquin...

– Ah! Vous vous laissez amuser par le mystère. Moi

je crois aux mobiles simples : l'intérêt, la haine, la folie... Et de plus, je crois au travail patient... au travail de fourmi... Je vous avoue que parfois vos méthodes...

– Vous trouverez, dit Laviolette doucement, cinq ou six personnes dans cette affaire dont l'alibi ne tiendra pas. Mais vous n'en trouverez *qu'une seule* dont les raisons de tuer seront suffisamment convaincantes et ces raisons, ce n'est ni par recoupements ni en contrôlant des alibis qu'elles apparaîtront... Et même si nous parvenons à trier un coupable par ces méthodes, nous n'aurons rien fait tant que nous n'aurons pas éclairé le mobile. Pour emporter la conviction d'un jury, il faut que le mobile soit parfaitement cerné et que chaque juré puisse se dire : “ Parbleu! Bien sûr! Pour un truc comme ça, moi aussi j'aurais tué! ” Souvenez-vous toujours de l'affaire Dominici... Pourquoi la moitié de la France conserve-t-elle la conviction que le vrai coupable n'a pas payé? *Parce que le mobile a toujours paru à tous absolument dérisoire.* Le mobile, juge! Tout est là!

– Et s'il s'agit d'un fou?

– Non. Un fou tue au hasard. Or les deux victimes se connaissaient et, de plus, toutes deux devaient téléphoner à Hermerance. Et l'une d'elles est allée la voir. Pourquoi?

– Hermerance le sait...

– Peut-être... Seulement elle se plaint du cœur. Elle dit qu'elle l'a faible. Son docteur confirme... Si jamais elle nous claquait dans les doigts pendant un interrogatoire, ça ferait un beau tabac, comme dit Cordélie...

– Qui ça? demanda le juge.

– Cordélie, son arrière-petite-fille.

– Quel âge a-t-elle?

– Dix-sept ans. Mais vous n'avez pas peur d'avoir les yeux plus gros que le ventre? »

Laviolette stoppa sa voiture sur une aire de l'Equipement, au carrefour de la route de Banon.

« Ça ne vous gêne pas, dit-il, de monter à pied jusqu'au restaurant? Il fait tellement beau! »

La route au nord, en ce midi, brillait encore de givre. Le sommet du village promettait le soleil, mais il fallait l'atteindre.

« Vous me faites vivre au-dessus de mes moyens... » grommela Chabrand.

Pourtant, dans son pardessus de ville et ses chaussures noires, il emboîta le pas à Laviolette. Il sentait bien – et cela lui aiguisait la bile – qu'il n'était adapté ni au Revest-des-Dames ni à Lure ni à cet or d'hiver qui éclaboussait les chênaies et rendait Laviolette si radieux. Les goûts du juge se confondaient avec ceux d'une élite très étroite : la peinture informelle, la philosophie pour matheux, les livres qui ne consolent pas, le portaient au comble du bonheur. Que pouvait lui chaloir la vue d'un amandier en fleur soulignant la montagne de Lure?

C'est ce qu'il objectait en maugréant à Laviolette, tout en patinant sur l'herbe dans cette montée du Revest. En soufflant tous les deux, ils atteignirent la Poterne.

C'était une ouverture romane qui possédait encore son vantail, collé contre le mur du rempart comme si elle attendait le soir pour qu'on la refermât.

Ils s'engagèrent dans une ruelle aux herbes folles et passèrent devant une boulangerie. Les braises noires d'un feu récent se tordaient encore au fond d'une gueule de four. Le juge considérait sans plaisir ce spectacle anachronique.

Ils débouchèrent sur une place au soleil où la devanture d'un restaurant d'opérette rassemblait tous les accessoires d'une Provence pour touristes : lanterne de fer forgé, marmite de fonte noire suspendue, enseigne en forme d'oriflamme, mais une franche odeur de cuisine mitonnée sortait de sa cheminée qui invitait à la halte. Ils entrèrent.

Le juge s'aperçut alors que s'il opposait son indifférence au paysage comme à la méditation de Laviolette, c'est parce qu'il était à jeun.

La serveuse qui vint leur offrir le menu sur un plateau de seins en tulipes, c'est à peine s'il l'aperçut dans les brumes de la faim. Elle l'avait pourtant jaugé de pied en cap :

« Tu peux sortir le grand jeu! annonça-t-elle en cuisine. Y en a un là, qui ressemble à Robespierre et qui ne doit plus avoir mangé depuis trois jours. Il me fait peine! »

Le patron lui-même vint mesurer le particulier. Il aimait ce genre de client à la peau ajustée sur les os comme celle d'un tambour. Il y trouvait sa justification. En bon Corse, il était chatouilleux sur le chapitre de l'hospitalité. « Vous payez, d'accord, disait-il, mais alors au moins finissez les plats sinon je croirai qu'ils sont mauvais. »

« Et comme boisson? demanda l'hôte hilare au début du repas.

– Tout au champagne! » ordonna Laviolette.

Le juge eut un soubresaut.

« Laissez! dit Laviolette. Depuis cinq ans que nous nous connaissons, c'est la première fois que je vous convie. »

Il regarda le patron.

« Et celui-ci... » commanda-t-il.

Il posa au milieu de la table le bouchon découvert

dans le secrétaire d'Elvire Dardoire. Le patron s'en saisit pour l'examiner.

« J'aurais mauvaise grâce, dit-il, à vous en proposer un autre. C'est un des meilleurs! Et il est prêt. J'en ai toujours une ou deux bouteilles dans des seaux à glace! »

Quand ils en furent au dessert, après le fromage, le patron vint les admirer digérer. Il cachait sous son bras, pour l'exhiber en temps opportun, cette *bouteille du chef* qu'ils vous offrent tous, après un bon repas, afin de vous achever.

Les deux hommes étendirent la main. Ils n'avaient que faire de cet adjuvant. Ils clapaient de la langue tous les deux comme des poissons jetés à la berge et qui cherchent leur dernier souffle. Laviolette s'assura sur sa chaise, refusa un cigare, préféra rouler une cigarette et dit :

« Bon! Eh bien maintenant au travail. Tant vaut-il que je vous dise : je suis le commissaire Laviolette et ce monsieur est le juge Chabrand.

– Oh mais! rigola le patron. Je vous avais bien repérés. Je vous ferai signer le livre d'or!

– Plus tard! grogna Laviolette. Pour l'instant, que je vous affranchisse : ce champagne – excellent d'ailleurs – vous en avez bien l'exclusivité pour toute la région?

– Je veux, oui! De Marseille à Gap et d'Avignon à Nice...

– Par conséquent *chez vous seul* on peut le déguster. Or ce bouchon que j'ai sorti de ma poche, c'est une pièce à conviction. Vous connaissiez M. Dardoire?

– Je veux que je le connaissais! Un de mes meilleurs clients! Un bon vivant hé! Ma femme en a pleuré quand elle a appris. Surtout, le pauvre, qu'il venait juste de perdre son épouse!

– Donc, il venait souvent ici?

– Des fois plus d'une fois par semaine.
– Et... avec qui ?
– Oh avec n'importe qui ! Des clients, des amis... *Le galet des Aures.*
– Qu'est-ce que c'est que ça : *Le galet des Aures* ?
– Un groupe de gourmets qui distribue des galets aux bons restaurants. Moi, ils m'en ont décerné trois d'un coup, sculptés par Sidoine Hélios... Et signés ! Vous voulez les voir ?
– Sidoine Hélios ? s'exclama le juge. Le sculpteur de *Charnier 68* ? »

Jusque-là, il s'était cantonné en un mépris ingrat pour ce bon repas qu'il n'avait pu savourer qu'en le présentant à sa conscience sous les espèces d'une humiliante quoique nécessaire expérience de laboratoire.

Mais là, soudain, il frétillait comme à la poursuite d'une fille.

Il piaffait d'impatience. Il se levait.

« Vous allez nous montrer ça ! » dit-il.

Laviolette le calma du geste et enjoignit à l'hôte de se rasseoir aussi.

« Nous aurons tout le temps, dit-il. Reprenons s'il vous plaît : donc, ce Félicien Dardoire venait souvent ici avec des amis. Amenait-il quelquefois sa femme ? »

L'hôte ouvrit les cinq doigts de la main droite qu'il fit tourner devant lui, à plusieurs reprises.

« Des fois oui... Des fois non... Ça dépendait si c'était un repas d'affaire ou un repas de détente.
– Et... Est-ce qu'il offrait souvent du champagne ?
– Non. Lui n'aimait pas ça et ses collègues, en général, ils préféraient le rouge. Le champagne c'était... »

Il se saisissait du bouchon pour le considérer sur toutes ses faces. Laviolette s'avisa qu'en réalité, il utilisait cet examen silencieux pour se donner le temps de réfléchir à la situation.

« C'était? questionna-t-il.

– Quand il y avait des femmes, répondit le patron à regret.

– La sienne?

– Ou d'autres... Vous savez il avait beaucoup de relations... Beaucoup d'amis. Mais, ajouta-t-il, n'allez pas croire! Ça n'avait jamais l'air de parties fines!

– Ça n'en avait jamais l'air, mais est-ce que ça ne l'était pas?

– Ah ça!... ce qu'ils faisaient après!...

– Arrive-t-il souvent que des amateurs de champagne emportent le bouchon?

– Jamais! Mais jamais! Qui pourrait avoir cette idée saugrenue?

– Mme Dardoire, précisément, un soir où elle a mangé chez vous... »

Il réfléchit quelques secondes, reprit le bouchon au patron pour le considérer lui aussi.

« C'est-à-dire : quelques mois avant sa mort... c'est-à-dire qu'elle est morte en décembre. Alors, ce pourrait être en novembre, octobre ou septembre...

– Ou bien avant! objecta le patron. Qui empêche?

– Non... Pas avant. D'après la maison que j'ai interrogée, vous avez reçu votre dernière livraison de ce champagne en août dernier. C'est l'époque à laquelle ils ont modifié l'inscription sur la capsule. Jusque-là il y avait « Raoul » en toutes lettres, à partir du mois d'août il n'y avait plus que R. Or, ce bouchon porte seulement R. C'était donc après août que vous avez servi la bouteille. Six mois... Ce n'est pas vieux. Et Mme Dardoire, d'après vous, ne venait pas si souvent avec son mari.

– Ouh! s'exclama le patron. Je vous vois venir! Vous

voudriez savoir *qui* était avec les Dardoire mari et femme chaque fois qu'ils sont venus ensemble entre le mois de septembre et le mois de novembre. C'est ça?

– C'est ça! » dit Laviolette épanoui.

Le patron secoua la main comme s'il s'était tapé sur les doigts.

« C'est pas possible! dit-il. Pensez au monde qui me passe autour! Des fois soixante couverts, les soirs de marcassin ou de lièvre. Et des Dardoire – des clients assidus, je veux dire – j'en ai quinze ou vingt! Comment me rappeler un soir précis et quels étaient leurs hôtes? Enfin! Vous devez comprendre!

– Le personnel... » dit Laviolette.

Mais le personnel non plus ne se souvenait de rien : ni la serveuse aux seins en tulipes ni la fille un peu retardée qui desservait les tables. La patronne tenait le vestiaire les soirs de presse. Elle non plus ne conservait aucun souvenir.

A la fin, en désespoir de cause, Laviolette sortit de sa poche *le Traité du Narcisse* et le brandit devant lui.

« Et ça? dit-il. Par hasard, quelqu'un l'aurait-il vu?

– Qu'est-ce que c'est que ça? » demanda le patron éberlué en rapprochant les sourcils.

C'était la première fois, en toute une vie aventureuse, qu'il rencontrait un flic tenant un bouquin à la main.

« Vous voyez bien! C'est un livre. Un livre que nous avons trouvé dans la chambre de Mme Dardoire.

– Mon Dieu! s'exclama la patronne. Attendez! »

Elle s'était posée la main sur les yeux en un geste de réflexion.

« Attendez! répéta-t-elle, ça y est, je me souviens! Un soir j'aidais Mme Dardoire à remettre son manteau de fourrure et le livre est tombé de sa poche. Je me souviens parce que je me suis dit : “ Tiens j'ignorais qu'elle s'intéressait à la culture des fleurs. ”

– La culture des fleurs? souligna le juge le sourcil haut levé.

– Bien sûr! lui expliqua Laviolette. Vous lisez ces mots : *le Traité du Narcisse*, qu'est-ce que ça vous suggère?

– Pardonnez-moi! ricana le juge. Une fleur évidemment!

– Ça doit raviver vos souvenirs! insista Laviolette. Cette soirée n'est plus comme les autres... Vous avez un repère maintenant. Vous devez savoir qui, *avant* et *après* ce petit incident, évoluait autour de Mme Dardoire?

– Oui oui, je me souviens... C'est le soir où il faisait si grand vent. Le coq a chanté à dix heures du soir. On a failli manquer de pain. On attendait pas tant de monde. C'étaient les deux premiers lièvres de la saison. Octobre...

– Et qui y avait-il, ce soir-là, à la table des Dardoire?

– Il y avait... Attendez... Félicien et sa femme, maître Séverin Armoise et la sienne, Sidoine Hélios; ceux-là j'en suis sûre... Attendez... Fabienne, ma collègue de lycée et son mari.

– Fabienne? Attendez... Il y a une Fabienne...

– L'épouse, dit le juge, de notre première victime.

– Paterne Lafaurie?

– Il était là aussi! Mais les autres, je ne les vois pas...

– Trois morts déjà parmi cette belle tablée, dit Laviolette. Et seulement six mois après. C'est assez inquiétant pour être signalé.

– Oh vous savez, dit le patron conciliant, maintenant avec les accidents de la route!...

– Oui. Mais pour deux d'entre eux, ce n'était pas un accident. »

Il avait noté le nom des convives cités par la

patronne dans un carnet qu'il referma d'un geste sec. Il se leva.

« S'il vous revient quelque chose... Je vous téléphonerai tous les jours. Torturez vos méninges, parce que je ne vous laisserai pas de repos.

– Moi, dit le juge, avant de partir, je veux voir les galets de Sidoine Hélios...

– Ah ça, dit le patron, volontiers! »

Il les guida vers une sorte d'aquarium cadenassé où trois galets de Durance de tailles diverses reposaient douillettement sur un capiton amarante.

« C'est du Sidoine Hélios deuxième manière, dit le juge admiratif. Mais c'est quand il choisissait ces chefs-d'œuvre dans le lit de la rivière qu'il eût fallu le surprendre... »

Il fronça le sourcil.

« Mais vous aviez dit : signés?

– Eh bien? dit le patron avec un soupçon de mépris. Vous voyez bien? Il manque un morceau à chaque galet et il se trouve à côté de l'œuvre. Sidoine, il donne un coup de burin pour signer son œuvre et l'éclat doit s'adapter en cas d'expertise.

– Eh bien! soupira Laviolette. Vous en savez des choses au Revest-des-Dames... »

Ils étaient les derniers clients. De derrière la vitre, la patronne, les mains bien calées sur le haut des fesses, et le patron, qui affinait un cigare entre ses lèvres, regardaient s'éloigner le couple gesticulant qui continuait une conversation animée.

« Il a de curieuses méthodes, ce commissaire, tu trouves pas? Un bouchon de champagne, je te demande un peu! Et un traité d'horticulture...

– Curieuses? dit la patronne. Si tu étais pas un homme, tu comprendrais qu'il laisse la routine aux gendarmes. Lui, c'est ce que tu as dans la tête qui l'intéresse. Tu as pas compris que les questions c'était rien? Il se branche avec toi... Il t'ausculte comme un docteur... Mais avec moi, il peut toujours courir...

– Pourquoi? Tu sais quelque chose?

– Quand je suis rentrée dans le vestiaire ce soir-là, Elvire Dardoire était déjà là et elle parlait avec quelqu'un...

– Qui?

– Quelqu'un qui lui a tendu ce livre, mais d'une drôle de manière... Ça m'a fait une drôle d'impression. C'est après qu'il est tombé de sa poche...

– Mais qui?

– Ça! dit la patronne en secouant la tête, toi aussi tu peux toujours courir! »

Au bas de ce plateau du Revest idéalement exposé au midi, cerné de talus aux incrustations de sauge, Bel-Air s'érigeait comme un bijou de pierre. Deux cents ans d'abandon avaient peint ses façades de cette couleur blonde que mûrissait le soleil. On savait, par les grands marronniers noirs qui le masquaient de leur résille, qu'il s'agissait d'une maison à secrets.

Bel-Air était une histoire d'amour. L'équerre de ses deux corps de logis soulignés par les amandiers écrivait un L majuscule parfait. Et cette lettre de pierre était l'initiale d'une Lazarine depuis longtemps retournée à la poussière. Une Lazarine que – soit qu'elle fût morte trop tôt, soit qu'elle eût été ravie par quelque mariage arrangé – l'auteur de cet aveu de pierre n'avait pu retenir au passage.

Bel-Air, sous le vent de février, brillait de toutes ses fenêtres comme par un soir de gala. On eût dit qu'il attendait un bal ou quelque fête princière.

Pour ne pas croire que cette grande maison abritât le bonheur, il fallait être passé par la désillusion de cinquante ans d'existence; comme les deux hommes qui occupaient présentement leur loisir à s'aveugler mutuellement, grâce aux phares de leur voiture.

L'un arrivait par le chemin de Sigonce, l'autre par

celui de Saint-Martin. L'un avait stoppé sous le marronnier de droite, l'autre sous celui de gauche. Séparés par cinquante mètres de plage aveuglante ou parfois se soulevaient les feuilles mortes, bien rivés à leur siège, mégot aux lèvres, ils se surveillaient comme s'ils allaient s'affronter à coups de pare-chocs.

Ils comprirent ensemble que cet éblouissement servirait celui qui voudrait s'approcher de l'adversaire en catimini. Ils éteignirent en même temps. En même temps ils descendirent, claquant violemment la portière.

« C'est toi, Armoise?

– C'est toi, Chantesprit? »

C'étaient bien eux. Ils s'avisèrent qu'à cause du vent, ils ne comprendraient jamais leurs paroles d'aussi loin et ils entreprirent de se rapprocher. Ils avançaient à pas comptés comme dans un duel. Lorsqu'ils jugèrent la distance convenable, ils s'immobilisèrent d'un commun accord. Six mètres les séparaient encore.

« Comment faire? dit Chantesprit.

– Pile ou face... dit Armoise.

– Non. Il faudrait alors vérifier ensemble.

– Alors quoi?

– Au bénéfice de l'âge. Tu es le plus vieux. Passe devant.

– Comment savoir si tu ne me suis pas de trop près?

– Tu veux que je te montre?

– Oui. Passe devant.

– Attends! L'autre ostrogoth là-haut, il se montre? »

Ils tournèrent la tête vers la maison. Sur la clarté des hautes croisées se découpait la dentelle des balustrades ajourées. Parfois, une grande ombre sabrait de long en large cette clarté.

Elle courait, immense au plafond, visible de l'extérieur.

« Ça va! Tu es au moins sûr qu'il n'est pas derrière la porte. Avance! Et plante-toi loin! Au milieu de la pièce! Presque au départ de l'escalier! Que je te voie bien! »

D'un geste mécanique, Chantesprit assura son monocle inutile, fait pour impressionner les bonnes. Il marcha de travers, s'efforçant de ne pas perdre son compagnon de vue et néanmoins, il contrôlait mal sa panique. Le vent qui soufflait plus fort dans les marronniers lui semblait camoufler, en brassant les feuilles mortes, la soudaine ruée d'Armoise vers lui. Mais non, l'homme était immobile, raide, autant que le lui permettait sa taille de stropiat.

Au seuil béant de la porte, Chantesprit hésita. Elle était ouverte à deux battants. Tout pouvait se dissimuler derrière. Pourtant, l'illumination d'une douzaine de spots et d'un lustre 1900 au plafond aurait dû chasser tout mystère hors de cette immense pièce.

« Entre! cria Armoise. Il est là-haut je te dis! »

Chantesprit obéit. Il avait beau bien connaître les lieux, à chaque fois les dimensions de cet antre l'intimidaient. Soixante ans auparavant, Bel-Air était une filature. Tout le rez-de-chaussée qui s'élançait de chaque côté du L magique s'y continuait, de part et d'autre jusqu'au mur du fond. L'odeur indéfinissable des monceaux de cocons qui s'y entassaient autrefois avait laissé derrière elle un remugle bizarre que roulait le mistral. Un large escalier montait contre un mur. Tout l'espace était occupé par des sculptures de toutes tailles, étranges, figées en des attitudes contorsionnées ou lubriques, uniques ou accouplées, géantes ou délicates comme des Tanagra. On eût dit d'un bal de cauchemar arrêté par quelque enchantement.

C'étaient des corps de femmes sectionnées au-dessus du nombril et au niveau des genoux : privées de bras, de têtes et de pieds. On n'avait retenu d'elles que le sujet de l'obsession de l'homme, tout entier concentré entre la hanche et le mollet.

« Il est complètement calut ce Sidoine! s'exclama Chantesprit.

– Pas tant que tu crois! » dit Armoise qui venait d'entrer à son tour.

Chantesprit recula de deux mètres.

« Reste où tu es! cria-t-il.

– Bien sûr que j'y reste! Je n'ai pas plus envie que toi de m'approcher. Restons où nous sommes. »

Maintenant, ils se voyaient. Chantesprit était grand, maigre, monoclé, les yeux injectés de sang comme un amateur de pastis; le nez persillé de veines violettes. Sa lèvre supérieure s'agrémentait d'une moustache en bouche d'aspirateur. Strictement vêtu, élégant comme tous les maigres, il portait nœud papillon.

Le notaire louchait. Il prétendait souffrir d'une scoliose, en vérité, il était carrément et hautement bossu. Maigre lui aussi, mais affligé d'un sternum de polichinelle. Tel quel, il ne rebutait pas les femmes.

Ils se regardaient. Ils se trouvaient mutuellement laids, mais ils constataient surtout qu'ils avaient des yeux de traqués et que même cette bizarre collection d'anatomies ne les déridait plus, tant ils avaient peur.

Le notaire ôta brusquement son veston.

« Qu'est-ce que tu fais? cria Chantesprit alarmé.

– Fais comme moi! ordonna Armoise. Ote ta veste et jette-la à mes pieds.

– Merde! Avec le froid qu'il fait!

– Fais ce que je te dis! »

Rageusement, il avait lancé son propre vêtement dans les jambes de son compagnon.

« Ramasse-la et fouille-la ! commanda-t-il. Et balance-moi la tienne. »

Quand ce fut fait, il s'en saisit et la serra contre lui.

« Attends ! dit-il. Ne la fouille pas encore ! »

Il appela :

« Sidoine ! Sidoine ! »

La clameur emplit d'abord la salle entière de la filature avant de retentir dans les profondeurs de la maison.

« J'arrive ! » cria une voix.

Quelqu'un faisait claquer dans les étages des galoches de galérien. Les échos de la cage d'escalier amplifiaient le bruit. On eût dit qu'une chiourme tout entière descendait à leur rencontre.

Il apparut dans la courbe de la volée un petit homme en short, aux mollets de coq, les pieds nageant dans des sabots déjetés. Sa tête de rapace déplumé émergeait d'un col roulé, épais comme un carcan et le chandail qui lui arrivait aux genoux soulignait son ventre en œuf de Pâques. C'était Sidoine Hélios.

Il s'appuya de la main droite contre les rondeurs d'une statue tronquée qu'il avait mise au piquet, à l'angle de l'escalier. Il tripotait machinalement ces fesses de pierre, mais en même temps, il contemplait ahuri le spectacle de ses deux visiteurs, à bonne distance l'un de l'autre, en manches de chemise et traînant un veston qui n'était pas le leur.

« A quel jeu jouez-vous ? demanda-t-il.

– Sidoine, répondit le notaire, descends cinq ou six marches, pas plus, et arrête-toi !

– Bon, dit Sidoine, je suis sûr que tu vas m'expliquer... »

Il s'assit sur un degré. Les genoux ramenés vers lui,

sa tête et le cou pelé, perpétuellement aux aguets, il ressemblait à un condor.

« Je t'ai expliqué au téléphone.

– Pardon! Tu m'as dit : " Allume toutes les lumières et promène-toi au premier devant les lustres, qu'on te voie bien! " C'est ça que tu appelles expliquer?

– Ecoute Sidoine... De si loin tu m'obliges à crier! D'abord, regarde! Chantesprit! appela-t-il. Retourne toutes les poches de mon veston, ôte le portefeuille, ouvre-le devant nous et secoue le veston par les basques, comme je fais moi! Observe bien, Sidoine! Tu vois? Nous n'avons rien dans nos vestons que les clés, le mouchoir et le portefeuille... Chantesprit! appela-t-il de nouveau. Retourne maintenant les poches de ton pantalon, y compris la poche-revolver! Là! Tu vois Sidoine? Nous, nous n'avons rien sur nous! »

Sidoine se donnait des claques sur ses cuisses nues. Il riait.

« Ah vous êtes à peindre tous les deux, tiens! On dirait des contribuables implorant le percepteur!

– A toi! dit le notaire, montre-nous que tu n'as rien!

– Mais qu'est-ce que vous voulez que j'aie, bande d'enflés! Dans mon short?

– Tes poches...

– Elles sont trouées! »

Il en sortit la doublure, les étala ostensiblement devant ses visiteurs.

« Ton chandail est bien gros... » observa Chantesprit.

Sidoine le fit sauter. Il portait dessous une chemise de flanelle qui moulait son ventre proéminent.

– Ça y est? Vous êtes convaincus? Mais qu'est-ce que vous cherchez?

– Ça va! dit le notaire. Tu peux descendre. Chantesprit, tiens! Remets ton veston et rends-moi le mien. Il fait un froid polaire dans ta baraque, Sidoine!

– Ah! dit Sidoine insouciant, ça conserve! »

Le vent nettoyait la maison de fond en comble. On l'entendait feuilleter, à l'étage, de vieux journaux épars sur un vieux coffre. Au fond de la salle, il venait de ranimer en une pluie de cendres un gros feu dans une cheminée d'ancêtre.

Instinctivement, les trois hommes marchèrent ensemble vers cette source de chaleur. Une souche véreuse traînait devant l'âtre. Sidoine la saisit à bras-le-corps, pour la jeter sur les braises encendrées. Une corde de fumée s'éleva en chuintant, qu'ils contemplaient fascinés. Une table de cuisine à toile cirée se chauffait devant ce feu de pauvre, entourée de trois fauteuils dépaillés.

Sidoine s'affala dans l'un d'eux, mit ses deux pieds sur le barreau de devant et ressembla tout de suite à un oiseau perché.

« Eh bien? dit-il. Et maintenant? Vous parlez?

– Tu ne sais vraiment rien?

– Que veux-tu que je sache? Moi, depuis trois semaines, je vis comme un mineur! La lampe au front! »

Il pivota brusquement dans son fauteuil qui grinça de toutes ses jointures. Il désignait d'un geste tragique un grand cube de matière crème dressé comme un catafalque et contre quoi une échelle était posée.

« Tous les jours, je descends là-dedans!

– Qu'est-ce que c'est? demanda Chantesprit.

– Tu le vois pas? Un moule.

– Et qu'est-ce que c'est?

– Un secret! Ça doit partir en mars à la fonderie. Ça sera peut-être mon chef-d'œuvre. Alors, tu comprends, vos histoires... J'arrête pas d'avoir peur... A chaque fois que je descends là-dedans, je tremble comme une feuille de papier à cigarette...

– Nous aussi... soupira le notaire. Mais tu ne nous feras pas croire...

– Quinze heures par jour là-dedans! insista Sidoine.

– Et la bouffe?

– Des boîtes! »

Il en désigna un tas, vides, contre le mur de l'âtre.

« Et le facteur?

– Il fout le courrier sous la porte, un point c'est tout. Il n'aime pas mes œuvres.

– Et le tabac?

– J'avais six cartouches de gauloises. Il m'en reste deux.

– Alors tu ne sais pas que Paterne et Félicien sont morts?

– Merde non! » s'exclama Sidoine.

Ses pieds glissèrent sur le barreau. Il bascula en avant et resta ainsi, à les contempler de bas en haut, incrédule. Le mot « mort » associé au nom de ces deux gaillards, l'avait bousculé comme fait une boule d'un jeu de quilles.

« Assassinés... précisa Chantesprit.

– Puis encore! » souffla Sidoine.

Ils restaient tous les trois à s'interroger du regard. Le vent dans la cheminée sifflait parfois son appel singulier.

« ... Avec des capsules d'acide prussique que l'assassin a dérobées à Félicien pendant qu'il faisait la tournée des nuisibles... » précisa maître Armoise.

« Qu'est-ce qu'il foutait avec ça? C'était pas à lui de le faire?

– La fatalité! dit Armoise. Le garde fédéral est tombé malade. Le remplaçant connaissait pas l'itinéraire. Il fallait quand même assurer la tournée...

– Des capsules, précisa Chantesprit, pas plus grosses que ça... »

Il brandissait devant lui son auriculaire dont il masquait, de la main gauche, deux phalanges sur trois.

« Et encore, j'exagère! soupira-t-il. C'est beaucoup plus petit que ça... Et même si c'était beaucoup moins gros, ça suffirait pour tuer un homme. Un vingtième de gramme... souffla-t-il.

« Félicien... Paterne... Avec des appâts contre les nuisibles... Contre les nuisibles... » répétait Sidoine atterré.

Il se leva et marcha jusqu'à la bonbonne de vin de *Villeneuve* qui chambrait à demeure, au coin du potager. Il la rapporta à bras-le-corps, avec trois verres à limonade raflés sur une barrique qui servait de bar.

« Que cela ne nous empêche pas de boire un coup!... » dit-il.

Maître Séverin Armoise secoua la tête. Chantesprit tripotait son nœud papillon en fixant avec alarme la bonbonne où se balançait le vin.

– Non, Sidoine, dit maître Armoise, pour le moment, je crois qu'il vaut mieux que nous nous abstenions de boire les uns chez les autres, parce que...

– Parce que quoi? demanda Sidoine.

– Parce que, dit maître Armoise, si l'on cherche à qui ces deux crimes profitent... On trouve Aubert de Chantesprit, Séverin Armoise et Sidoine Hélios.

– Ah! prononça Sidoine en branlant du chef. Ah!... C'est là que tu voulais en venir?

– C'est là, dit maître Armoise. Et puisque nous y sommes, allons jusqu'au bout. Si on pousse ce raisonnement à fond, on obtient cette évidence : l'assassin est un de nous trois et il doit *aussi* supprimer les deux autres.

– Ah! parce que c'est ça que tu appelles un raisonnement? »

Il voulut boire une bonne lampée de liquide, mais il fit la grimace. Le verre à pastilles était mal lavé. Le vin de *Villeneuve* avait le goût du chien mouillé. Pendant une seconde, les deux amis qui l'observaient retinrent leur souffle. Sidoine ne s'avisa pas de leur angoisse. Il se leva, gesticulant.

« Moi! cria-t-il. Moi qui ne tue même pas les araignées! »

Il les regarda, indigné, puis ajouta : « Non! Je les capture sous mon verre à dents, je l'obstrue avec une carte postale glissée dessous et hop! Je les refous dehors! Moi qui me nourris de salade! J'irais tuer deux hommes! Je projetterais d'en tuer deux autres. Et tout ça pourquoi? Pour peut-être cent briques!

– Oh! Cent briques! protesta le notaire.

– Mettons cent cinquante pour te rassurer! Regardez bien ça, mes futures victimes! »

Il leur désignait, immobilisés en leur mouvement de danse, ces étranges corps tronqués qui exprimaient leur impuissance à communiquer et que mordorait le reflet de l'âtre.

Il bondissait de l'un à l'autre, donnait des claques sonores sur le bronze, la pierre, le ciment.

« Regardez celles-là! Toutes roses, presque sortant du bain, comme vous n'en contemplerez jamais de réelles! Quarante briques demain, si je veux, mais je ne veux pas! Et cette fine paire jaspée de bleu et de jaune comme une agate, qui va se courber et saillir... Et cet énorme tout vert que je livrerai dans un mois à un chevillard retiré des affaires – il croit faire un placement... Et ce petit tanagra de marbre qu'on peut glisser dans son lit le soir pour le réchauffer! Regardez bien. Il y en a vingt-cinq ou trente de ces convoitises de l'homme, à vingt ou trente millions pièce. Demain, *si je veux*, il me suffit de donner un coup de fil et ils partent tous... Toi qui sais compter, maître Armoise, ça va chercher dans les combien? Et tous ceux que j'ai déjà vendus...

– J'aurais pas cru que ce soit à ce point.

– Tu as quand même bien lu des articles sur moi? Ça a beau vous passer au-dessus de la tête, mais enfin...

– Mais enfin! s'insurgea Chantesprit. Ton short! Ton chandail! Et ta Deux Chevaux à pneus lisses qui date de 63... Tu me feras pas croire...

– Sais-tu ce que c'est que de ne plus bander?

– Non mais...

– Y a pas de non mais! Moi je sais... Que veux-tu que je foute de cent ou deux cents briques dans un état pareil? Je te le demande? Et de vêtements de luxe? Et d'une Rolls? Et d'une chambre à coucher de metteur en scène? Je pourrai jamais plus y baiser personne! »

Il se prit la tête entre les mains.

« Personne! Personne!

– Mais qu'est-ce que tu en fais, alors?

– La charité...

– A qui?

– A tout le monde : la Société protectrice des animaux... La Faim dans le monde... Le Secours Catholique... Sans compter les paysans par là autour... qui sont pendus au Crédit Agricole... Je donne des sous aux marginaux... Je paye du hasch aux hippies... Enfin tout quoi... Je donne, je donne... »

Chantesprit et maître Armoise, la bouche ouverte, regardaient couler tout cet argent par la parole de cet homme qui n'avait pas sur lui pour cent francs de hardes.

« Vous ne voulez toujours pas boire? »

Ils firent signe farouchement que non. Ils le sondaient

comme le fond d'un gouffre. Ils tâchaient de savoir si quelque mobile plus secret n'était pas capable de pousser au crime un homme si apparemment détaché du monde.

Et lui, observant leur peur, tremblait de ne pouvoir fixer dans sa mémoire cette nouvelle préoccupation sur leurs traits et dans leur regard. Il était penché vers eux avec l'attention passionnée du naturaliste.

« Enfin... dit-il, réfléchissez. Que voulez-vous que je foute de quatre morts, hein? Je vous le demande?

– Alors c'est nous? dit Chantesprit.

– Ça, dit Sidoine, je ne le saurai que si l'un de vous me tue et alors il sera bien trop tard!... »

Il les accompagna jusqu'au seuil. Une bordée de feuilles mortes les éclaboussa au visage et ils les chassèrent avec des gestes de panique.

« Essayez d'oublier, dit Sidoine. Vivez normalement. Soyez un peu fatalistes.

– Tu as de la chance, toi, de n'avoir rien à perdre!

– Et vous, dit Sidoine, vous croyez vraiment que vous avez quelque chose à gagner? »

Il leur tourna le dos. Quelques feuilles de marronniers attirées par l'air chaud voletaient vers l'âtre comme de molles chauves-souris.

« Ça ressemble à quoi, dit Sidoine, à haute voix, des morts par acide prussique? »

Il alla considérer de près le double mètre cube de matière blanche contre quoi l'échelle était posée. Il la regarda longuement comme on regarde un ennemi.

« Comme s'il n'y avait pas *aussi* une autre possibilité... dit-il à voix basse. Ces ânes ont la mémoire courte... »

Il commença à gravir les barreaux de l'échelle. Quand il fut debout à la surface supérieure du cube, il jeta un regard circulaire sur ses œuvres disséminées. Vues de cette hauteur elles parsemaient le sol de tommettes rouges d'une étrange floraison pour jardin des supplices. L'idée bizarre le traversa qu'elles avaient une âme et qu'elles voulaient qu'il les achevât. Il les considéra pour la première fois avec une sorte de méfiance. Mais il ne s'arrêta pas à cette lubie.

Un paquet de gauloises traînait sur le socle à côté d'une trousse d'outils et d'une lampe frontale que Sidoine fixa autour de sa tête puis il tira le morceau de contreplaqué qui dissimulait le trou d'homme par où il pénétrait dans son moule. Il se laissa glisser à l'intérieur. « Faisons, se dit-il, comme si le temps nous était mesuré. »

Bientôt dans la vaste maison illuminée, il n'y eut plus qu'un bruit de grattoir que répercutaient les échos. On eût dit une souris grignotant un quignon de pain.

Dès que la porte se fut refermée sur eux, Chantesprit et maître Armoise ne s'attardèrent pas à se congratuler. Se tournant carrément le dos, ils s'en furent en hâte, chacun vers sa voiture.

Chantesprit fut le plus prompt. Il démarrait déjà quand le notaire touchait à peine sa portière.

« Tu aurais dû courir, se reprocha maître Armoise, et s'il avait profité de son avance pour te foncer dessus ? »

Il suivait pensivement, dansant sur les ornières, les feux de position de la voiture où s'enfuyait son ami d'enfance.

Soudain, il eut conscience d'être seul, de l'être sans l'avoir voulu, de l'être comme si cette solitude était un piège où il serait tombé.

La lune était au zénith. Le vent filait sa vitesse de

croisière. Il éparpillait l'eau d'une proche fontaine que le notaire n'entendait pas et qui le bénissait d'embruns humides.

« Ce n'est pas le mistral, se dit-il, c'est la montagnière, le mistral s'arrête la nuit. »

Il se berçait de cette constatation rassurante si souvent et si bêtement faite dans la quiétude des jours ordinaires. Que de fois, sortant d'une veillée mortuaire, lui avait-il suffi d'aller pisser dans le canal d'arrosage, escorté de quelque collègue et, regardant le ciel, de se mettre d'accord sur le temps qu'il faisait, pour que s'allégeât aussitôt la misère du pauvre monde.

Mais le temps qu'il faisait cette nuit ne le rassurait pas.

Il considérait avec rancune l'illumination féerique de Bel-Air. Bel-Air était comme un bateau heureux promenant sa fête dans la tourmente.

« Qu'est-ce qu'il se croit, se dit-il avec rancœur, ce Sidoine, pour être si tranquille? C'est pourtant l'un de nous trois et les deux autres sont des morts en sursis. »

Sans bouger, il regardait valser les feuilles mortes qui enlisaient ses jambes parmi leurs tourbillons. Sous les basses branches du marronnier, la vallée et ses collines étaient balisées par les lumières des villages. De jour, tout ce pays lui eût souri. Il en connaissait par cœur le cadastre; il y chassait avec des camarades. Sa géographie intime lui permettait de savoir que dans telle ferme, telle maison de maître ou telle chambre de bonne, reposaient des cuisses hospitalières sous le rempart des lits conjugaux.

Cette vision ne le dérida pas, car c'était la nuit, il était dehors et il était seul.

Il se demanda pourquoi il restait planté là, les pieds cloués au sol, épiant la nuit claire, déjà enterré jusqu'aux genoux dans les feuilles mortes entassées, au lieu de rentrer chez lui, goûter la quiétude de sa chambre. Il écouterait, à travers la porte, ronfler la notairesse. Les chiens, sans bruit, viendraient lui flairer les pantoufles. En passant, il aurait jeté un coup d'œil à la pagaille qui régnait au salon où les gosses installaient leurs modèles réduits... Pourquoi ne courait-il pas en hâte vers cet abri rassurant?

La réponse végéta longtemps dans sa tête avant de se formuler clairement.

Il se sentait sur un terrain miné. Il pressentait que l'un quelconque des mouvements qu'il risquerait désormais le rapprocherait de la mort, mais il ignorait duquel, en particulier, il convenait de se défier.

« Avant tout, se dit-il, éviter la panique et foutre le camp. »

Il posa la main sur la poignée de la portière. Mais alors il remarqua que la voiture penchait anormalement de l'arrière-gauche.

« Oh merde! » gémit maître Armoise.

Une roue était crevée. Cet ennui matériel le tira de son angoisse et le remit à flot. Il se retrouva bougon, coléreux, prêt à donner des coups de pied à toutes les pierres du chemin.

« Une roue crevée, grogna-t-il, moi qui ai horreur de me salir les mains! Pourvu que cette andouille de Marthe n'ait pas pris mes gants de travail pour tailler ses rosiers! »

Il monta à sa place dans la voiture et alluma le plafonnier. Non, les gants étaient bien là, dans leur boîte. Il les sortit, plein d'humeur, passa rapidement d'abord celui de gauche.

Quand il commença d'enfiler celui de la main droite, il sentit une résistance au bout des doigtiers.

On est toujours victime de son caractère. Celui de

maître Armoise, quand il n'avait plus peur, c'était de balayer les objections, les difficultés et les résistances.

Une résistance, on la brisait. Il la brisa. Il la brisa d'autant plus facilement qu'elle était calculée pour céder docilement aux mâchoires d'un renard circonspect.

Maître Armoise se défiait d'un grand geste, d'un déplacement périlleux qui le mettrait à la merci d'un ennemi aux aguets. Comment pouvait-il s'attendre à ce que la mort soit la conséquence de ce simple petit mouvement machinal et cent fois répété qui consiste à tirer d'un coup sec sur un gant pour l'assujettir?

Les bouts de ses doigts s'égratignèrent aux infimes tessons de capsules brisées.

Maître Armoise demeura sur place, bien assis sur son siège. On eût dit qu'il allait mettre sa voiture en route pour rentrer chez lui.

Malgré la mort, ce matin de février, Bel-Air gardait sa mine pimpante.

« Je suis sorti pour pisser, disait Sidoine Hélios et j'ai trouvé ça ! »

Il désignait d'une main large ouverte la voiture de maître Armoise et le notaire assis dedans, raide comme la justice et les yeux grands ouverts que le soleil, qui se levait en face, ne pouvait plus éblouir.

« Il venait de chez vous ? questionna Laviolette.

– Oui. Nous avions passé une partie de la soirée ensemble.

– Seuls ?

– Non. Avec un autre ami.

– Arrivé dans une autre voiture ?

– Bien sûr. »

Laviolette lui posa toutes les questions de routine auxquelles il répondit avec le plus grand calme.

Le substitut et le juge conversaient auprès de la voiture ouverte. Deux hommes en blouse blanche s'emparaient du corps de maître Armoise, l'allongeaient sur une civière, l'engouffraient par l'arrière d'une ambulance. Le rituel de l'enquête suivait son bonhomme de chemin. L'aspect dramatique du crime s'enlisait dans les gestes précis des spécialistes. L'horreur était prise en charge, emballée proprement; elle était déjà prête pour remplir tout simplement un dossier.

Le légiste s'approchait, tenant à bout de bras une espèce de chiffon pas très propre, en quoi, lorsqu'il l'eut sous les yeux, Laviolette reconnut une paire de gants.

« Voici l'arme du crime, dit le légiste. Curieux, vous ne trouvez pas? »

« Je commence, se dit Sidoine, à découvrir depuis hier soir de nouveaux outils de travail. Qui sait? A soixante ans, j'atteins peut-être ma maturité! Par exemple, cette seule paire de gants, je la vois chargée de toute une traîne de malédictions depuis son origine : depuis le chevreau qui a fourni la peau en passant par tous ceux qui l'ont péniblement fabriquée, jusqu'à la vendeuse, à laquelle Armoise n'a pas manqué de demander : " Que faites-vous ce soir? " Il faudra faire tenir tout ça – y compris le chevreau – dans la façon dont ces gants seront dressés. Ils seront en fer mal ébarbés, blessants dès qu'on veut les toucher... Avec deux doigts détachés en V formant la jettature... »

Il détourna la tête pour vérifier dans la grande filature aux portes béantes si l'espace suffirait pour abriter la dimension qu'il comptait donner à l'œuvre.

« Il a été étranglé? » demanda Laviolette.

Le légiste fit signe que non. Laviolette avança la main.

« Non! Surtout n'y touchez pas! avertit le légiste en reculant d'un pas. Vous voyez bien que je vous les présente au bout d'une pince.

– Le diable m'emporte! s'exclama Laviolette. Je viens encore de sentir cette odeur! »

Le légiste branla du chef.

« Je peux parler devant lui? » dit-il en désignant Sidoine.

Laviolette jaugea d'un coup d'œil le maigre sculpteur

en short et en sabots recroquevillé dans le froid du matin comme un oiseau qui fait la boule.

« Allez-y! dit-il.

– Même poison que pour les deux précédents crimes. Vous vous y attendiez sans doute? questionna le légiste.

– Administré comment?

– Bête comme chou! On a introduit une capsule d'acide cyanhydrique dans chaque doigt du gant de la main droite. Quand le notaire a tiré dessus pour l'ajuster, les ampoules se sont brisées, les débris ont piqué la peau du bout des doigts et les ont fait saigner. Le poison a été bu par les capillaires comme par un buvard. Foudroyant!

– Avait-il ses gants hier au soir? demanda Laviolette à Sidoine.

– Non. Il ne les avait pas. D'ailleurs... ce sont des gants de travail.

– Vous a-t-il dit que son pneu arrière était crevé?

– Non. Il ne me l'a pas dit.

– Vous vous souvenez tout de suite de ces détails?

– Oui, répondit Sidoine nettement.

– Quel était votre autre visiteur?

– Aubert de Chantesprit.

– Mâtin! s'exclama Laviolette.

– Oh!... Petite noblesse de finances, dit Sidoine.

– Ils sont partis ensemble?

– Oui.

– Chacun dans sa voiture?

– Apparemment.

– Ça ne vous a pas surpris de n'en entendre qu'une seule démarrer?

– Je n'en ai entendu aucune. Il soufflait un mistral à décorner les nymphes et de plus je m'étais remis au travail.

– Si nous rentrions? proposa Laviolette. Nous serions mieux pour parler.

– Si vous voulez, dit Sidoine, mais vous savez, il fait aussi mauvais dedans que dehors. »

Ils entrèrent tout de même, suivis du juge, du substitut et du légiste. Le travail ingrat et productif incombait aux seuls spécialistes de l'identité qui triaient, mesuraient, ramassaient les mégots dans l'herbe aux fins d'analyse.

Pendant ce temps, ces messieurs aux mines graves déambulaient à travers l'immobilité hallucinante de ces femmes inachevées. Parfois, tout en se perdant en conjectures, ils se surprenaient à tripoter machinalement quelque croupe attrayante. Le juge lui-même ne s'en faisait pas faute. D'abord, plein de ferveur pour ce Sidoine Hélios dont il admirait tant la première manière, il considérait maintenant avec mépris, tout en les flattant de la main, ces hanches figuratives. Sa vénération pour Sidoine fondait de croupe en croupe, en une déception artistique qui confinait à l'écœurement.

Soudain pourtant, il tomba en arrêt. Figés en un même destin, deux postérieurs de vieillards flasques et étiques captivaient son regard d'esthète. Sidoine les avait voulus, par surcroît, verdâtres et moisissants.

– Qu'est-ce que c'est que ça? s'écria-t-il.

– Ça? dit Sidoine. C'est marqué dessus... Ça s'appelle *La guerre*. Vous ne la reconnaissez pas?

– Aah! » s'exclama le juge comme frappé par la foudre.

Tandis que les autres se rapprochaient de l'âtre, il demeura quelques minutes en extase devant cette manifestation du génie.

« Laissez, dit Laviolette au substitut qui s'inquiétait, nous le reprendrons au passage. »

Sidoine ringardait le feu, écartait les cendres, jetait quelques branches vertes qui chuchotaient leur bave en produisant une épaisse fumée. Il reprit à bras-le-corps la bonbonne de *villeneuve* pour le servir à ces messieurs dans les verres à pastilles.

L'un d'entre eux, même, fut servi dans celui du mort, car Sidoine ne les avait pas lavés.

D'abord, ils refusèrent tous, mais au cours de la conversation le légiste, curieux de tous les vins, donna l'exemple, tout le monde suivit. Le substitut lui-même y goûta intrépidement.

« Quel était le but, demanda Laviolette, de la visite de maître Armoise et de celle de Chantesprit?

– Ah, répondit Sidoine, quand ils s'emmerdent, ils viennent me casser les pieds. Ils me racontent leurs lamentables bonnes fortunes et ils croient qu'ils m'inspirent... Ils se prennent pour des cas du plus haut intérêt...

– Vous les connaissez depuis longtemps?

– Quarante ans! Qu'est-ce que vous feriez, vous, avec des amis de quarante ans?

– Une jurade! répliqua Laviolette. *Le galet des Aures,* c'était bien vous?

– Ah oui, c'est nous. Il faut reconnaître que ce sont de bons vivants!

– Les bons vivants sont en train de faire de mauvais morts! »

Laviolette se planta devant Sidoine, la main étendue et les doigts écartés.

« Cinq! dit-il. Vous étiez cinq! Paterne Lafaurie! »

Il abaissa l'auriculaire.

« Félicien Dardoire! »

Il abaissa l'annulaire.

« Et maintenant maître Armoise! »

Il abaissa le majeur.

« Deux! s'exclama-t-il. Vous restez deux! Ça vous suggère quelque chose?

– Oh, dit Sidoine en bâillant, ce sera probablement quelque coïncidence...

– Docteur! appela Laviolette. Combien l'assassin a-t-il utilisé de capsules?

– Probablement une dans chaque doigt, sauf le pouce.

– Il lui en reste donc dix! Vous entendez Sidoine Hélios? Il reste dix capsules à l'assassin. De quoi tuer encore au moins trois personnes! Alors? Que savez-vous? »

Sidoine offrit une cigarette à Laviolette, qui la refusa, en alluma une posément et prêta l'oreille en regardant au plafond. Des pas retentissaient dans les étages qui ébranlaient les hourdis.

« Oui, confirma Laviolette. Ce sont les gendarmes. Puisque nous y étions, n'est-ce pas, tant valait-il faire tout ensemble... Après tout... La maison est vaste. Votre sécurité est en péril. L'assassin s'est peut-être réfugié chez vous...

– A moins que ce ne soit moi?

– Vous êtes en effet bien placé.

– C'est vrai... Et personne, personne! – ne peut me fournir d'alibi... Parce que depuis vingt jours je suis là-dedans! »

Il désignait d'un geste tragique l'énorme cube de matériau contre quoi une échelle était dressée.

« Et comment pourrai-je vous persuader que la mort de Paterne Lafaurie et celle de Félicien Dardoire, c'est vous : qui venez de me l'apprendre! »

Il pointait son doigt accusateur vers le nombril de Laviolette. Mais son regard ne quittait pas le tas sombre des gants macabres posés par le légiste au coin de la table, dans un sachet de cellophane. Le danger qu'il courait – soit de par l'assassin, soit de par la police – il ne s'en souciait guère. Ce n'était pas l'essentiel. Il fallait tenir écartée de soi cette importunité triviale pour consacrer toutes ses ressources à conserver en mémoire les esquisses enchevêtrées qui l'assaillaient depuis hier au soir; qui assiégeaient son imagination; qui voulaient absolument s'organiser en une vision foudroyante qu'il n'aurait plus alors qu'à contempler en lui pour en tirer sa troisième manière; la dernière, sans doute...

« Vous répondez distraitement, dit Laviolette. Auriez-vous en tête quelque objet plus urgent que votre sécurité?

– Oh incomparablement! soupira Sidoine.

– Savez-vous que vous êtes mon témoin numéro un? »

Sidoine lui posa sa main sur la cuisse.

« Qui espérez-vous intimider en moi? dit-il. Nous avons le même âge à peu près... Vous êtes aussi désespéré que je le suis. Qu'est-ce que ça pourrait vous foutre, je vous le demande, si on vous accusait de meurtre?

– Il n'y a pas que ça. Vous risquez *aussi* d'être la prochaine victime.

– Et alors? Ne détournez pas la conversation! C'est *vous* qui désorganisez ma pensée! Si j'avais un vœu à formuler, ce serait : “ Taillez-vous ou foutez-moi en taule tout de suite et donnez-moi un bloc et un crayon! ” Vous saisissez? »

Ils levèrent les yeux en même temps. Une cavalcade de quatre gendarmes dégringolait le grand escalier.

« Eh bien? demanda le substitut.

– Tout est en ordre, dirent-ils. La maison est immense, mais le propriétaire y habite seul. Personne n'est caché ici. Nous n'avons trouvé qu'une femme hollandaise prête à servir...

– Qu'est-ce que c'est que cette histoire? demanda le juge arraché à sa contemplation.

– Rien d'autre, dit Sidoine, qu'une poupée gonflable. On a parfois besoin d'une présence, comment dire? Immédiate...

– On en découvre chaque jour de nouvelles! s'exclama le légiste.

– Je vis en accord avec ma vérité, lui rétorqua Sidoine.

– Oh mais je ne vous juge pas! se défendit le légiste. Simplement je suis prodigieusement intéressé! »

Laviolette s'était levé et il déambulait lentement d'une statue tronquée à l'autre, subjugué par l'impression de refoulement, par l'aveu de castration que constituait chacune de ces œuvres éternisées dans leur position lubrique. Pourtant, l'une d'elles, que le soleil levant entrant par la porte béante illuminait solitaire, échappait aux contorsions érotiques. Elle était presque décevante, dans sa pureté classique. Comme si Hélios copiant Ingres l'avait simplement rehaussée de sa propre orchestration massive. La sensualité, bien que vivante dans cette pierre, n'éclatait pas comme dans les autres œuvres. Elle était indéfinissable, elle paraissait ne se dresser vers personne et il semblait que l'élan du corps se complaisait en sa propre essence, plutôt que d'être attiré par un complément de soi-même.

Laviolette tournait autour de ce socle; il admirait le tour des hanches, la courbe des îles, le cratère du nombril sur le ventre en bouclier et le pli transversal au sommet du pubis. Il flairait cette femme inachevée, pétrifiée, comme si elle recélait quelque ressort secret où il aurait suffi d'appuyer pour qu'elle s'ouvrît et livrât son mystère. Il porta même sciemment la main sur la croupe à fossettes et il l'y laissa longtemps, paresseuse et caressante.

Sidoine s'était approché de lui avec son verre à pastilles et il l'observait en retenant son souffle.

« Vous utilisez quelquefois des modèles? demanda Laviolette.

– Quelquefois, oui.

– Et pour celui-ci, en avez-vous pris un?

– Sans doute.

– " Sans doute " ou oui?

– Oui... Mais c'est quelqu'un qui est mort depuis.

– Je ne cherche pas que les vivants. »

Laviolette parut se désintéresser du sujet. Il tourna le dos à Sidoine et se mit à déambuler parmi les statues. Il ne se lassait pas de promener sa quête sous le plafond de cette immense remise à solives qu'on avait carrelée de tommettes rouges pour la transformer en cette vaste salle de fêtes pour bal pétrifié. Il avait l'intime conviction que quelque mystère traînait sous ces poutres et que faute de l'élucider on ne connaîtrait pas le secret de ces crimes. Malgré son admiration pour le pragmatisme du juge et celui du substitut, lesquels nourrissaient peu à peu leurs dossiers d'horaires stricts concernant les suspects, il persistait à croire que la vérité ne se cachait pas dans le trou d'un alibi.

Sidoine, toujours son verre en main, le suivait comme s'il était tenu en laisse.

« Naturellement, dit Laviolette, comme tous les sculpteurs, vous n'ouvrez jamais un livre?

– Idée reçue! grogna Sidoine. Venez voir... »

Il l'entraîna vers l'angle droit formé par l'escalier, au-delà duquel le rez-de-chaussée se continuait sur toute la longueur de l'aile opposée. On entendait, près de l'âtre, dont ils s'éloignaient, discuter à voix haute les membres du parquet que venaient de rejoindre ces messieurs de l'identité judiciaire pour les informer qu'ils avaient terminé leurs recherches.

« Regardez! » dit Sidoine.

Il avait tourné un commutateur révélant, jusqu'à trois mètres de hauteur, des étagères ployant sous des volumes au seul aspect desquels on pouvait se convaincre qu'ils avaient été souvent tripotés.

« Et ils sont rangés! »

Laviolette constata en effet que les volumes étaient classés par nom d'auteur et par ordre alphabétique.

« Du meilleur et du pire! soupira Sidoine. J'ai toujours lu du meilleur et du pire. Mais vous avez raison! Je n'y touche plus! En cinquante ans d'existence, j'ai réussi à en sélectionner deux douzaines. Ils sont là-haut, dans ma chambre... Quant à ceux-ci... »

Laviolette ne répondit pas. Il examinait avec intérêt ces rayons où les volumes bien serrés n'avaient manifestement plus été touchés depuis leur classement. « Pourquoi pas? se dit-il. J'ignore ce que je cherche... Pourquoi ne pas commencer ici? »

Il chaussa ses lunettes et alla droit vers l'auteur qui l'intéressait. C'était sur la quatrième étagère à hauteur d'appui. Il fallait vraiment savoir ce qu'on voulait trouver pour s'apercevoir que, sur ce rayon, les volumes étaient à peine moins serrés que sur les autres, qu'il y avait un trou de peut-être un centimètre entre deux tomes...

Laviolette se tourna vers Sidoine.

« Dans votre chambre, dit-il, parmi vos livres de chevet, avez-vous *le Traité du Narcisse*? »

Sidoine se détourna en haussant les épaules.

« Comment pouvez-vous me poser une question pareille : vous savez bien que depuis trente ans, les hommes de notre âge n'ont plus ouvert un bouquin d'André Gide. C'est comme si vous me demandiez si je lis toujours *le Grand Meaulnes*!

– Par conséquent, si ce livre manque sur les rayons, ce n'est pas vous qui l'avez pris?

– Pourquoi manquerait-il? J'ai les œuvres complètes de Gide dans l'édition de 1928.

– Vérifiez vous-même! »

Sidoine se pencha vers la bibliothèque et se redressa presque aussitôt.

« C'est exact, dit-il, on me l'a fauché et ça m'étonne!

– Le reconnaissez-vous? » demanda Laviolette.

Il lui brandissait *le Traité du Narcisse* sous les yeux.

« Le diable m'emporte! Vous venez de l'enlever à l'instant. »

Laviolette secoua la tête. Il fut sur le point de révéler à Sidoine le lieu où il avait découvert ce livre, mais il se ravisa. Calant le volume sous son bras, il sortit un calepin de sa poche, chercha une page vierge et la présenta à Sidoine en lui tendant son stylo.

« Vous voulez un autographe? bougonna Hélios.

– Que nenni! Contentez-vous de me tracer quatre traits horizontaux, comme si vous vouliez souligner quelque passage d'une lecture...

– Vous avez une curieuse manière de conduire vos enquêtes! dit Sidoine en l'observant avec méfiance.

– Ah!... soupira Laviolette. C'est que les assassins ont de curieuses manières de commettre leurs crimes!... »

Au bout d'un chemin de terre long de un kilomètre, bien à l'abri, bien masqué par des bosquets de yeuses et de grandes craus désolées où seules se cachent les truffes, Chantesprit surgissait hors du dernier bouquet d'arbres, parmi les seules prairies fertiles, comme une étrange surprise.

La route parcourue pour y parvenir ne préparait pas à cette rencontre. Elle se faufilait de doline en doline, ponctuée de squelettes de fermes et de hameaux déserts comme des cimetières, de vergers pourris, de vignes hérissées de sarments morts. Partout, la vie avait déclaré forfait, tuée par la solitude. Les corbeaux y erraient à jeun, poussant en plein vol leur appel lamentable.

Ce chemin de terre, il fallait le connaître car aucun écriteau ne renseignait le passant. La publicité se faisait de bouche à oreille, mais aussi par le truchement de ces petites cartes serrées dans les portefeuilles et où se lisaient ces trois lignes succinctes : « Chantesprit – Tous conforts – cuisine de femme – meubles d'époque – 16 chambres – Retenir. »

Ce « Tous conforts » au pluriel était le seul appel du pied de tout un ensemble qui s'était cristallisé en quelques années, pour répondre à un besoin nouveau.

Quand il s'était retrouvé à peu près ruiné par toute sorte de jeu, cherchant, avant de vendre, comment tirer parti de son patrimoine, Aubert avait longuement médité, entre autres choses, sur l'ennui et sur l'amour. Promenant sa mélancolie désargentée parmi les ombres de ses ancêtres libertins, il s'était laissé chuchoter par eux de curieux conseils.

Aussi, après quelques tâtonnements, Chantesprit avait trouvé sa voie. On y venait comme autrefois à *la Closerie des Lilas* : pour des amours expurgés de tout drame. Il ne s'y rencontrait que des couples de gens de goût, aimant la nature et libérés des contraintes.

Chantesprit était une usine à souvenirs. Les êtres qui recouraient à ses bons offices n'avaient jamais eu le temps de rechercher la vérité sur eux-mêmes. Ils ne pouvaient le faire dans leur famille, sous peine de désorganiser l'atmosphère de quiétude à laquelle, par ailleurs, ils tenaient tant.

On voyait ainsi très tard, autour des petites tables rondes, des amants oublier qu'il était l'heure d'aller faire l'amour. Des amants qui s'entretenaient interminablement d'eux-mêmes avec des sourires ineffables, qui pouvaient enfin se dévoiler et qui éprouvaient à le faire autant de plaisir qu'à se caresser.

Et parfois c'étaient des couples classiques et parfois c'étaient des couples d'homophiles, hommes ou femmes, car la suprême distinction de Chantesprit, c'était un éclectisme serein.

Le personnel était capable, en présence de deux hommes ou de deux femmes, de distinguer, lorsqu'il versait le vin, auquel des deux il fallait le faire *taster,* lequel des deux il convenait de servir d'abord.

La sélection s'était faite d'elle-même, Chantesprit n'offrait que sa beauté, mais sertie par cette nature étrange, mélange de bosquets et de pierraille stérile où, sous les verts changeants des yeuses que le vent échevelait, paraissait toujours se dérouler un grand jeu de cache-cache. Tout autour, les collines où les pins achevaient de détruire la vraie forêt n'offraient pour clairières que des charniers de pierres écroulées.

La bâtisse à fronton, d'une seule façade rectiligne à deux étages, dorait au soleil les balafres de tous ses drames. Un peu de noir sur des piliers cariés témoignaient d'un incendie ancien. Sous l'appui d'une fenêtre murée, de vieilles traces qui restaient sales se souvenaient d'un choléra sans merci. Une fente colmatée de bas en haut était la signature de la foudre qui avait séparé le bâtiment en deux. En 1794, on avait tiré de là les trois seuls guillotinés des Basses-Alpes. L'atmosphère ne s'en était jamais relevée. De ces bons vivants, insoucieux de politique, on entendait encore s'égrener le rire sous les cèdres, durant certaines nuits propices.

Le bassin de maître lui-même, pour fastueux qu'il fût, parmi tant de rigueur, ne riait pas devant la façade. Une tuile romane ébréchée y remplaçait un sylvain de plâtre atteint de la lèpre, pour déverser une eau abondante où bavait la mousse et qui tombait en silence. Un saule pleureur traînait à la surface du miroir sa chevelure de noyé.

Il n'y manquait même pas, abritant le tout, ces arbres tutélaires que nul n'a plantés et qui meurent – inexplicablement – autour de chaque maison des champs, lorsque la vie des êtres s'y est éteinte.

Tel quel, Chantesprit, lorsqu'on l'apercevait de loin, n'apparaissait riant qu'aux âmes superficielles. Cet ensemble de grande allure ne convenait pas aux faibles. Les intuitifs le fuyaient tout de suite y décelant anguille sous roche. Les snobs enchantés s'y étaient d'abord extasiés, mais bientôt, crevant d'ennui, dépités, ils étaient retournés à leurs chers trois étoiles et si quelque imprudent leur faisait l'éloge de Chantesprit, ils l'accusaient de snobisme.

Il n'y avait ni piscine ni tennis ni télévision. Le téléphone ne figurait pas à l'annuaire. Le seul appareil trônait sur le bureau du patron.

Le *tous conforts* se limitait aux ameublements des pièces. Pas un fauteuil n'avait moins de cent ans. Il existait des chambres réséda, amarante, bouton-d'or; chacune meublée de ces armoires à portes sévères et de ces secrétaires aux tablettes marquées de taches, qui craquent mélancoliquement la nuit.

Seul établissement de cette classe à cent kilomètres à la ronde, il drainait dans ce périmètre, parmi les couples en train de se former, de se reformer ou de se transformer, suffisamment d'âmes délicates – et argentées – pour qu'il fût nécessaire de retenir sa chambre un mois à l'avance. Même les terribles fins de semaines, séparatrices des amants, ne modifiaient pas le chiffre d'affaires de Chantesprit. Depuis dix ans, tous les jours, on y refusait du monde.

« Oui enfin quoi... Tranchons le mot : c'est un baisodrome », se dit Laviolette avec sa navrante logique.

Suivant sa technique habituelle, il avait fait le tour de ce bijou pour le mesurer, comme il l'eût fait d'une citadelle à investir. Tout naturellement, il termina sa reconnaissance par la face nord, cherchant l'entrée de service.

Il pénétra donc dans Chantesprit par les communs. Il avait repéré le coin où s'amoncellent fruits pourris, cageots puants et bouteilles vides; le coin où bourdonnent les mouches sur les poubelles débordantes. Il y a toujours cet aveu d'impuissance derrière les meilleures façades.

Il déboucha soudain, par une porte battante, crasseuse d'un côté, propre de l'autre, sur une cuisine modèle constellée d'outils chromés et de cuivres rouges. On y déversait dans les bacs à vaisselle des brassées de couverts sales. Il était une heure de l'après-midi, l'heure du repas des fauves. Les mots malsonnants volaient d'un plan de travail à l'autre, d'une serveuse à un marmiton, d'un plongeur à la fille de cuisine qui tournait inlassablement autour des pieds de tout le monde, en passant sur le sol une serpillière à fleurs. Le boucan infernal qui régnait réduisait toutes les paroles en un brouhaha inaudible. Tout baignait, par ailleurs, dans les fragrances de sauces sublimes.

Le chef était une femme. Les jambes en poteau, emmaillotées de bande velpeau, elle bardait de ses doigts boudinés, les cadavres de gracieuses bécasses.

Le dos tourné à Laviolette, elle discutait le coup avec son chef saucier qui garnissait prestement une douzaine de coupelles. Le coude gras de la cuisinière s'enfonçait entre les maigres côtes de son adjoint. Un rire canaille élargissait leur bouche. Mais soudain, comme chatouillés par un pressentiment, ils se retournèrent et découvrirent l'intrus.

Laviolette arborait son air le plus effacé, mais la cuisinière en avait vu de toute sorte avant d'échouer ici. Et, notamment, elle flairait le poulet à dix lieues. Elle ne s'y trompa pas, mais fit semblant, ce qui lui permit de rabrouer le gêneur sans ménagements.

« Dites donc! Qu'est-ce que vous foutez là, vous? C'est privé, ici!

– La salle à manger s'il vous plaît? s'enquit Laviolette comme on demande la charité.

– Y a pas de salle à manger! Il faut retenir! Vous le savez pas? »

Il ne restait plus au commissaire qu'à montrer sa carte.

« Oh mais, c'est bien ce que j'avais compris! glapit-elle sans changer de ton. Le patron, c'est là-bas, au bureau! »

Elle le considérait d'un tel air si malveillant qu'il se promit de vérifier au sommier si la police n'avait pas fait quelque misère à cette pauvre femme. Même le dos tourné, il sentait encore son regard. Il fut tout aise de mettre entre elle et lui deux angles de corridor.

Ce passage commandait le vestibule où se trouvaient le coin bureau du patron, le téléphone et le départ du grand escalier. C'était un vaste hall carrelé de dalles blondes. On y voyait, fermées comme des armoires, les belles portes à deux battants des salles à manger.

Les servantes se croisaient, chargées de plats. Les fumets passaient sous le nez de Laviolette qui y puisait quelque regret.

Par la vaste entrée ouverte à deux battants, on voyait la cour aux dalles bombées et, dans l'enfilade, le bassin et le saule.

Le patron était au bureau, occupé, crayon en main, à faire l'addition qu'une serveuse attendait. Malgré le monocle qui assurait au regard une certaine insolence, le personnage manquait de carrure. On sentait qu'une petite âme flottait dans cette apparence trop ample pour elle.

« Monsieur de Chantesprit? » dit Laviolette.

Le patron sursauta à l'abri de sa banque. Une attitude de lièvre aux abois parut un instant l'emporter sur sa prestance.

« S'il pouvait sauter dehors et s'enfuir dans la campagne, il le ferait », se dit Laviolette.

Même l'empreinte du flambeur s'était effacée. Il n'en restait que les pommettes rosâtres, au-dessous de quoi les traits figés étaient livides.

« Zut! se dit la serveuse qui attendait son addition.

Il va encore se gourer pour la troisième fois en huit jours. »

« Vous désirez? demanda Chantesprit.

– N'ayez pas peur, dit Laviolette, je ne suis qu'un policier. »

Il lui montra sa carte.

« Où prenez-vous que j'aie peur? » protesta Chantesprit en exécutant un brillant tour de monocle pour donner le change.

« Vous n'avez donc pas peur? Eh bien, vous avez tort! »

Chantesprit plongea le nez dans son addition et répondit :

« J'ai tout dit à vos gendarmes.

– Ce ne sont pas des questions de gendarme que je viens vous poser. »

A cet instant, deux personnages traversèrent le champ de vision de Laviolette, firent une pirouette et disparurent aussitôt hors de l'entrée où ils étaient apparus. Laviolette n'eut pas le temps de se demander pour quelle raison ils tournaient bride aussi rapidement.

« Je ne vois pas à quoi d'autre je pourrais répondre... » disait Chantesprit.

Laviolette l'avait oublié. Il contemplait la lampe de chevet. Sur le vieux meuble rustique, elle était allumée, malgré le soleil, car, pratiqué dans le passage étroit entre la cuisine et le hall, face au mur du grand escalier, le coin retiré où se tapissait le patron était sombre en tout temps.

Mais ce qui retenait l'attention de Laviolette ce n'était pas cette lumière ni l'abat-jour de sisal, c'était le socle. Le socle était un Hélios. Le propre du génie, c'est qu'il n'a pas besoin de signature et que le dernier des néophytes peut l'identifier.

C'était un Hélios de la période rouge. Un tronc sectionné aux genoux et aux hanches, précieux et fragile comme un tanagra; animé d'un érotisme indéfinissable qui paraissait se complaire en sa propre essence, se mirer en soi-même...

« Je débloque! se dit Laviolette. Ça devrait me suggérer un cadavre sorti d'une malle sanglante et dont on aurait supprimé toutes les possibilités d'identification et je vais songer à la Grèce antique... »

Pensif, il caressait machinalement la statue. Les formes créées par Hélios possédaient un tel pouvoir d'évocation qu'on ne pouvait s'empêcher d'y toucher.

Il saisit délicatement le socle sur la tablette du secrétaire pour le tourner de face vers lui.

« Ah bon! » grogna-t-il.

La serveuse pouffa de rire discrètement.

« Qu'est-ce que c'est? » demanda Chantesprit désorienté.

Il était toujours perdu dans son addition.

Laviolette, désagréablement surpris, retira vivement ses mains. Ce corps qu'il s'était laissé aller à caresser, il constatait, en le retournant, qu'il était celui d'un homme... Pourtant l'autre matin à Bel-Air, pendant les constatations, la sculpture devant laquelle il était tombé en arrêt représentait bien un tronc de femme. Or, celle-ci en était sinon la copie, du moins la réduction. En tout cas, le même corps avait servi de modèle...

« Je sais ce que dirait le juge, songeait Laviolette, je suis friand de mystères, j'en vois partout. Il est fort probable que tout ceci n'a rien à voir avec ces crimes... Et pourtant... Le Narcisse... que j'ai retrouvé chez Dardoire, quelqu'un l'a subtilisé chez Hélios. Qui? Quand je lui ai posé la question, Hélios a levé les bras au ciel : il reçoit tellement de visites! »

Chantesprit prenait enfin une bonbonnière en Saxe

qui se trouvait à côté de lui, glissait l'addition à l'intérieur, refermait le couvercle et la tendait à la serveuse qui l'emportait en grande pompe.

« Dites-moi... demanda Laviolette, ça vaut combien un Hélios de la période rouge comme celui-ci?

– Mais... je l'ignore... dit Chantesprit.

– Comment vous l'ignorez? Il ne vous l'a tout de même pas donné?

– Mais si. Nous sommes amis d'enfance. Et puis, ça lui fait de la publicité...

– Ah, parce que même Hélios a besoin de publicité?

– Notre clientèle est composée de gens de goût.

– Vous en avez vendu beaucoup?

– J'ignore. J'ai adressé pas mal de monde à Sidoine.

– Bon. Puisque vous allez souvent chez Hélios, vous devez savoir à quoi il travaille actuellement? Vous savez ce gros cube... de je ne sais quelle matière... Qu'est-ce que c'est, au juste?

– Oh vous savez! Avec Sidoine, nous ne parlons jamais d'art... La seule fois – il y a plus de vingt ans – où nous avons voulu faire semblant, il nous a tout de suite mis à l'aise : " Ne vous fatiguez pas! nous a-t-il dit. Continuez tranquillement à n'y rien comprendre. N'essayez pas de vous singulariser... " Mais... Pourquoi ne pas le lui demander à lui?

– Cela ne m'a pas paru d'abord utile.

– Et ça vous le paraît maintenant?

– C'est en voyant votre socle de lampe là... Il me semble que Sidoine en ce moment, est obsédé par un curieux leitmotiv... Une obsession, comment dire... lubrique... Son imagination paraît échapper à son contrôle... Et comme, somme toute, vous n'êtes plus que deux...

– Comment deux?

– Mais oui : deux compagnons du *galet des Aures*. Et comme, d'autre part, il reste dix capsules d'acide prussique à l'assassin... Si vous aviez remarqué chez Sidoine quelque signe... disons... de désordre... Nous pourrions peut-être arrêter l'hécatombe.

– C'est ce genre de question, sans doute, que vous lui avez posé à mon sujet?

– Pas du tout. Vous, vous n'êtes pas un artiste. Vous ne pourriez tuer que pour des raisons terre à terre. Or, pour l'instant, je n'en vois aucune. Ah! Si vous étiez un restaurateur dépité... A propos, vous êtes-vous décerné des galets d'honneur?

– Jamais de la vie! Ça enlèverait toute valeur à l'institution. Tout le monde sait que je suis membre du jury. Et puis, une des caractéristiques de Chantesprit, c'est qu'il n'y a ni panonceau ni étoiles ni club. On les refuse! Ça, c'est une idée de... »

Il s'arrêta net.

« Une idée de qui? demanda Laviolette.

– Oh de... d'un chef que j'avais voici quelques années. Il prétendait que ça attirerait les snobs. Mais maintenant, nous n'en avons plus besoin.

– Avez-vous conscience d'avoir commis quelque injustice dans vos choix?

– C'est ça! Quelqu'un nous exterminerait parce que nous n'aimons pas sa cuisine!

– Vous savez, il en est des chefs comme des écrivains. Il n'en est pas un seul qui ne croit dur comme fer que sa cuisine est la meilleure du monde...

– C'est tout ce que vous voyez comme explication?

– Et vous? Vous connaissiez très bien les trois victimes. Vous étiez amis d'enfance. Or, votre interrogatoire est un désert.

– J'ai dit ce que je savais. Je ne pouvais pas inventer! J'ai un alibi pour les deux premiers crimes...

– Ah parlons-en de vos alibis. Pour le meurtre de Dardoire, vous étiez à Pont-de-Vivaux où vous assistiez à la première nocturne. Les Marseillais sont en train de montrer votre photo à dix mille habitués du champ de course et pour l'instant sans aucun résultat! Et pourtant! Un homme portant monocle! Ça doit se remarquer à notre époque, non?

– Je ne le porte pas à l'extérieur. J'ai un seul œil presbyte...

– Admettons. Et parlons du meurtre de Paterne Lafaurie. Pour celui-ci, c'est pire : vous étiez à Digne à la manif des éleveurs ovins qui protestaient contre le mouton anglais. Là aussi ils étaient au moins deux mille! Qu'est-ce que vous foutiez là? Vous! Un hôtelier! »

Chantesprit soupira.

« Si les moutons anglais envahissent la France, les éleveurs français disparaîtront. Or, l'agneau anglais ça ne vaut pas un clou pour les épaules. C'est juste bon pour être vendu dans les grandes surfaces et aux restaurants communautaires. Et moi, ma spécialité c'est l'épaule d'agneau pour deux. Non roulée naturellement. Avec tous ses os cassés dedans, sauf la palette qu'on enlève. Ça ne peut se faire qu'avec l'agneau bas-alpin, sinon c'est écœurant. Si l'agneau bas-alpin disparaît je suis foutu! Voilà pourquoi j'étais à la manif.

– Bon! dit Laviolette radouci. Bon! »

Il nourrissait un faible lui aussi pour l'agneau bas-alpin.

« Mais enfin, reprit-il, pour le troisième en tout cas, vous n'en avez pas d'alibi! Vous pouviez très bien glisser les capsules dans les gants de maître Armoise, sous prétexte d'aller uriner.

– Non! dit Chantesprit avec force. Nous ne pouvions pas nous quitter!

– Pourquoi?

– Parce que... commença Chantesprit.

– Parce que vous aviez peur de vous empoisonner l'un l'autre? »

Chantesprit le regarda en face l'espace d'un instant.

« Non! Nous avions peur tous les deux...

– De qui? De Sidoine? »

Chantesprit haussa les épaules.

« Il devrait avoir aussi peur que nous! Seulement lui, c'est un surhomme... »

Laviolette se remémora cette sorte d'oiseau perché, en sabots, qui ressemblait si fort à un personnage non figuratif.

« Et de quoi aviez-vous peur?

– Justement on ne sait pas! On faisait notre examen de conscience. On se demandait qui pouvait nous en vouloir.

– Ces deux meurtres pouvaient encore n'avoir aucun rapport avec les trois autres membres de la confrérie... Sauf si vous aviez de bonnes raisons de croire le contraire.

– Deux sur cinq! Il me semble que c'était suffisant, non? »

Depuis un moment Laviolette triturait dans sa poche *le Traité de Narcisse*. Il l'exhiba soudain comme un magicien tire un lapin du chapeau.

« Et ça? » dit-il.

Chantesprit se redressa.

« Où avez-vous pris ça! cria-t-il.

– Dans n'importe quelle librairie! Ça a l'air de vous faire un effet surprenant!

– Aucun! dit Chantesprit en se rasseyant. Ça ne me fait aucun effet... »

Mais il louchait terriblement sur le volume que Laviolette lui rapprochait des yeux et même, il reculait sur sa chaise, au risque de perdre l'équilibre, comme si la seule vue de ce livre lui chauffait le visage.

« Allez! dit Laviolette persuasif, laissez-vous aller! Dites-moi là, en toute amitié, ce que cet objet vous rappelle?

– Rien du tout! Si c'est ça vos questions, vous pouvez les garder! Elles ne comportent pas de réponse.

– Ah, c'est dommage! Bah! nous en saurons peut-être davantage quand l'assassin vous aura supprimés aussi, vous et votre ami Sidoine... Si après il continue à faire des cartons, c'est que nous aurons affaire à un fou. Et si l'hécatombe s'arrête, avec beaucoup de patience et un peu de chance vous finirez par obtenir une vengeance posthume. Vous savez, force reste toujours à la loi... Quand? Ça c'est autre chose!

– Vous êtes cynique...

– C'est la seule attitude possible avec un menteur! Je ne peux pas vous torturer, alors je suis cynique! Continuez, mon ami, à avoir le trouillomètre à zéro, ça a l'air de vous plaire! Quand vous en aurez assez vous me ferez signe! Mais en attendant... »

Il tendit à Chantesprit un calepin ouvert sur une page blanche et son stylo décapuchonné.

« ... Veuillez avoir l'obligeance de tracer trois ou quatre lignes là-dessus... acheva-t-il.

– Trois ou quatre lignes... d'écriture?

– Non! De simples traits, comme si vous vouliez souligner quelque chose. »

Chantesprit s'exécuta en maugréant et regarda Laviolette en dessous.

« Ça rime à quoi tout ça?

– Je ne le sais pas moi-même! » répondit Laviolette.

Il tourna le dos. Il s'en alla, cette fois par la grande porte. Quand il sortit, dans la houle du vent, le saule pleureur lui fit, de toute sa chevelure déployée, un grand salut qui lui parut ironique.

Chantesprit s'agrippa des deux mains à la banque et se souleva dans un élan instinctif pour rattraper le commissaire. Sa bouche s'ouvrit pour l'appeler, mais il se contraignit à n'en rien faire. Les mots ne passeraient pas ses lèvres. Il était déjà trop tard.

Il se contenta de contempler fixement devant la porte le miroir chatoyant du bassin devenu vitreux sous le sournois monceau de nuages qui annonçait un soir orageux.

« Mais pourquoi s'en aller? cria Léone.

– Ah! s'exclama Chabrand. Je ne sais pas! Mais je ne tiens pas à lui mettre le doigt sur mes faiblesses. »

Il lui avait encerclé le poignet et l'entraînait en courant vers la voiture. Ce n'est que lorsqu'il fut assis au volant et qu'il eut mis le moteur en marche, qu'il respira enfin. La vue soudaine de Laviolette, alors qu'il croyait toucher le seuil du paradis, lui avait fait l'effet d'une douche froide.

Ils arrivaient là joyeux, se tenant par la main, prêts à entrer, lorsque soudain, passant le seuil, Chabrand avait aperçu devant le bureau cette silhouette sans angles, solidement arrimée au sol, enveloppée d'un pardessus et de deux tours de cache-col.

Cet animal de Laviolette avait bien choisi son moment pour venir interroger Chantesprit! Comme si les réponses de celui-ci ne figuraient pas déjà aux minutes avec leurs réticences et leurs ambiguïtés.

Chabrand avait eu juste le temps de tirer Léone en arrière, car Laviolette en un réflexe machinal, commençait à tourner la tête vers leurs ombres qui venaient de s'interposer entre le jour et lui.

Léone protestait.

« Et la liberté, alors? Ici? On aurait eu un souvenir! Ailleurs, on n'aura rien du tout!

– Il ne m'aurait pas lâché! dit Chabrand entre ses dents. Il ne connaît pas le dimanche! Une fois harponnés, nous en avions avec lui jusqu'à ce soir. Crois-moi, en nous enfuyant, nous avons sauvé notre soirée. »

Il jeta un coup d'œil sur elle. Il ne l'avait pas convaincue. Elle était fermée, serrée, repliée; une grosse ride d'entêtement barrait son front bronzé sous ses longs cheveux couleur d'ivraie mûre.

Chantesprit conservait ses corps de logis de ferme et ses granges sonores que nul n'utilisait plus. Chabrand en avisa une au bout d'une aire avenante où le vent claquait par la porte béante. Il y entraîna Léone au pas de course.

La grange sentait le vieux blé. Elle était sombre sous le clair-obscur des tuiles disjointes. Des meules de paille devenues noires à force de vieillesse s'y désagrégeaient lentement.

« Non! » s'exclama Léone.

Elle fit frein dès l'entrée de ses deux jambes robustes, renâclant à l'obstacle comme un cheval rétif. Ces balles de paille lui rappelaient de mauvais souvenirs. Il fallut à Chabrand toute l'obstination empressée d'un homme amoureux pour la décider à entrer avec lui dans cet abri qui dissimulait une jonchée de fourrage affaissée par les ans. Le juge étala sur l'herbe fanée son vieux carrick des jours heureux.

Mais à peine y étaient-ils tous deux tombés à genoux face à face et se contemplant pour la première fois au fond des yeux, qu'un murmure de voix irritées dérangea leur bonheur. Quelqu'un faisait irruption dans la grange.

Le juge se mit debout. Le mur de balles de paille était troué de nids de poules qui autrefois venaient y pondre et l'avaient finalement percé pour y passer leurs têtes curieuses. Ces meurtrières propices permettaient de voir sans être vus.

L'entrée cochère encadrait le pays tout entier : un tiers de plateau, deux tiers de ciel menaçant. Un dernier rayon de soleil perçait sous la couleur chaudron du couchant. Le chassé-croisé des nuages s'était solidifié en une nappe d'un seul tenant, d'ouest en est où grommelait, tout bas encore, quelque tonnerre du côté de Barrême. Le vent, comme dompté par ces menaces, filait doux, ne sifflait plus qu'en silence. La houle verte des yeuses chatoyait sans murmure comme si le poids des nuages avait maîtrisé sa plainte.

Sur ce décor se découpaient deux silhouettes qui s'avançaient vers la pénombre en gesticulant. Le juge les reconnut tout de suite : l'un c'était Chantesprit, le costume lustré et le monocle trompeur, l'autre Sidoine Hélios, sa tête haut perchée sur son cou maigre dardait hors du double col du chandail, comme de sa carapace celle d'une tortue. Il était toujours en short et chaussé de sabots rabotés par l'usage.

Ils s'avançaient dans la vaste grange, surexcités, donnant des coups de pied au poussier.

« Contre-assurance ! Contre-assurance ! grommelait Sidoine. Ça te fera une belle jambe ! C'est pour ça que tu m'as fait venir ?

– Ça a fait du chemin, dit Chantesprit. Maintenant, nous ne sommes plus que deux...

– Et si c'est pas toi c'est moi ! Tu me l'as déjà dit ! »

Hélios désigna son compagnon d'un geste méprisant :

« Non mais regarde-moi ça ! Ça a le trouillomètre à zéro ! Ça se tient à trois mètres de moi comme si j'allais le piquer! Mais enfin réfléchis : tu le sais bien que ça ne peut pas être moi!

– Alors c'est moi?

– Non! Et tu sais fort bien qui est-ce! Et tu sais fort bien pourquoi! »

Il se laissa choir sur une balle de paille. Il se frappa sur les cuisses.

« Et je suis là comme un con! Au lieu de pignocher sur mon groupe! Si j'avais su que ce soit si emmerdant des amis d'enfance, j'en aurais jamais eu! Mais enfin, bon dieu! Au lieu de me voler, tu pouvais pas me demander du fric?

– La seule fois où je t'en ai demandé tu m'as répondu : " Je te prête tout ce que tu veux, mais tu touches plus un ticket du P.M.U. "

– Et alors?

– Alors je peux pas!

– Il ne peut pas! s'exclama Sidoine. Et alors il préfère...

– C'est toi le responsable! Si tu ne m'avais pas raconté tout ça jamais l'idée ne me serait venue! »

Sidoine se leva, tourna le dos à son ami, accomplit deux ou trois cercles en donnant des coups de pied au poussier.

« Oh ça va! cria-t-il en gesticulant. Si on peut plus prendre une cuite sans que ça se termine en tragédie, c'est plus la peine de vivre! »

La situation du juge Chabrand était affreusement délicate. Ces deux individus étaient en train de dégoiser des choses capitales à verser au dossier qu'il était chargé d'instruire. Depuis un bon moment déjà, il avait envie de bondir entre eux afin de les convoquer pour le lendemain à son bureau.

Léone s'apercevait bien qu'à la lumière de cet incident fortuit, son amoureux l'oubliait. Aussi, collée contre lui, lui réchauffant l'oreille à petits baisers rapides, s'efforçait-elle de le ramener vers cette préoccupation essentielle.

« C'est agréable hein, les débats cornéliens? » lui souffla-t-elle moqueusement.

Le juge l'écarta un peu d'un coude qu'il se gardait de faire trop pointu.

« Qu'est-ce que tu veux! reprit Chantesprit en soupirant. J'avais besoin d'argent.

– Oui, seulement maintenant l'argent tu ne l'as plus et ta peau ne tient plus qu'à un fil... Et la mienne aussi par la même occasion. »

Il se rassit accablé sur la meule de paille et entreprit de se ronger les ongles.

« Y a qu'une solution... grogna-t-il entre ses dents. Dans trois jours j'aurai fini mon boulot et j'irai livrer le pot aux roses bien enveloppé à la police!

– Tu feras pas ça, Sidoine, dis? Tu feras pas ça?

– Je me gênerai! »

Il lui tourna délibérément le dos et, à petits pas, regagna la sortie. Toujours le dos tourné, il s'arrêta pour tirer une cigarette de sa poche et l'allumer.

Cette attitude fit sur son ami un effet considérable : s'il se détournait sans méfiance, avec le plus grand naturel, c'est donc qu'il ne croyait pas que lui, Chantesprit, portait sur soi quelque capsule d'acide prussique... Alors... Ou bien Sidoine n'avait pas peur parce qu'il était lui-même l'assassin... Ou bien il fallait alors envisager l'autre possibilité... Mais dans ce cas, *pourquoi les trois autres*?

Soudain Sidoine jeta sa cigarette, l'écrasa dans le poussier et fit volte-face.

« Aubert! appela-t-il.

– Quoi? dit Chantesprit.

– Méfie-toi des... »

La foudre coupa la parole à Hélios. Elle emplit d'une lueur bleue tout le vaisseau de la grange. Elle avait dû éclater sur un pierrier tout à côté. Le grand vide de la fenière trembla entre ses murailles en un grondement de peau d'âne sous les coups d'un timbalier.

Chabrand serra le bras de Léone.

« De quoi? chuchota-t-il. De quoi doit-il se méfier?

– Est-ce que je sais? fit Léone. J'ai peur!

– De quoi? cria Chantesprit après le tonnerre. De quoi je dois me méfier? »

Mais Sidoine fonçait vers sa voiture en exécutant quelques gestes fatalistes. Ce génie craignait nouvellement l'orage. C'eût été trop bête, à trois jours de l'achèvement de l'œuvre, de se faire foudroyer sur place...

Les éclairs étaient encore informes. La nuit qui venait ne cernait pas encore leurs lances brisées. Le juge silencieux conduisait lentement.

« J'ai peur de l'orage! » gémit Léone.

Mais Jean-Pierre Chabrand était redevenu le juge Chabrand de pied en cap. Il conduisait en réfléchissant sur ce chemin de terre. C'était un curieux chemin qui ne comportait pas une seule ligne droite sur les trois kilomètres de son parcours. Les buis qui l'encadraient limitaient la visibilité à quinze mètres. Le juge était très prudent car la nuit venait et l'orage qui investissait le ciel depuis le crépuscule était bien en place, désormais, couvercle refermé, vent éteint.

« Tu ne me crois pas, dit Léone, quand je te dis que j'ai peur de l'orage?

– Si, dit Chabrand. Toi qui fais des études de droit, sais-tu ce que c'est qu'une contre-assurance?

– Oh merde! gémit Léone. Quand tu voudras m'interroger sur le fond, tu me convoqueras à ton bureau! »

Elle se pelotonna à l'autre bout du siège, contre la vitre, accrochée des deux mains à la ceinture de sécurité.

Elle éclata de rire.

« Ah c'est marrant, tiens! Je crois que je n'ai jamais rien vu de plus comique! Je te vois en train d'expliquer au procureur et au commissaire où tu étais quand tu as glané tous ces renseignements!

– Oh mais, dit Chabrand, je vais le faire, n'en doute pas! »

C'est à ce moment que le juge, malgré sa prudence, faillit écraser quelqu'un.

C'était un cyclomotoriste déguisé en martien : casque intégral rouge sang agrémenté sur le front d'une étoile dorée en décalcomanie; combinaison bleu ciel, bottes de plastique. Il tenait toute la route, phare allumé éblouissant. Le juge freina à mort. La voiture stoppa net. Léone se retint des deux bras contre le pare-brise. Le cyclomotoriste cabra sa machine évitant le capot avec dextérité selon une longue pratique. Il se perdit dans la pénombre sans attendre qu'on l'envoyât au diable.

« Quel con! proféra Léone en se rajustant.

– C'est un jeune... dit Chabrand.

– Comment le sais-tu? Tu en as distingué quelque chose?

– Non. Mais un vieux me serait rentré dedans.

– Tu m'as l'air bien calme? »

Un éclair zébra les buis devant eux. Le tonnerre vint de loin, insensiblement, mais il roula de longues minutes. Un nouvel éclair eut le temps de se planter encore au loin, sur la fin de ce tintamarre. C'étaient trois orages affrontés comme il en fait parfois dans le triangle compris entre Barrême, Saint-André et Castellane; lesquels s'efforcent de passer la Durance pour être certains de frapper à coup sûr.

« C'est vrai, gémit Léone, que j'ai peur de la foudre. Mon grand-père a été tué sur sa moissonneuse en plein champ... Je l'ai vu! Il était tout noir. Il n'avait plus un cheveu. L'or de ses dents avait fondu et brillait hors de sa bouche!

– Appuie-toi contre moi, dit Chabrand. Nous crèverons ensemble! Ça te va?

– Ma foi... dit Léone. Je n'ai pas le choix... »

Les coups de foudre qui se succédaient peignaient en blanc et or les groupes des yeuses perdus sur les *badassières*. Parfois, ils se succédaient à telle vitesse que l'ombre de ces bouquets d'arbres avaient le temps de s'inscrire sur le sol comme si quelque furtif soleil les réchauffait.

Les fenêtres de Chantesprit, dont on n'avait pas eu le temps de clore les volets, clignotaient à chaque éclair.

Ce fut d'abord un orage sec. Le couvercle compact du ciel emprisonnait une marmite de foudre qui grommelait indistinctement avec de formidables retenues. L'air grésillait comme sous une ligne à haute tension.

Personne, en public, n'avait peur de l'orage par ici. Pourtant ce réseau serré de routes et de chemins d'ordinaire sillonnés le soir de véhicules pressés, était miraculeusement désert. A trente kilomètres à la ronde, un coup d'œil au ciel avait suffi pour que chacun trouvât prétexte à ne pas bouger pour l'instant.

A dix heures, deux coups de foudre simultanés se jouèrent des protections du réseau. Autour du transfo du poteau de Telle, un fantôme désordonné agita ses bras de lumière violette qui fusaient jusqu'à dix mètres autour du bâtiment, puis s'éteignit. Et s'éteignirent avec lui les lumières de trente villages.

En même temps, comme si la foudre eût du même coup éventré une poche d'eau, la pluie s'assena littéralement sur le pays. Sous ces cataractes l'orage lui-même mit une sourdine. Les coups de tonnerre sonnèrent plus gras. Les éclairs se muèrent en de grandes explosions de lumière venues de nulle part et qui révélaient jusqu'au Mourre de Chanier, jusqu'à la Tête d'Estrop.

A Chantesprit comme ailleurs, le courant manqua d'un seul coup. Mais ici, la chose était si fréquente et l'on avait tellement l'habitude de ne compter que sur soi-même qu'aussitôt, la mésaventure se transforma en une fête nouvelle.

Il y avait abondance de girandoles à quatre branches toujours armées sur les consoles et dont on garnit incontinent chaque petite table de salle à manger.

Ça tombait bien. Il était dix heures du soir, les desserts et les cafés étaient servis. On pouvait juger d'un coup d'œil que le dernier champagne dans les flûtes était tiède et ne serait pas bu.

Les femmes gloussèrent. On n'a jamais peur dans l'amour partagé. Les hommes dirent qu'un orage en février était réservé à leur bonne fortune. C'est si rare, un orage en février. C'était presque une prime ! N'est-ce pas, mon cher ? Nos femmes et nos enfants sont bien à l'abri dans nos maisons à paratonnerre – D'ailleurs, j'ai téléphoné à neuf heures, tout allait bien... Et nous, nous sommes ici ! Ma foi, il fait un ciel un peu chaud, ce soir, c'est vrai... Ça claque d'un peu trop près des mâchoires contre nos tympans... Mais bah ! On serait tués par la foudre ! La belle affaire ! La belle mort ! Et à Chantesprit !

« Et à Chantesprit ! »

Les couples des salles à manger se saluèrent du flambeau comme des roués du Régent et montèrent en grande pompe, suivis de leurs immenses ombres, l'escalier à double révolution. Ces chandeliers posés au coin des cheminées feraient plus capiteuses encore dans la pénombre les chairs des amoureuses dont la sobre lumière ménagerait les contours. Aussi, la vaste antichambre de Chantesprit retentissait-elle de « bonnes nuits » optimistes que se souhaitaient quelques usagers de longue date.

A l'office, la cuisinière soupira. Il fallait tout laisser en plan. Le saucier, repu de ses dix pastis, avait depuis longtemps déserté. Il fallait envoyer les souillons se coucher, ce qu'elle fit avec sa tendresse rembourrée de noyaux de pêche. Après quoi, elle jeta un regard désolé aux dernières piles d'assiettes sales. D'ordinaire, à cette heure, elle passait, en l'appuyant très fort, son index sur les plans de travail. Elle le humait, ensuite, dans l'espoir de pousser un coup de gueule si, par hasard elle y décelait une odeur de graillon.

Mais ce soir... On peut faire l'amour à la lueur des girandoles, pas la vaisselle. Surtout lorsqu'on est équipé avec ces machines aux chromes rutilants, dites « à laver », lesquelles, sans courant électrique, sont aussi stupides dans leur impuissance que des plongeurs sans bras...

« Ah! misère! »

Pour la première fois de la journée, elle se laissa choir sur l'unique chaise des cuisines; puis se leva, tira d'un bas de placard une bassine de zinc qu'elle remplit aux deux tiers d'eau, avant d'y jeter dedans quelques cristaux extraits d'un paquet de carton. Alors elle se déchaussa et entreprit de dérouler les bandes velpeau qui lui serraient les jambes.

« Ah! misère de misère! »

Le ciel tonnant lui rendait raison à chaque gémissement. Elle allait, délivrée, plonger ses pieds dans la bassine, lorsqu'elle se ravisa. Sur une table de desserte, quelque trente bouteilles diverses attendaient d'être évacuées. Il arrivait quelquefois que parmi elles... Oh rarement! car au prix où ils les payaient et, surtout, eu égard à leur qualité, les clients d'ordinaire séchaient ces flacons jusqu'à la dernière goutte. Néanmoins... Quelquefois...

La chance sourit à la cuisinière. Elle extirpa d'entre les cadavres un *Château Canon 70* dont il manquait à peine le tiers. Vite, elle se lava un verre en cristal, l'essuya avec soin, le flaira et enfin y versa le vin qui coulait comme un métal liquide. Ah, le divin moment! Les pieds dans les saltrates, le *Château Canon* long en bouche qu'on fait pénétrer à petites succions sur les papilles gustatives...

Elle leva les yeux au plafond.

« Les fumiers! Eux, ils font l'amour. »

Elle contemplait ses jambes variqueuses qu'elle ne pourrait plus jamais montrer à personne.

« Ah! misère de misère! »

Le ciel ondulait sous les coups de l'orage comme la peau d'âne sous les coups d'un timbalier. A chaque déflagration, un souffle inconnu soufflait les flammes des bougies.

Il était onze heures du soir. A la lueur d'un chandelier qui accusait le rose tendre de l'éphèbe du lampadaire pour l'instant inutile, Aubert faisait ses montes du lendemain sur des bouts de papier qui jonchaient *Paris-Turf*. Il les téléphonerait dès l'ouverture au P.M.U. où il avait un compte secret. Il jouait de plus en plus les outsiders car les favoris ne lui rapporteraient jamais assez, même s'ils sortaient gagnants à tout coup, pour combler les trous énormes qu'il pratiquait dans son budget.

Ce soir, d'ailleurs, même la fièvre du jeu ne parvenait pas à l'étourdir. La réalité était inéluctable, elle s'imposait. On ne pouvait plus la chasser impatiemment, comme d'un coup de torchon.

A travers les deux battants fermés de la porte d'entrée, dans la lueur des éclairs, Aubert contemplait fixement le bassin flagellé par la pluie. Il mordillait son crayon. Ses montes seraient désastreuses. Il n'y avait aucun goût.

« Si Hélios va trouver le commissaire, moi je suis cuit... »

Il réalisa avec panique qu'il avait formulé tout haut sa pensée. Il retint son souffle. La foudre tomba quelque part à moins d'un kilomètre sans doute. Mais à l'intérieur de Chantesprit l'atmosphère heureuse gardait son silence serein. Chantesprit dormait ou s'abandonnait à la volupté. En tout cas, nul ne se souciait de son maître.

Aubert se leva, aux aguets. Il se déplaça légèrement derrière son fauteuil. Ecartant une tenture, il révéla sur le mur une porte de sacristie qui dissimulait son coffre. Il composa le chiffre et tira le battant. Un coup d'œil inquiet derrière lui le rassura. Nul ne l'épiait. Alors il sortit du coffre une grande feuille de matière blanche qu'il contempla longuement, à regret, semblait-il. Il hésita encore un peu. Enfin d'un geste brusque, il présenta le document à la flamme d'une bougie fichée sur le chandelier pour le brûler dans le pavé de verre qui lui servait de cendrier. Ce ne fut pas facile. La substance chimique se contorsionna d'abord en une bave verte qui répandait une odeur nocive, puis tout s'embrasa d'un seul coup. Aubert tassa soigneusement les cendres avec le mégot de sa cigarette. Il alla refermer le coffre, revint s'asseoir. Son regard rencontra l'éphèbe rose.

« Et ça? » dit-il.

Il appuya sa main sur l'objet et commença doucement à le pousser hors de la tablette. Il voulait que sa chute coïncidât avec le fracas d'un tonnerre. Il guetta le prochain. Sitôt qu'il le perçut, il fit basculer l'éphèbe, mais les deux chocs s'entendirent distinctement : celui du tonnerre, large et grasseyant; l'impact du socle contre les dalles, pesant, bref, sans prolongements, mais qui fit tressaillir Aubert. Il fit tressaillir aussi dans sa cuisine la maritorne aux bandelettes qui considérait ses doigts de pied en éventail.

Ce bruit lui fit monter son passé à la tête. C'était, en plus retentissant, le bruit d'un corps humain qui s'abat sur le sol. La cuisinière, pieds nus se projeta hors de la bassine, saisit au passage une pique à embrocher et s'élança dans le corridor. Aubert la vit surgir devant lui, menaçante, effarée. Il lui cria :

« Ce n'est rien, Rose! Laissez! J'ai été maladroit... Je ramasserai les débris tout à l'heure! Ne vous dérangez pas!

– En tout cas, vous m'avez fait une brave peur!

– Excusez-moi, ma chère Rose! J'en suis navré! Un souvenir si précieux... »

Rose haussa ses grasses épaules.

« Vous pouvez le récupérer votre pédé! Regardez-le! L'ampoule n'est même pas cassée... Les saloperies ça a la vie chevillée à l'âme! »

Elle regagna son antre, laissant sur les dalles l'empreinte de ses pieds nus.

Aubert se pencha par-dessus le secrétaire. C'était vrai. L'abat-jour en sisal était aplati, mais l'ampoule n'avait pas éclaté et quant au corps de l'éphèbe, il gisait sur le flanc, intact, sans une meurtrissure. Aubert le recueillit avec effort pour le dissimuler dans l'ombre de son fauteuil, contre le mur. Tout à l'heure, il l'emporterait dans sa chambre. Demain, il le ferait disparaître.

Il voulut se remettre à ses montes, mais le cœur n'y était pas. Dans son souvenir, l'odeur de crottin flottant sur les vertes pelouses n'évoquait plus qu'une image fanée. Il s'abandonnait à l'impression bizarre de manquer de courant, comme la maison. Son énergie s'échappait en un fluide palpable, pompée par le champ magnétique de l'orage qui bourdonnait à ras de terre autour des murs, comme si le château en était réellement l'axe. Une sorte de stupeur veule engourdissait Aubert. Il contemplait vaguement, au-delà de la porte vitrée, la pulsation sous les éclairs du bassin d'agrément. Demain, il y jetterait la lampe... Mais est-ce que ça suffirait, tout ça? Désormais, il était pris en sandwich, entre l'assassin et la police.

Soudain, il tressaillit. Son regard cessa d'être vague. Les éclairs ricochaient à telle allure que le parvis du château en était presque constamment illuminé. Et, dans cette pulsation continue, Aubert voyait s'avancer vers la porte un personnage inquiétant qu'on ne pouvait reconnaître.

« Un cyclomotoriste... » se dit Aubert.

Maintenant l'inconnu était debout devant la porte vitrée. Il scrutait l'intérieur plongé dans l'ombre. Le heurt de son casque cognant la vitre dans cette quête imitait le vol tâtonnant d'un gros bourdon obstiné. Il avait la main sur la poignée de la porte. Il la tourna. Il entra en même temps qu'un énorme tonnerre qui faisait un bruit de cataracte, comme si l'inconnu avait aussi livré passage à une trombe d'eau.

C'était bien un cyclomotoriste.

Il était affublé d'un énorme casque rouge intégral agrémenté d'une étoile en décalcomanie; un blouson bleu ciel matelassé lui faisait un corps d'astronaute. Il brillait d'eau de pied en cap comme une carrosserie sortant du lavage.

A cause de ce ruissellement, à travers le grand heaume carré de sa visière, on ne discernait pas son visage. A la place, on distinguait seulement le trépied du chandelier posé sur le bureau d'Aubert et les trois flammes tremblantes des bougies qui se reflétaient dans le plexiglas. Il portait à la taille un ceinturon de cuir usagé, muni d'une petite sacoche agrémentée du sigle des P.T.T., gravé au fer rouge.

« Un télégramme! » se dit Aubert abasourdi.

Le personnage n'avançait pas. Nonchalamment adossé au chambranle de la porte, un pied levé appuyé contre le mur, il fouillait tête baissée dans son réticule de cuir. Ça avait l'air malaisé parce que ses mains étaient enfermées dans une paire de gros gants bleus qui rutilaient de pluie eux aussi.

« Qu'est-ce que vous dites? » demanda Aubert.

Car il lui semblait que sous le casque une voix résonnait qui tentait de lui communiquer quelque chose.

« Mandat télégraphique! » répéta la voix que, cette fois, Chantesprit perçut distinctement.

Un mandat télégraphique... Quelle étrange chose... A onze heures du soir... Qui pouvait bien lui adresser un mandat télégraphique? Un client?

Le personnage fouillait toujours son réticule. Il progressait nonchalamment, traînant ses bottes de matière plastique emboutie. Il ne regardait pas du côté d'Aubert. Il s'avançait dans la pénombre, comme à tâtons et avec lui s'avançait aussi le reflet des bougies sur le casque brillant. La pulsation des éclairs, parfois, découpait sa silhouette sur le plafond voûté du vestibule. Enfin, il s'immobilisa devant la banque. Il avait réussi à extraire de la sacoche deux liasses de billets de cent francs. Il les étalait, les lissait sur la tablette du secrétaire.

Tant est grand le pouvoir de l'argent que l'inquiétude d'Aubert ne tenait plus qu'à un fil. Il contemplait fixement les billets. Deux mille balles, d'où qu'ils viennent, c'est toujours bon à prendre. Quelqu'un qui met d'abord sur la table deux liasses de billets ne peut nourrir à votre égard que de bonnes intentions.

Cependant, Aubert tentait quand même de déchiffrer le visage derrière ce casque et il n'y lisait toujours que les capuches tremblantes des flammes de bougie.

« Voilà ! » dit le télégraphiste.

Il brandissait la première liasse, détachait les billets, les faisait glisser entre les doigts de ses gants, malhabilement semblait-il, les mouillant au passage.

« Cette andouille va les laisser tomber ! » se dit Aubert.

Instinctivement, il présenta sa main devant lui, paume ouverte, pour recueillir la manne.

Aussitôt, avec une prestesse de piège qui se referme, l'inconnu emprisonna entre ses gants la main tendue d'Aubert.

« Vous êtes fou ! Qu'est-ce que... »

Mais le télégraphiste avait croisé les doigts de ses gants par-dessus la main d'Aubert. Il la serrait comme dans un étau. Il serrait comme s'il était suspendu dans le vide, convulsivement cramponné à quelque branche salvatrice. En une seconde Aubert entendit le bruit du verre qui se brise. Il sentit la douleur cuisante des aiguilles de verre qui pénétraient sa peau.

Sur le vaste heaume de plexiglas qui formait écran

devant les traits de l'inconnu, Aubert put contempler le reflet de son propre visage convulsé durant les deux ou trois secondes qu'il mit à mourir.

Il n'y voyait déjà plus que les capsules tremblantes des bougies animaient encore ses yeux dans le reflet de cette matière impitoyable qui camouflait l'assassin.

A cinq heures du matin, la solennelle théorie des voitures de justice suivait le chemin ocre, transformé en ruisseau par l'orage et qui embaumait le buis mouillé. Elle cinglait à trente à l'heure vers Chantesprit où les gendarmes et l'ambulance de rigueur les attendaient.

C'était la cuisinière qui avait donné l'alerte. A une heure trente, cette nuit-là, le bain de pieds ayant fait son effet, ayant lu cinquante pages de *l'Auberge de Peyrebelle* et ayant séché le *Château Canon,* elle s'était résignée à aller prendre « deux doigts de repos » selon son expression.

Et c'est en passant devant le secrétaire qu'elle avait jeté un coup d'œil machinal vers l'antre du patron. Les bougies ne mesuraient plus que deux centimètres, mais leur lueur était suffisante pour qu'on aperçût Aubert dans son fauteuil, mains pendantes hors des appuis. Un cadavre les yeux ouverts, ça ne trompe personne, une cuisinière moins que tout autre. Elle comprit à l'instant qu'il était aussi mort qu'un lapin sur une planche à hacher.

Ce qui faisait tonitruer cette maritorne c'était la colère, le ressentiment ou le mépris, jamais l'émotion ni la peur. Elle s'empara du téléphone avec calme, tout en contemplant le visage d'Aubert. « Je savais bien, se disait-elle, qu'il ne ferait pas de vieux os, il n'avait plus que l'écorce. Le dedans était creux comme le gouffre de Caladaïré... Seulement ça empêche pas que... Tu sens cette odeur d'amandes amères? Tu as vu sa main? Comment ça se fait qu'elle saigne? Et tu te rappelles comment sont morts les trois autres? Pourvu que le téléphone marche... »

Il marchait. L'orage qui s'acharne souvent sur les lignes électriques influe rarement sur celles des P.T.T.

Ce fut seulement lorsqu'elle eut le planton de la gendarmerie au bout du fil qu'elle joua la terreur, le désarroi et les larmes. C'est que... la police, elle connaissait... La première question qu'on lui poserait, si elle paraissait trop calme, ce serait : « Dites donc, vous n'aviez pas l'air très émue, lorsque vous nous avez appelés? On aurait presque dit que vous vous attendiez à trouver votre patron assassiné? » Ce genre de question en a conduit plus d'un aux galères. Attendez, mes agneaux, je vais vous en donner, moi, du désespoir!

« Elle était déjà comme ça quand nous sommes arrivés, dirent les gendarmes. »

Ils la désignaient, prostrée sur la troisième marche du noble escalier dont le tronc commun se séparait à mi-hauteur en une double révolution. Elle était là, opulemment blonde, les genoux indécemment soulevés. On distinguait ses énormes cuisses jusqu'à la culotte. Malgré qu'on ait voulu l'éviter, on balayait cet endroit du regard à tout moment et même le juge Chabrand, encore qu'il fût profondément écœuré, ne parvenait pas à y échapper.

Elle serrait toujours convulsivement sa pique à broche, en cas de « quelque chose ».

« Alors? dit le substitut jovial en s'appuyant sur les épaules du juge et de Laviolette comme sur deux béquilles, on dirait que notre dossier s'étoffe, de cadavre en cadavre?

– Si ma démission peut... » commença Laviolette.

Il était toujours à l'affût du premier prétexte pour la remettre. Mais on manquait trop d'éléments capables de perdre toutes les batailles sans sourciller pour se priver d'un auxiliaire qui croyait à peine à la justice et prenait avec philosophie le temps comme il vient.

Le substitut lui coupa la parole.

« Du tout du tout, mon cher Laviolette! " Nous périrons ensemble! " comme disait Louis XIV au père La Chaise!

– Pour moi, disait la cuisinière, de tout sûr, ça en est encore un qui a voulu partir sans payer...

– Pourquoi encore? Ça arrive souvent?

– Jamais. Mais je m'attends toujours à ce que ça arrive... »

Les hommes de l'identité prenaient des mesures et furetaient dans tous les coins. Les gendarmes avaient bouclé l'hôtel. La sortie nord était gardée ainsi que l'entrée principale. Pour l'instant, personne encore n'avait donné signe de vie, ni le personnel ni les clients. On pouvait procéder aux constatations en toute paix. Et même, les interrogatoires pourraient se conduire dans les chambres, sans inconvénient et en toute discrétion.

Les gens du parquet se rapprochèrent du légiste qui tenait le poignet d'Aubert de Chantesprit comme s'il voulait lui lire les lignes de la main.

En réalité, à l'aide d'une paire de pinces, il extirpait de la peau du cadavre de minuscules dards de verre qu'il déposait dans une coupelle posée sur le secrétaire.

« Ces fumiers ont encore perfectionné leur truc! grommelait-il entre ses dents. Ces débris, c'est comme des aiguillons de figues de barbarie et chacun véhicule vers les capillaires sa petite dose de poison... Ça devrait être interdit de tuer des animaux de cette façon, sous prétexte qu'ils nuisent au plus nuisible d'entre eux...

– Mais, remarqua le juge, c'est d'un homme qu'il s'agit...

– En l'occurrence... soupira le légiste. Mais le coup est le même. L'assassin a écrasé trois capsules de poison contre la peau de la victime.

– Mais comment? demanda le juge.

– Tout simplement en lui serrant la main.

– Mais l'agresseur serait mort aussi?

– Sauf si sa main à lui était protégée.

– Et Chantesprit se serait laissé faire? Tout simplement? Puisque vous prétendez qu'il n'y a pas trace de violence?

– Non mon cher, aucune. Quant à la façon dont ça s'est passé, c'est à vous de le découvrir. »

A ce moment, Laviolette s'avisa que la lampe à l'éphèbe ne trônait plus sur le secrétaire. Il la dénicha derrière le cadavre, posée contre le mur.

« A vue de nez, dit le légiste, le décès s'est produit entre dix heures et minuit.

– Après onze heures, renifla la femme, toujours assise sur la marche de l'escalier.

– Comment le savez-vous?

– A onze heures moins dix, je prenais mon bain de pieds quand il y a eu un coup de tonnerre et en même temps un boucan infernal dans le hall. Je me suis levée, je suis venue là... Le truc porno qui sert de lampe était par terre. Le patron m'a dit qu'il avait fait un faux mouvement, qu'il ramasserait les débris, que je me fasse pas de bile... Je lui ai répondu que pour ce qui était des morceaux, y en avait toujours qu'un. Vous pensez! Les horreurs ça a la vie dure! Alors il s'est levé et il a déposé l'objet derrière son bureau.

– Pourquoi, demanda Laviolette, ne l'a-t-il pas posé dessus?

– L'abat-jour avait souffert.

– Et à part ce bruit, vous n'avez rien entendu?

– Si. Vers onze heures et demie, j'ai entendu qu'on poussait la porte d'entrée.

– Depuis la cuisine? Malgré les tonnerres?

– Oui. Quand on l'ouvre, elle râcle sur une dalle bombée. Ça crie comme une fillette qu'on viole. A chaque fois, ça m'arrache des frissons.

– Et vous... vous ne vous êtes pas dérangée?

– Monsieur, je suis une cuisinière de grande maison, pas une portière! De plus, j'étais dans mon bain de pied!

– Dommage... dit Laviolette. Parce que... Si vous aviez pu identifier ce visiteur du soir, votre position serait beaucoup moins précaire.

– Comment beaucoup moins précaire? Qu'est-ce que ça veut dire, ça? »

En se tortillant elle essuyait presque toute l'étendue de la marche qu'elle occupait. Il sembla à Laviolette qu'elle assurait la broche dans sa main.

« Vous étiez seule éveillée, avec le patron, et la plus proche de lui, ne l'oubliez pas.

– Ah je savais bien, glapit-elle, que le jour où un seul flic entrerait dans la maison, ce serait comme un corbeau! Et regardez maintenant! Ils sont au moins six là autour! A ne servir à rien! »

Elle désignait d'une pique tragique le groupe du parquet qui discutait gravement. Elle proféra encore beaucoup d'autres choses désobligeantes, mais aucune qui fût révélatrice. Laviolette tournait en rond en attendant qu'elle s'apaise.

« Madame, dit-il enfin, en posant le pied sur la première marche de l'escalier et en commençant à rouler une cigarette, Madame, vous êtes le témoin numéro un. Je ne vous le cache pas. Soulagez votre conscience ! Si vous savez quelque chose, dites-le au papa Laviolette, il comprend tout...

– Je n'ai plus de papa ! » dit-elle revêche.

Il s'assit à côté d'elle, à la bonne franquette. Elle s'écarta comme s'il était contagieux.

« Vous connaissiez bien votre patron ?

– Oh oui et je l'aimais bien ! Tous les dimanches, il me refilait des tuyaux. Trois fois, grâce à lui, j'ai touché le tiercé dans le désordre. »

Elle renifla encore quelques larmes.

« Allons allons ! » dit Laviolette.

Il lui posa une main sur l'épaule.

« Vous qui êtes une femme intelligente... ajouta-t-il. Je suis sûr que vous avez remarqué quelque chose. Vous avez sûrement l'esprit observateur !

– Ah ça ! Je l'ai, l'esprit observateur !

– Rassemblez bien vos souvenirs... Votre patron était préoccupé depuis quelques jours, il avait l'air traqué. Cela tout le monde le sait. Mais vous, qui vivez près de lui, ne lui a-t-il rien échappé ?

– Après votre départ cet après-midi son ami Hélios est venu le voir... Je venais l'aviser qu'il fallait commander un container de gaz, mais j'ai vu qu'il sortait avec le sculpteur, alors je suis retournée aux cuisines, mais j'ai entendu quelques mots. Il lui disait : " Puisque c'est pas moi, c'est toi ! Qu'est-ce que tu veux... ! "

– C'est tout ?

– Oui. La porte grince comme je vous l'ai expliqué et ils étaient en train de la pousser.

– Et plus tard ? Hier au soir, avant ou après la chute

de la lampe, rassemblez vos souvenirs... Il ne s'est rien produit? »

Laviolette assis à côté d'elle lui tripotait familièrement le gras du bras. La mégère, complètement apprivoisée, se flattait l'aile du nez avec sa broche.

« J'ai bien, dit-elle, remarqué quelque chose mais ça n'a rien à voir...

– Dites toujours... On ne sait jamais...

– Eh bien maintenant que ça me revient, peut-être une demi-heure avant que la lampe s'écroule, j'ai entendu autre chose... D'abord, j'ai cru que quelqu'un coupait du bois à la tronçonneuse... Mais qui? Il n'y a personne à moins de trois kilomètres. Et par cette nuit? Ça aurait pu être chez nous, mais notre jardinier se couche à neuf heures. Je lui sers sa soupe et son demi de rouge et adieu pays! Ah oui!... Maintenant ça me revient... Ce bruit... Ça m'a intrigué pendant un quart d'heure. Ça passait entre les tonnerres. Ça dominait la pluie, ça venait depuis très loin, ça se rapprochait, ça s'éloignait... Je me suis dit : " Quelle est l'andouille qui se promène à cyclomoteur par un temps pareil? " »

Depuis quelques minutes, le substitut et le juge s'étaient rapprochés du couple formé par la cuisinière et Laviolette. Ils les écoutaient. Aux derniers mots de la femme, le juge ôta ses lunettes d'un geste brusque... Laviolette surpris regarda ce nouveau visage. Depuis qu'ils se connaissaient, c'était la première fois qu'il le voyait sans lunettes et il comprit pourquoi Chabrand les retirait rarement : sans elles, son aspect de Conventionnel s'effaçait et il paraissait gentil et beaucoup trop jeune pour ce métier.

« A cyclomoteur? dit-il. Vous êtes sûre?

– Sûre, sûre... grogna la cuisinière. J'ai dit un cyclomoteur ou une tronçonneuse. Des fois, je me rappelle, y a aussi des maraudeurs qui viennent couper dans nos bois... Pas la nuit, je le reconnais... Mais on sait jamais... »

Le juge lui tourna le dos et réajusta ses lunettes un peu maladroitement. Il alla vers la porte vitrée et regarda fixement le liséré de jour qui se soulevait derrière le bassin et le saule.

« Un cyclomoteur! » souffla-t-il.

Laviolette qui l'avait suivi l'observait avec curiosité.

« Eh bien? dit-il. Ça vous suggère quoi? »

Le juge fut tenté de se tourner vers lui pour tout lui avouer. C'est ce qu'il avait prétendu qu'il ferait, devant Léone qui lui avait ri au nez. Il était certain alors, qu'à la première occasion il n'hésiterait pas. Or, elle était là, la première occasion et il n'osait pas, il ne pouvait pas. Les mots ne passaient pas ses lèvres.

Cette crainte du ridicule pesa lourdement sur le dénouement de cette histoire. Elle contraignit le juge à débattre deux jours durant avec sa conscience. Et tantôt il avait l'aveu au bord des lèvres et tantôt il le ravalait rageusement.

Deux jours... C'était trop. C'était beaucoup trop.

Laviolette débarqua devant Bel-Air, sa statuette sous le bras, enveloppée de papier journal comme le cadeau d'un invité.

Bel-Air respirait toujours sa riante atmosphère. Et derrière cette élégante équerre de pierre blonde, le plateau du Revest-Saint-Martin haussait ses champs de lavande, ses chênaies aux feuilles tenaces que le vent d'hiver secouait en vain et ses hameaux clairsemés, aux toits de lauze, ponctués de quelques pigeonniers étroits et maigres.

Comment cette pauvre terre, mais gorgée de lumière

comme un beau dimanche matin, pouvait-elle porter le crime comme on porte un enfant?

Et pourtant... Laviolette en était certain : le nœud du mystère, c'était ici qu'il se cachait, en quelque recoin de cette immense bâtisse ouverte à tous et dont le caractère était d'autant plus trompeur qu'il revêtait l'aspect d'un souriant séjour.

« Hélios! » appela Laviolette.

Les échos profonds de la filature roulèrent ce nom, de troncs décapités en torses manchots, comme si ces étranges créatures se demandaient l'une à l'autre qui pouvait bien être cet Hélios.

Laviolette s'avança par la porte béante vers l'âtre qui fumaillait. Il lui sembla que quelque part, une souris grignotait des noisettes. Il se guida sur ce grattement pour localiser le bruit. Il marqua l'arrêt devant le gros cube gris, non loin de la porte, qui occupait un grand espace vide, loin de toute autre œuvre. Le bruit de souris en provenait, discret et têtu.

« Hélios! cria Laviolette. Sortez de là-dedans, il faut que je vous parle. »

Le grignotement ne se modifia pas tout de suite puis brusquement, une minute après environ, il cessa. Au sommet du cube, une feuille de contre-plaqué fut repoussée avec rage. Hélios maigre et cadavérique surgit de son moule comme un Lazare du sépulcre.

« Qu'est-ce que vous avez encore inventé pour m'emmerder? » s'exclama Sidoine encore pris dans le moule jusqu'à mi-corps.

Il ne se décidait pas à s'en extraire.

« Venez! dit Laviolette. C'est grave! »

A regret, Sidoine descendit de son cube. Ses sourcils étaient blancs de craie. On eût dit qu'il avait été roulé dans la farine. Il s'ébroua comme un chien, interrogeant Laviolette du regard.

« Hélios, dit le commissaire, je sais que vous ne lisez pas les journaux, alors je suis venu vous apprendre, avec tous les ménagements d'usage, qu'Aubert de Chantesprit vient d'être assassiné. »

Hélios tourna le dos à Laviolette et se mit à marcher à grandes enjambées vers la table devant l'âtre, en gesticulant.

« J'en ai marre! criait-il. J'en ai marre! Comment voulez-vous travailler, vous, dans ces conditions? Le calme, la concentration! Mon cul oui! Ils sont donc tous payés pour me faire capoter? »

Laviolette s'était assis. Il avait posé son cadeau emballé sur la table et il sortait son matériel à rouler les cigarettes.

« Vous savez, dit-il calmement, ce pauvre Chantesprit aurait certainement préféré vous éviter cette contrariété...

– Bon ça va! Je suis l'égoïste! Le mauvais camarade! Le mauvais citoyen! Oui bon! Je suis tout ça! Mais! »

Il brandissait le bras du côté du moule.

« J'ai ça! J'ai ça! Vous pouvez comprendre un peu, non? Si j'étais sur une corde raide! Si j'étais en train de transvaser de la nitroglycérine! On me foutrait la paix! Tandis que ça non! Ça, ça a pas d'importance! Ça sert à rien, ça! On me parle de la vie d'un homme! Alors que la mienne même ne m'importe pas!

– Vous ne l'aimiez pas Chantesprit?

– Si je l'aimais! Si je l'aimais! Dans trois jours je le pleurerai! Dans trois jours, je me mordrai les doigts de tout ce que je vous dis! Mais bordel, pas aujourd'hui! Pas aujourd'hui! »

Il se calma d'un seul coup, empoigna la bonbonne de villeneuve et en remplit deux verres. Il se fouilla. Toutes ses cigarettes étaient restées dans le moule.

Laviolette lui en roula une qu'il lui présenta à coller.

« Non, dit Sidoine, colle-la-moi. J'ai plus de salive. Je suis sec comme un buvard neuf. »

Laviolette s'exécuta.

« Tu comprends, dit Sidoine, ce sera peut-être la seule chose de bien que j'aurais faite. Je suis en plein dedans comme dans un œuf. Je pignoche. Je suis comme une matrice. Et des fois... Je suis comme une femme enceinte qui est sûre qu'elle va pondre un mongolien. Et puis, d'autres fois... Je crois que ça va être frais et neuf... Je bouffe une fois le soir... La semaine dernière, je m'y suis endormi.

– C'est en quelle matière ce moule?

– C'est composite. Ça peut résister à des températures de haute fusion. Je l'ai bricolé... oui, tu comprends. J'ai d'abord fait l'ébauche, puis j'ai construit le moule autour et après je l'ai vidé comme on vide une noix et depuis je fignole... Je veux pas de couture... Je veux pas y revenir. Net et pur... »

Il posa sa main blanche de poussière sur la cuisse de Laviolette.

« Voilà, dit-il. Je n'ai pas bougé. Je n'ai pas d'alibi. Tu veux m'arrêter? Soit! Une seule faveur : fous autant de flics autour de moi que tu veux pour pas que je me tire... Mais laisse-moi deux jours! Le temps que je finisse ça! »

Son maigre bras désignait tragiquement le gros cube d'où il descendait.

« Après ça, dit-il, tout ce que tu voudras! Mais deux jours! Tu comprends? Deux jours! »

Il brandissait sous le nez du commissaire deux doigts levés pour matérialiser cette aumône qu'il réclamait.

« Ce n'est pas si simple, soupira Laviolette. Car ou

bien tu es le coupable ou bien tu es la future victime. L'une n'est pas plus enviable que l'autre...

– Deux jours! insista Sidoine.

– Soit! concéda Laviolette. Deux jours... Mais je m'en mordrai les doigts... »

Il déballa de son papier journal l'éphèbe de marbre rose. Sidoine considéra son œuvre d'un œil critique.

« Après ça, dit-il entre ses dents, je reviendrai à l'informel... »

Laviolette se leva, tourna le dos à Sidoine, reprit sur le bras l'éphèbe rose et s'avança dans l'immense capharnaüm. Il se rapprochait du tronc gracieux, aux reins à fossettes, qui l'avait tant fait songer le matin de la mort du notaire. Sidoine s'était levé à son tour et le suivait pas à pas.

Laviolette avait l'impression de jouer à cache-tampon, quand le camarade qui vous guide triche dans ses indications pour corser le jeu. Sidoine ne trichait pas. Il suivait sans prononcer un mot.

Laviolette tomba en arrêt devant la statue qui l'intriguait. Il en fit le tour. Elle était ivoirine, d'une matière indéfinissable. L'art du sculpteur avait su lui imprimer cette étrange souplesse perverse qui amorçait un mouvement érotique contenu et à peine esquissé. Le commissaire tendit à bout de bras le lourd éphèbe de marbre, afin de mieux comparer les deux cambrures. Il déposa le socle sur le sol et recula d'un pas.

« Sans aucun doute, dit-il, le même modèle a posé pour les deux. Pourquoi en avoir fait ici un éphèbe, là une femme?

– Si tu me laisses deux jours, souffla Sidoine, je te le dirai...

– Et tu me diras aussi pourquoi on t'a fauché *le Traité du Narcisse*? »

Sidoine observa un silence de réflexion avant de répondre.

« Oui, dit-il enfin. Tant pis... Je te le dirai!

– Soit... répéta Laviolette. Deux jours. Sauf si d'ici là...

– Il s'avère que je suis coupable? »

Laviolette acquiesça d'un mouvement de tête. Il avait conscience d'une grande faute, mais il l'assumait en toute connaissance de cause. Sidoine l'avait convaincu qu'il était incommensurablement plus important de lui laisser achever son œuvre que de lui sauver la vie s'il était la prochaine victime ou, s'il était l'assassin, de la sauver à quelqu'un d'autre en le mettant hors d'état de nuire.

« Si le juge... » se disait Laviolette.

Sidoine le regardait partir, marcher en repoussant les feuilles mortes, s'éloigner à regret en se retournant parfois pour mesurer la bâtisse du regard, comme s'il en attendait quelque éclaircissement. Il est vrai que Bel-Air arborait toujours sur sa lumière ce grand air joyeux.

« Deux jours, se disait Sidoine. J'ai pu les obtenir de la police. Mais l'assassin? Comment faire pour les demander à l'assassin? »

Sitôt qu'il se crut seul, il se dirigea vers le téléphone, décrocha l'appareil et forma un numéro. Une voix impersonnelle à l'autre bout du fil annonça sa raison sociale.

« Le poste 2453, dit Sidoine, ou 54... »

Laviolette, qui s'était planqué contre le mur de l'entrée après être revenu sur ses pas, n'entendait bien sûr que la voix de basse-taille de Sidoine et pas du tout celle de son correspondant.

« C'est toi Werner? dit Sidoine. Dis-moi, un contretemps m'oblige à avancer l'opération. Il faut que tu sois là après-demain. Quoi c'est pas possible? J'ai pas le temps d'attendre la prochaine semaine! Non! Non! Il ne faudra pas *bien* que j'attende! Je suis menacé d'assassinat! Oui! Tu entends bien... d'assassinat! Alors tu comprends : tes urgences! Je paye! Je paye les dédits! Je paye les heures supplémentaires : je file cent balles de pourboire à chacun de tes gars! Je paye tout, tu entends! L'autorisation préfectorale? Je l'aurai. Je vais passer un coup de fil. Tu entends bien Werner? Je veux voir ça avant de mourir... Et deux jours c'est peut-être encore trop... Werner je pèse mes mots : y a trente ans que nous travaillons ensemble. Si tu ne viens pas après-demain tu auras ma mort sur la conscience, tu entends? Ma mort sur la conscience! »

Laviolette se retira sur la pointe des pieds. « Je suis menacé d'assassinat... » Se savait-il épié et disait-il ça pour donner le change? Ou bien... « Poste 2453, Werner », nota Laviolette.

« L'assassin, dit le substitut, procède à une vitesse foudroyante. En quinze jours, il a commis quatre crimes. On dirait qu'il a peur que son poison ne s'évente. »

On tenait, chez le substitut, un conseil de guerre annoncé à grand fracas. Sous la pression de l'opinion affolée et convenablement maintenue en état d'indignation par la presse, il avait bien fallu démontrer qu'on tenait la situation en main. Le sous-préfet lui-même, en uniforme, avait franchi ostensiblement le seuil du palais; le capitaine de gendarmerie également. Aucun d'eux ne s'attarda. Ils avaient d'autres chats à fouetter. Ils déclaraient en sortant aux représentants de la presse que l'arrestation du criminel n'était plus qu'une question de jours. Finalement, ils restèrent trois à se scruter avec perplexité : le substitut, le juge Chabrand et Laviolette.

Devant eux, sur le bureau faux Empire trônait l'arme du crime et la pièce à conviction numéro un. C'était un gant fourré tricolore accompagné d'un ceinturon des P.T.T. muni de sa petite sacoche aux initiales gravées au fer rouge.

Les trois hommes se passaient ces deux objets. Le gant avait été trouvé flottant sur le bassin et le ceinturon dans un fourré à deux cents mètres des lieux du crime.

« Qui se méfierait d'un télégraphiste? dit Laviolette.

– Sans doute. Mais un télégraphiste qui vous serre la main, c'est quand même bizarre, non?

– Il a dû le faire par surprise. En utilisant quelque astuce.

– En tout cas, dit le juge – qui observait le gant fourré du côté de la paume –, l'astuce suprême, c'était de fixer les trois capsules contre le nylon avec du scotch. Quand l'assassin – comment? – a réussi à saisir la main de la victime, il ne lui restait plus qu'à la serrer vigoureusement pour que les ampoules s'écrasent sur la peau pour provoquer ces minuscules égratignures mortelles. Quant à lui, le gant fourré lui assurait une protection suffisante.

Laviolette ne l'écoutait pas. Examinant le ceinturon, il venait de faire une découverte capitale, mais selon sa mauvaise habitude, réprimant l'exclamation qu'il allait pousser, il préféra la garder pour lui.

« Ce ceinturon, dit-il précipitamment pour ne pas garder un silence suspect, a été soumis aux gens des P.T.T. Ils prétendent que ce modèle n'existe plus depuis trente ans...

– En tout cas, dit le substitut, ces deux découvertes mettent pratiquement hors de cause les occupants de Chantesprit cette nuit-là.

– Y compris hélas, soupira Laviolette, la cuisinière à la pique.

– Oh bien sûr! reprit le substitut, les gendarmes ont quand même procédé aux interrogatoires d'usage... »

Il soupira, feuilleta l'énorme classeur qui trônait sur son bureau, imposant comme un antiphonaire de cathédrale.

« *Qui ne sut se borner ne sut jamais écrire* », cita-t-il entre ses dents.

Il chaussa ses lunettes.

« Bien sûr nous ignorerons – car tel n'est pas notre propos – la découverte capitale faite par le gendarme Percheron dans la chambre amarante : le fondé de pouvoir de la Banque du Sud – père de trois enfants – avec un ingénieur du centre nucléaire – lui-même père de deux ravissantes fillettes... »

Il feuilleta la masse des procès-verbaux relatifs aux interrogatoires.

« Ah ! Il faudra oublier également la rencontre de cet athlétique quadragénaire – avec une mineure de moins de quinze ans. Oui... Il n'y a pas deux heures, le père de cette dernière se traînait à mes pieds ! Pour réclamer justice, croyez-vous ? Que nenni ! Il paraît qu'elle l'aime. Le père a essayé de casser la gueule au suborneur, mais il a fallu retenir la petite qui avait enjambé la fenêtre du troisième. " Et en plus, m'a avoué le père, si on lui enlève son oncle, elle va me bousiller toutes ses études ! " Alors ? Que voulez-vous ? Une bachelière de moins ? Pouvons-nous endosser une telle responsabilité ? »

Le juge ricana un peu, mais moins que d'habitude sur ces dénis de justice annoncés d'une voix égale. Il passait de mauvaises nuits à se reprocher son mensonge par omission. Plusieurs fois il avait posé le pied nu sur le carreau froid de sa chambre. Plusieurs fois il avait empoigné le téléphone. Mais plus que celle du scandale, la peur du ridicule l'avait chaque fois retenu.

Et pourtant, ça ne pouvait pas durer. La mort rôdait autour de Manosque. Il restait encore sept capsules à l'assassin. Il fallait passer outre à l'amour-propre et affronter courageusement l'hilarité générale. Il ouvrit la bouche, mais le substitut le devança :

« Ce qui rend notre tâche si ardue, dit-il, c'est que tous ceux qui peuvent logiquement avoir commis ces crimes : la mère, la femme, la fille de Paterne, le régisseur de Félicien Dardoire et – pourquoi pas? – ses enfants mineurs; l'épouse volage de maître Armoise, sa bonne qu'il avait engrossée en lui faisant croire qu'il était agénésique, la cuisinière de Chantesprit qui lui avait prêté de l'argent pour qu'il continue à jouer; tous! ont un alibi en airain pour au moins deux crimes sur quatre. Et on ne peut raisonnablement augurer que chacun ait commis son propre crime avec une arme identique.

– Raisonnablement pas, soupira Laviolette.

– Il nous faut donc admettre que ces quatre meurtres sont l'œuvre d'un seul. Alors, que voulez-vous, moi je penche pour l'œuvre d'un fou.

– Moi pas, dit Laviolette.

– Moi non plus, appuya le juge.

– Alors... sans doute avez-vous de bons arguments... J'aimerais assez les entendre.

– Si vous permettez, dit Laviolette, accordez-moi deux jours. Dans deux jours j'en saurai beaucoup plus.

– Quant à moi, appuya Chabrand très vite, si vous permettez, j'ai plusieurs choses à mettre au point et je voudrais d'abord en discuter avec le commissaire Laviolette.

– Mais comment donc, messieurs! Comment donc! Mettez au point! Pendant ce temps, de mon côté, j'essayerai aussi d'étayer ma conviction... Ah, au fait! Tenez! dit-il, en mettant l'antiphonaire sur les bras du juge. Cogitez un peu là-dessus, monsieur Chabrand. Peut-être quelque chose vous sautera-t-il aux yeux? Vous êtes jeune. On raisonne plus vite à votre âge et mieux quelquefois...

– Quelquefois... répéta Chabrand comme une excuse. »

Ils sortirent de chez le substitut, dans le corridor à moquette flambant neuf. L'air sentait le dépôt de meubles à crédit.

« Entrez dans mon bureau une minute », invita le juge.

Laviolette obéit. Chabrand lui céda le passage. Il laissa choir bruyamment sur sa table de travail le classeur bourré des rapports de gendarmerie avant de s'affaler sur son siège de skaï. Laviolette, à son habitude, s'installa incommodément sur la chaise des prévenus.

« Je crois... » commença Chabrand.

Laviolette attendait la suite. Il considérait la tête du juge qui le regardait bien en face, à travers ses lunettes.

Il croisa les jambes, sortit son matériel et entreprit d'en *rouler une*. Chabrand le contemplait avec envie. Ce paisible exercice lui était interdit depuis son hépatite virale. Il ne disposait d'aucun adjuvant pour l'aider dans sa décision.

« Je crois, répéta-t-il avec effort que j'ai failli écraser l'assassin... »

Laviolette interrompit ses gestes précis et dévisagea le juge qui détourna son regard.

« Oui, dit-il, tourné vers la fenêtre. Un personnage à cyclomoteur – ou un trial – je ne sais pas... Vêtu d'une combinaison bleu ciel, d'un énorme casque rouge orné d'une étoile d'or. Il portait des gants... Il portait des gants identiques à celui qu'on a repêché dans le bassin.

– Avez-vous remarqué s'il portait aussi un ceinturon des P.T.T.?

– Non. Il faisait nuit. J'ai freiné pile. Il a cabré sa

machine. Il a disparu. Ça a été l'affaire de deux secondes.

– Quand? demanda Laviolette.

– Dimanche soir.

– Où?

– A Chantesprit. Mais je crois qu'il vaut mieux que je reprenne au début car ce n'est pas tout. »

Il prit une large inspiration et fit sa confession complète.

« Alors c'était vous? dit Laviolette quand il eut terminé. Il m'avait bien semblé que j'avais vu passer – Oh! comme un éclair! – une silhouette familière pendant que je parlais avec le patron.

– Oui. C'était moi. Que voulez-vous c'était dimanche... Et puis je suis un homme que les occasions fuient. D'autres, les femmes leur tombent dans les bras. Pas moi! Il me faut les prendre au vol, parfois au départ sans le moindre désir...

– Mais, observa Laviolette, qui parachevait la confection de sa cigarette, je ne vous blâme pas.

– Sans doute, mais vous n'êtes pas mécontent de me prendre en défaut. »

Laviolette haussa les épaules.

« Dommage! dit-il. Dommage que vous n'ayez pas heurté le cyclomotoriste... »

Il se leva en soupirant et marcha vers la croisée. Le tableau statique de Manosque sous le ciel de février ne lui offrait pas grand réconfort. C'était une ville éteinte où les grands bras morts des platanes fuyaient sous le vent du nord.

« Une contre-assurance... énonça-t-il rêveusement. Dans quel cas précis doit-on contracter une contre-assurance?

– Ah! Je me pose la question depuis avant-hier...

– Et de qui Chantesprit devait-il se méfier? C'est

bien ça, n'est-ce pas? Hélios lui a crié : " Méfie-toi de... " et vous n'avez pas entendu la suite?

– Non. Le tonnerre a éclaté sur les mots d'Hélios. »

Laviolette énuméra sur ses doigts :

« *Traité du Narcisse*! Lettre d'amour! Cyclomotoriste! Ceinturon des P.T.T.! Vous trouvez que c'est clair vous? Le cendrier de Chantesprit contenait les cendres récentes d'un document détruit. Ce sont les vestiges d'une photo ou d'une photocopie, bien tassés, bien écrasés...L'autopsie ne révèle aucune trace de violence. La cuisinière n'a rien entendu. Donc, Chantesprit ne se méfiait pas. La présence... »

Le téléphone sonna. Le juge décrocha.

« Le juge Chabrand à l'appareil. Oui. C'est moi-même. Oui. Qui ça? Ah maître Chalgrin, parfaitement! Vous désirez me parler? Au commissaire Laviolette? »

Le juge désigna l'écouteur d'un index impératif. Une voix de panique criait au bout du fil, aux limites de l'audible.

Laviolette dut éloigner l'écouteur pour protéger son tympan.

Le juge avec une pénible grimace l'imita.

« Oui. C'est cela! Maître Chalgrin à l'appareil! Oui monsieur le juge! Je veux parler au commissaire Laviolette en personne. J'ai une communication de la plus haute importance à lui faire. Au sujet... Au sujet de cette malencontreuse affaire.

– Ce soir? » dit le juge.

Il jetait un regard interrogateur à Laviolette.

Laviolette fit un signe d'acquiescement.

« Le plus tôt possible! Le plus tôt possible! glapissait la voix.

– Je vous l'envoie, dit le juge.

– L'étude sera fermée. Qu'il passe par la rue des Marchands. Qu'il sonne. J'irai moi-même lui ouvrir.

– C'est entendu maître. Mes civilités.

– Attendez! Allô! Allô! Songez à le munir d'une commission rogatoire!

– Mais je suis seul juge! s'exclama Chabrand.

– Non non! Une commission rogatoire! Que je sois couvert auprès de mes pairs. Sinon, je ne dirai rien! N'oubliez pas que nous avons un code déontologique. »

Il raccrocha.

« Vous le connaissez? demanda le juge.

– Un ami d'enfance, dit Laviolette. Un type dont le caractère a dû être tordu par le surnom que nous lui avons donné au bahut. On l'appelait " cette peau de Chalgrin ". Et très vite, comme c'était trop long on l'appelait " peau " tout simplement.

– Ah c'était spirituel! ricana le juge. Quoi qu'il en soit, vous allez recueillir sa déposition en toute simplicité... Sans commission rogatoire!

– Allons, allons! Si c'était vous qui ayez eu l'idée de m'envoyer l'interroger, vous m'en auriez bien délivré une?

– Je n'admets pas qu'on me dicte ma conduite!

– Bon! soupira Laviolette, dans ce cas j'y vais, et s'il refuse de parler je reviendrai vous demander cette fameuse commission. »

Le juge était cabochard, mais en contrepartie, il avait l'intelligence rapide.

« Eh bien soit! dit-il. Tenez! La voilà votre fameuse commission! »

Dès qu'il fut dans la coursive futuriste du palais désert, Laviolette comprit, au désordre du vent qui giflait l'édifice, que février avait changé de cap. Il s'enferma dans son pardessus, enfonça son chapeau, fit faire deux tours à son cache-col et enfila ses gants avec précaution. Depuis la mort étrange de maître Armoise, il ne donnait plus ce coup sec pour les assurer qui avait coûté la vie au notaire.

Manosque lâchait ses bureaucrates, ses maçons, ses peintres et ses écoliers. Il était six heures du soir. Des nuées de cyclomotoristes fonçaient sur l'asphalte, crochetaient les voitures, faisaient du slalom avec les piétons dans les passages réservés. Le vacarme de leurs pots d'échappement sophistiqués laissait complètement froide la population laborieuse.

Ils portaient presque tous sur leurs casques de martiens des étoiles d'or. Ce devait être la grande mode du moment. La sirène sonna. C'était l'heure des accidents. Laviolette n'avait pas encore fini de traverser la Saunerie qu'une voiture de pompiers vira sur les chapeaux de roues autour de l'îlot, dans le mugissement triste de sa trompe à deux tons. Pour un instant, le charivari des deux roues en fut submergé.

Laviolette, en passant, jeta au *Café Glacier* un coup d'œil furtif. Aujourd'hui, ce n'était plus qu'un bar comme les autres, fréquenté par tous, mais pour lui, c'était le café des fantômes. Il voyait des tablées de morts installées à la terrasse déserte. Des tablées de morts jouant aux cartes derrière les grandes glaces. Il pouvait les nommer un par un; pendant un demi-siècle, ils avaient eu leur place tacitement réservée derrière ces glaces, à cette terrasse. On aurait pu mettre leur nom sur chaque siège comme on le fait ailleurs, sur les bancs paroissiaux.

En ce six heures du soir de février, malgré le carrousel des jeunes vivant sur cette place, le vent lugubre qui soufflait dans les hauts platanes ne brassait que de la mort.

Laviolette enfila avec soulagement la Grand-Rue. Là,

Dieu merci, à condition de ne pas regarder plus haut que les devantures, il n'était question que d'argent, que de commerçants bien en chair, occupés à faire tranquillement leur beurre.

Il fut tenté d'aller consulter Hermerance, mais il ne possédait pas encore tous les éléments qui lui permettraient d'avoir enfin une conversation sérieuse avec la nonagénaire.

A l'angle de la rue du 14-Juillet, il faillit se faire renverser par une espèce de martien chevauchant un trial qui siffla éperdument au coin de la ruelle mais déboucha à fond de train. Celui-ci aussi portait un casque à étoile dorée. Laviolette le suivit des yeux deux secondes. Il le vit faire franchir à son engin les trois marches qui commandaient la porte de l'immeuble d'Hermerance, la pousser de sa roue avant et s'enfoncer dans le corridor avec un nouveau sifflement perçant.

Laviolette à l'instant où il disparaissait nota un curieux détail chez ce personnage, mais son esprit ne s'y attarda pas. Il essayait d'imaginer ce que la vie et l'âge avaient fait de Jean-Baptiste Chalgrin.

Quand il atteignit la place des Marchands, le vent avait balayé tous les passants comme feuilles mortes, les poussant vers les feuilletons télé. Il ne restait plus, gémissant et triste, que le platane au pied muré dans le béton et la muse énigmatique qui veillait sur cette place.

Hélios, en son jeune âge, avait commis dans un grès poreux cette statue de demoiselle assise, la tête aux cheveux lourds un peu penchée de côté. Elle servait de cible aux enfants dépités d'être encore frustrés des plaisirs de l'amour. Au sortir des écoles, ils crachaient leur chewing-gum sur cette harmonieuse chair de pierre. Ce soir, pourtant, grâce à la pluie et aux vacances d'hiver qui avaient éloigné les gosses, elle était propre, par hasard.

Laviolette ne manquait jamais d'évoquer devant elle le souvenir du modèle qu'il avait serré dans ses bras trente ans auparavant...

Chez maître Chalgrin, derrière les volets disjoints de l'étude qui faisait l'angle de la place, mijotait une lumière presque subreptice.

Laviolette se souvint qu'il lui était enjoint de passer par la porte de service. Elle s'ouvrait dans la rue des Marchands, presque dérobée, haut perchée au sommet de trois marches mal commodes.

Il tira sur une méchante sonnette à ressort qui faillit lui luxer le poignet en avortant d'un maigre timbre. Mais le notaire devait guetter derrière le battant. Il ouvrit aussitôt, happa le commissaire par le bras pour le précipiter à l'intérieur. Une autre porte, sur le côté, était restée ouverte. Chalgrin dextrement fit pivoter Laviolette et le poussa dans son cabinet. Après quoi il referma soigneusement cette porte dérobée aux panneaux matelassés. Laviolette le considérait avec une certaine incrédulité. Il lui semblait se voir lui-même dans un miroir étrange qui se serait complu à lui restituer une image généralisée, passe-partout, lui refusant le moindre trait original. Ce reflet portait moustaches à la *poilu de Quatorze* et des lunettes, par-dessus lesquelles il regardait.

« C'est curieux, se dit Laviolette, à partir d'un certain degré de pourrissement, on commence tous à se ressembler. »

« Tu n'as pas changé! » dit maître Chalgrin avec un bon sourire rassurant.

Affable, patelin, ronronnant, il avait eu le temps de maîtriser sa panique et, curieusement, sa voix était redevenue grave. En revanche sa main, lorsqu'il la tendit à son hôte, était aussi consistante que l'aile d'une chauve-souris dont elle imitait aussi, dans l'air qu'elle traversait, le vol feutré.

L'étude sentait le cuir fermenté dans le salpêtre.

Maître Chalgrin s'éclaircit la gorge, écouta un peu le silence de la grande maison où sa famille, là-haut, l'attendait pour dîner.

« Tu as, dit-il, cette commission rogatoire? »

Laviolette, qui la tenait dans sa poche depuis le début, la lui tendit par-dessus le bureau.

« Oh tu sais! dit maître Chalgrin, tout ceci naturellement est de pure forme et je sais bien qu'entre nous...

– Mais c'est parfaitement légitime, répondit Laviolette.

– Ah tu sais! reprit Chalgrin en se levant et faisant quelques pas dans son vaste cabinet. Tu sais... J'ai hésité! J'ai pinaillé avec ma conscience des nuits entières. Mais maintenant, tu comprends! Quatre morts! C'est trop grave! Alors, comme je détiens un renseignement susceptible de contribuer à la poursuite de la vérité... »

Il se rassit, avala discrètement trois cachous.

« Tu sais, dit Laviolette doucement, un mort, deux morts, trois morts, c'était déjà pas mal grave... »

Le regard de maître Chalgrin par-dessus ses lunettes considéra Laviolette d'un air surpris, puis s'évada vers les murs et le plafond.

« Je n'ai pas fait tout de suite le rapprochement », s'excusa-t-il.

Il mâcha distraitement un cachou qui avait déjà dû se coincer dans un trou de sa dentition. Il feuilleta, en mouillant son pouce, le dossier qu'il avait posé sur son bureau.

Soudain, il dévisagea Laviolette bien en face, toujours par-dessus ses lunettes.

« Sais-tu ce que c'est qu'une tontine? lui demanda-t-il à brûle-pourpoint.

– Mais non... répondit Laviolette surpris.

– Naturellement tu l'ignores... Comme la plupart des Français d'ailleurs. Eh bien, apprends qu'une tontine c'est l'association mutuelle d'un certain nombre d'individus en vue de se constituer une rente viagère, *à répartir entre les survivants*... Tu entends bien à répartir entre les survivants, à une époque déterminée.

– Une société? » dit Laviolette.

Maître Chalgrin fit aller et venir son index devant son visage en un geste de dénégation.

« Non. Pas une société. Pas de division de parts, pas de capital social. C'est une indivision entre gens qui ne sont pas de la même famille... C'est une chose qui s'est faite couramment lors de l'expulsion des congrégations par le petit père Combe. Des catholiques aisés se réunissaient alors pour racheter les biens du clergé, quitte, à la faveur des vicissitudes politiques escomptées, à les rendre à l'église, le cas échéant. Lequel cas, d'ailleurs, n'a pas été sans quelques bavures...

– Je ne te suis pas très bien... Quel intérêt...

– J'y arrive. La tontine défie le temps dans une certaine mesure car les biens restent appartenir, au bout de la période déterminée, aux derniers survivants. Tu me suis? Six individus à quarante ans forment une tontine, garantie, par exemple, par une propriété foncière et décident qu'elle durera trente ans. C'est le dernier des six – ou les derniers des six – qui deviendront propriétaires de la tontine et pourront en disposer librement.

– Sauf... » commença Laviolette imprudemment.

Il se mordit la langue. Une soudaine illumination venait de le frapper et il avait bien failli en faire part au notaire. Or il tenait à ce que ce dernier vidât son sac comme il l'entendait, soit en plein, soit à moitié.

« Sauf quoi? dit maître Chalgrin tout surpris.

– Non rien! Rien du tout! J'élucubrais... Continue! Ton exposé me passionne. Alors?

– Alors? Chantesprit est le capital d'une tontine. »

Il frappa de l'index sur la minute qu'il tenait sous le coude.

« Voilà où je voulais en venir! »

Il ouvrit la chemise et se mit à lire :

L'an 19... le 12 octobre... ont comparu devant nous Jean-Baptiste Ambroise Chalgrin, notaire, docteur en droit, successeur de son père, etc., les nommés : Lafaurie, Paterne, Omer, cultivateur, etc.; Dardoire, Félicien, Emile, viticulteur, né le..., etc.; Armoise, Etienne, Lambert, officier ministériel, né le..., etc.; Chantesprit de Gaussan, Aubert, Calixte, Anne, propriétaire, né le..., etc.; Hélios, Sidoine, Apollinaire, artiste lapidaire, né le..., etc.; lesquels ont déclaré vouloir former entre eux pour la durée de trente ans...

Le notaire lisait à toute vitesse comme s'il eût été inutile que son interlocuteur comprît quoi que ce fût à son charabia. Quand maître Chalgrin eut énoncé toutes les clauses du contrat notarié, il referma la minute et fit pivoter son fauteuil, de manière à ne présenter que son profil à son visiteur.

« Tu comprends, dit-il songeur, ce Chantesprit, à partir de la mort de son père, il s'est mis à jouer le bien. Oh, il n'était pas sans qualités! C'est lui qui a eu l'idée de cette... de ce... Enfin de cette maison...

– De ce baisodrome, trancha Laviolette.

– La plus belle affaire, apprécia Chalgrin en se

lissant les moustaches, de toute la région! Seulement que veux-tu, les chevaux! »

Il fit plusieurs mouvements en levant ses bras courts au-dessus de la tête.

« Or, il est venu un moment, poursuivit-il, où il avait – d'après mes estimations – pour deux cents millions de centimes de dettes... Et c'est alors que ses amis du *Galet des Aures* lui ont proposé cette affaire... une tontine. En somme ils se rendaient maîtres de Chantesprit, mais ils laissaient Aubert à la tête de l'établissement. »

Il soupira.

« Dommage... dit-il rêveusement, c'était un sculpteur qui avait un certain talent... et je t'en parle en connaissance de cause parce que moi-même...

– Que veux-tu dire?

– Que moi aussi je sculpte un peu... Oh, un *hobby*! » dit-il en rougissant comme une jeune fille.

Il tournait la tête de tous côtés comme si cet aveu lui coûtait un grand effort et qu'il voulût échapper aux exclamations admiratives.

« Non mais... Qu'entends-tu par : " était un sculpteur? "

– Mais Sidoine Hélios parbleu! Qui veux-tu que ce soit d'autre? Voyons : Lafaurie disparaît; Dardoire disparaît; Armoise disparaît; et maintenant, Chantesprit vient de disparaître! Qui reste-t-il? Sidoine Hélios! Selon les lois de la tontine, il demeure le seul et unique propriétaire d'une affaire qui vaut à présent un demi-milliard de centimes! Cherche à qui le crime profite! Il est le dernier survivant! C'est criant de logique! Un demi-milliard de centimes! Tu te rends compte?

– Il doit peser plus que ça! dit Laviolette pensivement. Les Américains en sont fous...

– Lui? Il ferait beau voir! Mais ça vaut rien ce qu'il

fait! Tiens! Viens voir! Viens voir moi, si ça peut se comparer! Viens voir! »

Il s'emparait du bras de ce double imparfait, trop perdu dans ses réflexions pour songer à résister. Il l'entraînait hors du cabinet. Il lui faisait franchir une cour dallée. Il le poussait, par une porte vitrée, dans un antre sang et or qui servait de repoussoir à quelques pénibles créations cauchemardesques où le notaire s'efforçait d'imiter Giacometti. Entre ses mains grassouillettes, la glaise avait coulé prête à retourner à la terre.

« Ça! disait-il avec orgueil à Laviolette, c'est aussi beau que du Rodin!

– Moi tu sais, la sculpture... » répondait Laviolette en s'esquivant.

Le notaire lui barrait le passage.

« Mais tu vas l'arrêter, dis? Tu vas l'arrêter? C'est à lui que le crime profite! »

Il était plein d'espoir. Si ça marchait, Sidoine serait discrédité – un assassin n'a pas de génie... En s'y mettant à plusieurs, on maintiendrait son œuvre sous l'étouffoir – tout au moins ici – et le notaire demeurerait le seul sculpteur de Manosque. Il pourrait enfin organiser des expositions sans se faire ouvertement moquer de lui.

Ce n'est pas tous les jours qu'on a l'occasion de faire son devoir de bon citoyen tout en poignardant un concurrent.

« Cette peau de Chalgrin », songeait Laviolette.

« L'arrêter? Il faudra du temps et de la patience. Et que chacun révèle tout ce qu'il sait. Or personne ne dit tout ce qu'il sait... Toi le premier.

– Comment moi le premier?

– C'est évident! A propos, il faudra que tu m'expliques un jour, toi, ce que c'est qu'une contre-assurance? »

Chalgrin le regarda par-dessus ses lunettes pensivement, mais il n'ajouta pas un mot, n'osa tendre la main et laissa partir son hôte sans le reconduire.

Laviolette se retrouva sur la place des Marchands brillamment illuminée et où plus personne ne passait. Derrière les volets clos grondaient les échos des téléviseurs en action. Le commissaire se tourna vers la statue de ses rêves, doucement énigmatique, porteuse du regret de sa jeunesse.

« Voici ce que tu as manqué », disait pour elle, le vent dans le platane.

Ce souvenir arrachait aux rides de cet homme mûr un sourire d'enfant, mais il ne s'attarda pas à ces pensées nostalgiques.

« Au fait... » se dit-il, sortant du fond de sa poche ce vieux ceinturon réglementaire des P.T.T., poli par l'usage, qu'on avait découvert à deux cents mètres de Chantesprit et dont il ne se séparait plus tant il l'intriguait.

« Tontine tant qu'on voudra, pensa-t-il, mais pourquoi *le Traité du Narcisse* et pourquoi ce ceinturon? »

Pour la dernière fois à Bel-Air, Sidoine Hélios allait pénétrer dans ce qu'il appelait son œuf. Sur la table sale devant le feu mourant, il choisissait quelques minuscules outils brillants dans le contenu éparpillé d'une trousse.

Parfois, il s'interrompait pour piquer des cubes de gruyère qu'il accompagnait jusqu'à sa bouche sur la pointe de son Opinel, avant de mordre à même une flûte de pain. Parfois aussi, il emplissait de *villeneuve* un verre à pastilles pour égayer un peu son misérable repas. Il y avait bien, au fond du frigo, une marmite de pot-au-feu, mais il fallait la mettre à chauffer, sortir une assiette, une cuiller, la moutarde... En galère!

Quand il aurait fini... Quand il aurait fini, il s'octroierait un vrai repas... Il inviterait. On irait chez Napoléoni avec les... Il s'arrêta de mâcher. Non. Ils n'iraient plus nulle part, tous les cinq ensemble.

« Je n'aurais jamais dû... se dit-il. C'est de là que tout est parti... »

Il ressuscitait hors du temps ses compagnons morts. Ils étaient autour de cette table, ce soir-là; cette table que deux d'entre eux essayaient de renverser, pour l'atteindre plus vite lui, Sidoine et ce qu'il tenait à la main, afin de les jeter l'un et l'autre dans le feu, lequel ce jour-là était énorme.

Sidoine ne mâchait toujours pas sa bouchée de pain. Il ne buvait pas. Le verre à la main, il promenait son regard dans le capharnaüm, comme s'il y galopait encore, comme s'il retentissait encore des vociférations de ses amis. Il se revoyait, s'esquivant d'une statue à l'autre, trébuchant, poussant des cris d'orfraie, évitant de justesse les énormes mains de ses compagnons qui se refermaient à quelques centimètres de son cou de poulet.

Heureusement, les dix litres de *villeneuve* et le litre de marc qu'ils avaient ingurgités à cinq rendaient leur poursuite hasardeuse. Deux fois déjà ils avaient buté sur un socle de statue. Ils avaient même bousculé *La guerre* – la moins lourde de ses œuvres – d'un tel coup d'épaule, que celle-ci avait failli basculer et s'écraser sur eux.

Sidoine revivait intérieurement la poursuite hallucinante : deux de ses amis d'enfance essayant de l'atteindre pour le tuer; les deux autres s'efforçant de les en empêcher; si bien qu'à la fin – dans l'imprécision de l'ivresse – ils avaient fini par se taper mutuellement dessus.

Cette circonstance avait permis à Sidoine de bondir à l'étage, de s'enfermer dans sa chambre; de traîner derrière la porte le coffre breton, d'y entasser dessus le mirus à bois et la copie en marbre de l'Apollon Belvédère – une tête coupée qui pesait quarante kilos.

Il les avait entendus monter l'escalier en heurtant chaque marche, taper à coups de pied dans la porte, s'efforcer de l'enfoncer, toujours retenus par les deux autres. La porte avait tenu bon. Alors, ils avaient parlé de foutre le feu... Mais le dernier verre d'alcool ingurgité avait dû faire son effet.

Au bout d'un moment, n'entendant plus rien, il avait démonté son échafaudage et il était sorti. Ils ronflaient tous les quatre au long du large escalier, chacun occupant une marche : ivres morts! Chantesprit avait le monocle qui pendait; Armoise, bosse devant, bosse derrière, ressemblait à un polichinelle rejeté par les enfants à la caisse à jouets; quant à Lafaurie et à Dardoire, les deux furieux, leur bonne grosse hure de sangliers sans malice exprimait la bête à l'état pur.

Sidoine s'était assis sur le palier pour les esquisser interminablement dans son carnet de croquis, l'un après l'autre puis tous ensemble. Le jour se levait.

Il y avait six mois de cela... Six mois... C'était à peine le début de l'automne... On était à peine aujourd'hui au milieu de l'hiver et ils étaient morts, tous les quatre... Et probablement par sa faute.

Maintenant, il ne pouvait plus rien réparer et il était seul. Il épiait le silence qui ne serait plus troublé par tous ces cris d'amitié, ces appels au secours, ces insultes fraternelles. Sous les hautes poutres de la filature, son nom, prononcé avec véhémence, ne retentirait plus avec cette intonation joyeuse. Il lui semblait pourtant l'entendre encore et que ses amis étaient simplement derrière les murs, à l'attendre, avec une certaine impatience, pour se rendre ailleurs, où on les avait tous conviés.

« Le roi des cons! se dit-il à voix haute avec accablement. J'ai été le roi des cons! »

Il claqua ses maigres cuisses du plat des mains, se tartina une portion de *filetti d'alici* et, quittant la table, il monta lourdement l'escalier.

Dans sa chambre, il alla tout de suite au lit monumental où il se perdait, maintenant qu'il n'y recevait plus personne.

Il hochait la tête en contemplant cette pièce simplement meublée d'un coffre, de la tête coupée de l'Apollon Belvédère et – devant la porte dérobée – de ce paravent chinois sur fond de soie noire, où parés de couleurs suaves, des dragons à tête de mandarin forniquaient monstrueusement entre eux, en des irisations d'arc-en-ciel.

C'était ce paravent qui avait été l'instrument du drame.

Par les grandes fenêtres de sa chambre, Sidoine interrogeait, son image suspendue parmi les branches noires des marronniers, dans la profondeur du reflet. « Tu n'es qu'un pantin lubrique », se dit-il.

Soudain, la nécessité de retourner dans l'œuf, parfaire le vide où coulerait la chair de bronze qui était son obsession depuis six mois, le rebuta. Il se trouva le centre d'une extrême solitude où il eût accueilli avec joie ses pires ennemis. – Il songeait notamment à maître Chalgrin qui se piquait de sculpture. « Si l'œuvre est ratée, se dit-il, je ne serai pas pardonnable. » Ce vide coûtait déjà quatre morts. N'était-ce pas suffisant?

Il était assis sur le lit, les mains entre les cuisses.

Rien ne l'encourageait ni ne lui répondait. Son berceau de Bel-Air le laissait en plan. Sidoine avait depuis longtemps admis que cette maison, ses marronniers et sa fontaine et, dans la perspective, le clocher blond de Sigonce sonnant l'heure; que cette harmonie était le creuset de son talent, plus que ses mains, plus que son intelligence. Or, ce soir, il n'en recevait aucune impulsion. La maison et le pays s'étaient retirés de lui comme la marée basse se retire du rivage.

Seul... Il eut alors l'intuition que s'il était si seul, c'était parce que les choses qui l'aimaient se détournaient de lui qui, bientôt, ne pourrait plus les exprimer.

« Il ne reste que toi à mourir », traduisit-il. La

panique qui s'empara de lui à l'idée de disparaître avant de pouvoir contempler son œuvre le mit debout. Soulevant avec effort la literie et le matelas qui pesait trente kilos de laine, il tira de cette cachette un grand carton à dessin vert, fermé de deux ganses noires. Il laissa retomber la literie et s'en fut avec son butin.

Le carton était aussi haut que lui et dans l'escalier, il le maintenait à pleins bras, de biais, pour pouvoir se diriger.

Il le déposa sur la table parmi les verres sales, à côté de la boîte entamée de *filetti d'alici* et de la bonbonne de *villeneuve*. Il défit soigneusement les ganses. L'album contenait de grandes planches que Sidoine examinait une à une en les présentant devant la faible clarté du lustre à facettes.

Après chaque examen, négligemment, il accompagnait de la main le vol gracieux de la feuille vers l'âtre, où elle atterrissait nonchalamment.

Comme de coutume, le feu était mourant. Les planches, au fur et à mesure qu'elles s'y posaient, épousaient le contour du monticule de cendres et s'avachissaient comme si elles allaient fondre.

A chaque esquisse qu'il contemplait, le visage tourmenté de Sidoine se rassérénait, exprimait comme aux plus beaux jours une joie facétieuse. Il retrouvait cet air pétillant de malice de celui qui est en passe de mystifier tout le monde.

« Si je me suis souvenu, se disait-il à mi-voix. Si je me suis bien souvenu... »

Dans l'âtre, chuintait le feu en train de revivre. Sous les feuilles de papier Canson qui brunissaient, une colonne de fumée presque matérielle se tordait devant la plaque de fer. Le vent de la dernière ébauche l'attisa d'un seul coup. La flamme haute, en une explosion sourde, éclata jusqu'au tablier. Elle entraînait dans son tourbillon des lambeaux de dessins incompréhensibles, morcelés comme les pièces d'un puzzle.

Sidoine les contemplait se consumer avec un rictus de joie. Il venait d'un seul coup de retrouver sa raison d'être, de redresser son orgueil et sa confiance en lui. Il en fut émerveillé comme d'un miracle.

Le carton à dessin était vide. Sidoine le posa à califourchon sur les restes incandescents du feu. Lorsqu'il s'embrasa – longtemps après – il illumina l'atelier jusqu'à la bibliothèque, jusqu'aux cariatides affrontées qui s'empoussiéraient au fond de l'ombre. Il lécha d'une lumière tremblante ces lascives représentations de bassins féminins qui formaient, depuis dix ans, les repères de la production d'Hélios.

Sidoine alluma une cigarette et jeta un coup d'œil critique sur cet ensemble baroque par lequel, si longtemps, il avait rabâché son désespoir.

Son regard accrocha le moule cubique qu'il appelait son œuf et qui se dressait, non loin de la porte d'entrée, béante comme d'habitude. Il contemplait cette forme sous une nouvelle clarté. « Il fallait être cinglé, se dit-il, pour faire ça alors qu'il était si facile de s'y prendre comme tout le monde. Si ça foire, je me ferai foutre de moi. »

Mais un silence lourd de menaces planait à l'intérieur de lui-même que ne déridait aucune de ses facéties habituelles. Il ne se faisait pas rire. Il s'était bien emparé sur la table de ses outils, mais il s'avisa qu'il retardait le plus possible le moment où il gravirait l'échelle de fer. Toute sa clairvoyance lui ordonnait d'agir avec la plus extrême prudence. Or, ce cube trois fois plus haut que lui, lui paraissait soudain posé sur le sol d'un cimetière, arrogant comme un caveau de famille.

Si Hélios avait correctement élucidé le mobile de

l'assassin, ce dernier avait tué quatre fois pour rien et, en frappant Hélios, il frapperait de nouveau en vain; car maintenant – si Werner ne faisait pas le con – rien ne pourrait plus faire que l'œuvre ne vît pas le jour.

Seul Hélios tenait encore le moyen d'empêcher cette naissance et de désarmer le meurtrier. Il lui suffirait de décrocher le marteau piqueur à l'atelier; de démarrer le compresseur; d'attaquer le moule à coups de barre à mine; de le morceler, de le briser, de l'écraser, de sorte que nul ne puisse jamais le reconstituer. A ce prix, tout rentrait dans l'ordre et il sauvait sa vie. Le parti à prendre dépendait uniquement de lui.

Hélios se dit que c'était la raison pour laquelle autour de lui, ses conseillers familiers – Bel-Air, les marronniers, la fontaine, le clocher de Sigonce – ne se prononçaient pas.

« Jamais! siffla-t-il entre ses dents. Il peut courir... Jamais! Et d'abord, je me trompe! D'abord, je suis le jouet de mon imagination! Je débloque complètement! »

Il s'avança dans ses chaussons, sur ses jambes torses. Il escalada son échelle de fer. Là-haut, il examina avec soin le cube miniature posé sur le gros, lequel constituait la fermeture du moule et dont la base était incurvée et gravée de signes en creux. Satisfait de son examen, il ceignit sa lampe frontale et se glissa dans le moule.

L'âtre clapotait sous les derniers soubresauts du carton à dessin qui achevait de se consumer. Parfois, les lueurs brèves accrochaient les courbes des femmes de marbre et il semblait, à ces tremblements des flammes, qu'elles ondulaient comme en quelque étrange samba.

Alors, quelqu'un entra. Quelqu'un se tint debout au seuil du capharnaüm ouvert à tout vent, épia le silence, recula un peu devant ce simulacre de danse, provoqué par le feu mourant.

Sidoine avait éteint le lustre. Une ampoule au coin du grand escalier suffisait seule à retenir l'ombre. Pourtant la silhouette hésitait encore devant cette chiche clarté. Peureuse et furtive, elle se décida enfin à se glisser entre les troncs lubriques, comme derrière des colonnes. A chaque pas nouveau, elle s'immobilisait, aux aguets. Rassurée, elle reprenait son avance saccadée, courant presque. Elle contempla un instant le cube où Sidoine était enfermé et dont on distinguait à peine les arêtes vives. Puis elle se dirigea vers son but.

C'était le tronc gracieux aux fossettes qui avait tant intrigué Laviolette l'autre jour.

L'ombre se coula contre cet objet inanimé et l'enlaça comme une liane. Les mains palpèrent en tremblant les courbes dures. Une plainte bizarre, une sorte de litanie balbutiante qu'on aurait pu prendre pour une lamentation d'amour, s'éleva dans le silence.

Alors, au loin, dans la nuit, naquit le bruit lancinant d'une tronçonneuse ou d'un cyclomoteur, on ne savait... Un bruit horripilant comme celui d'une fraise de dentiste; un bruit qui se rapprochait, qui envahissait tout le cirque des collines. Il devait traverser les ronflements des endurcis, les rêves des inquiets et les idées noires des insomniaques.

Ce vacarme était dardé vers Bel-Air comme le sifflement d'une flèche.

Cependant, plus loin, dans la nuit froide, un convoi de trois véhicules, bardés de signaux réflecteurs comme des navires dans la brume, avançait.

Un panneau avertisseur, vissé sur le radiateur du

premier, annonçait : « Convoi exceptionnel » parmi les éclairs des clignotants. Un camion grue fermait la marche. Entre les deux, glissait au ras de la route sur ses dix paires de roues un mastodonte cuirassé d'où s'échappait le bruit sourd des compresseurs et qui vaporisait une bruine tiède, jusqu'à dix mètres à la ronde. Une plaque de cuivre rivée à la portière de la cabine renseignait sur son utilisation : « S.O.C.M. Transport de métaux en fusion. » Il était blindé et hermétique comme un sous-marin.

Dans l'habitacle de ce monstre, devant les voyants d'un tableau de bord sophistiqué comme celui d'un avion, deux hommes fumaient philosophiquement la cigarette, tout en surveillant le véhicule de tête.

L'un pilotait. L'autre tenait sur ses genoux une planche de navigateur à éclairage indépendant où un tableau de marche était agrafé.

« Commence à te concentrer, dit le navigateur. Au pont sur le Lauzon, tu auras dix centimètres de chaque côté du tablier. »

Le chauffeur hocha la tête.

« Ne t'inquiète pas... Je commence à le connaître. Ça fait cinq fois que je viens.

– Il est complètement givré cet Hélios... Qu'est-ce que tu crois que ça lui coûte ce déplacement en force? Au lieu de transporter le moule jusqu'à la fonderie?

– Un jour on lui en a cassé un... Ça doit lui coûter plus de cinq briques. Les patrons n'aiment pas le parcours. Ils ont toujours peur qu'on fasse péter un pont. Mais Sidoine, il s'en fout. Si ça se trouve, son truc, il le vendra cent briques à un Vénézuélien. Ou peut-être même, il ne voudra pas le vendre. Tu sais Hélios, c'est une tronche... »

Un cahot étrange, qui fit jouer par trois fois les tiges télescopiques de leur siège, les secoua.

« Dis donc, soupira le chauffeur, quand tu repères un *quarante à gauche* sur ton bidule, ça te ferait rien de m'en faire part? Où tu te crois? Dans un vernissage? »

Six roues de l'attelage venaient de mordre sur la berme.

Le pilote fit jouer à quatre reprises le petit levier noir qui se trouvait à hauteur de sa main entre les deux sièges. Sur l'étroite route de campagne, bordée d'herbe rare, le mastodonte s'avançait à l'allure circonspecte d'un funambule sur la corde raide.

Maintenant, le convoi étincelant cahotait vers Bel-Air par le nouveau chemin de terre nivelé au bull. Les phares et les clignotants commençaient à révéler la façade, à se refléter dans les grandes croisées à petits carreaux.

« C'est marrant, dit le navigateur, ce gus qui vit seul là-dedans toute l'année avec tout le fric qu'il a...

– C'est pas marrant, c'est tragique. Il doit pas pouvoir voir le monde en peinture. »

Ils débouchaient sur le terre-plein. Le camion de tête alla affronter ses phares jusqu'à la margelle de la fontaine aux quatre canons. La lumière crue traversait les cordes d'eau qui surgissaient sans bruit presque au ras du bassin.

La grue dépassa le mastodonte et se rangea sous un marronnier, à vingt mètres de l'entrée.

« Il laisse toujours tout ouvert comme ça? demanda, inquiet, le navigateur en claquant la portière.

– Oui, dit le pilote qui mettait pied à terre à son tour. Ici, c'est “ qui passe prend ”.

– Ça me choque! dit le navigateur. Ça te choque pas, toi, Werner?

– Je voudrais, répondit le pilote, être assez riche – ou assez pauvre – pour pouvoir faire pareil... »

Il étirait devant le capot ses soixante-quinze kilos pour un mètre quatre-vingt-trois, ce qui ne faisait pas beaucoup de chair sur les os. Il s'orienta et constata que toute l'équipe se dégourdissait les jambes. Puis, d'un même mouvement et presque à la même seconde, ils se tournèrent vers les bahuts dont les moteurs ronronnaient au ralenti. Le mastodonte était en ligne, bien d'aplomb, à plat, parallèle à la façade. Il fumait comme un samovar et le vent brassait dans ses tourbillons l'odeur de chaudron qui s'exhalait de ses flancs.

Bel-Air était moins lumineux que d'ordinaire et la froidure des montagnes que portait le vent de Lure faisait luire ses murs baignés de clair de lune.

Werner s'avança jusqu'à la porte ouverte. Il mit ses mains en porte-voix et cria :

« Sidoine! »

« Doine! » répéta l'écho dans le plus haut pigeonnier.

Werner attendit quelques secondes puis il passa le seuil et hurla de nouveau :

« Sidoine! »

Cette fois l'écho qui lui répondit se propagea par tout l'intérieur de la maison.

Le navigateur et le grutier s'étaient avancés derrière Werner et le suivaient sur la pointe des pieds, jetant de tous côtés des regards circonspects.

« Sidoine! Sidoine! criait Werner. Mais où est-il cet animal-là? »

Il contemplait sur la table le relief du frugal repas : la boîte de *filetti d'alici* aux trois quarts vide, le gruyère sur son papier ouvert, le pain posé à l'envers, l'Opinel mal fermé et la bonbonne de *villeneuve*, avec son bouchon à côté d'elle.

« C'est bien toujours le même calut », se dit Werner. Il jeta un regard circulaire sur les statues parmi lesquelles ses acolytes se perdaient en admiration. « Et, se dit-il encore, depuis quatre ans que je ne l'ai plus vu, il ne s'est pas amélioré... »

« Rémy! appela-t-il. Rémy! cria-t-il plus fort car les rires gras des compagnons couvraient sa voix.

– Qu'y a-t-il? répondit le grutier.

– Va donc voir au garage, à côté du bassin, si sa Deux-Chevaux est là... »

Le navigateur suivit le grutier, car il ne tenait pas à se retrouver seul parmi ces fesses de pierre. Vues à deux, elles étaient égrillardes, mais seul...

Le navigateur avait l'impression qu'elles allaient soudain jouer entre elles au casse-noisettes et le coincer dans la tenaille de leurs rondeurs soudain refermées.

Werner gravissait le grand escalier. Son pas sonore parcourait le corridor.

« Sidoine! » criait-il.

Puis il gardait l'oreille tendue vers les profondeurs des communs, des greniers, des granges adossées au nord, derrière les murs maîtres. Il redescendit lourdement les marches en se grattant la nuque. Le grutier et le navigateur réapparaissaient au seuil de la porte.

« Alors?

– Alors rien! répondit Rémy en secouant la tête. La remise est vide, les portes ouvertes. Y a juste une tache d'huile par terre.

– Il est parti! s'exclama Werner. Oh, c'est pas la première fois qu'il me fait le coup. Mais aujourd'hui, j'aurais cru... »

Il balaya du regard le repas interrompu sur la table et l'âtre où ne s'élevait plus qu'un filet de fumée à peine plus épais que celui d'une cigarette. Son regard tourna vers l'emplacement dégagé où se dressait le cube. « Le voici donc, se dit-il, son fameux chef-d'œuvre... »

Il s'approcha. L'échelle de fer était posée contre le moule. Werner l'escalada. A côté de l'orifice qui permettait au sculpteur d'aller parfaire son ébauche, gisait le chapeau gravé qui s'ajusterait exactement à l'ouverture, quand le niveau de la coulée s'équilibrerait sur ses bords. Werner secoua la tête. Ce Sidoine lui demandait un travail de précision qu'il était un des rares en France à savoir mener à bien. Si au moins il était là cet Hélios de malheur!

« Hélios! » hurla-t-il encore une fois mais sans conviction.

Il s'avisa que l'entrée du moule était obstruée par une feuille de contre-plaqué maintenue en place par une grosse tête de marbre, représentant un jeune homme au front orné de rameaux de laurier.

« Vains Dieux! » grogna Werner.

Il venait de soulever cette tête avec effort et appela ses aides.

« Rémy! Mamazian! Venez! »

Ils gravirent l'échelle à leur tour et Mamazian s'empara de la tête qu'il descendit en soufflant jusqu'au sol.

Werner tira la feuille de contre-plaqué qui masquait le trou d'homme.

« Vains Dieux! s'exclama-t-il, c'est pas possible! Ça sent la frangipane là-dedans! Ce doit être une mixture secrète son moule... »

Rémy qui s'était approché huma l'air à son tour.

« Drôlement! acquiesça-t-il. Ça me fait penser que je mangerais volontiers un morceau!

– En attendant, aide-moi à descendre le couvercle. J'ignore encore avec quel aggloméré il l'a fabriqué, mais ça m'a l'air drôlement compact. Et fais gaffe! C'est le dernier morceau du puzzle. Si on le laissait choir du côté de l'intaille, l'Hélios nous flinguerait! »

Ils le déposèrent au sol délicatement. Werner examina le moule et constata que Sidoine l'avait construit sur des translateurs à rouleaux où il était simplement immobilisé par des cales. Il suffirait de les débloquer pour le faire rouler.

Il se retourna. Les Maghrébins disposaient déjà sur le sol d'autres translateurs à rouleaux dont le camion était plein.

« Et alors? s'exclama Mamazian qui revenait. Et alors? On commence sans lui?

– On va toujours sortir le bidule », répondit Werner.

Maintenant, les hommes, blêmes d'amiante comme des pierrots tristes, descendaient devant leur visage la visière protectrice. Brandis devant le clair de lune, leurs ringards figuraient des lances de combat.

Le grutier dans son habitacle allumait une cigarette. Le grappin de la flèche se balançait au-dessus de l'ouverture du creuset toujours hermétique.

Werner passa la tête par la vitre abaissée de la portière pour vérifier que son équipe avait pris position correctement. Le navigateur illuminé par les projecteurs fixes de la grue était debout à dix mètres devant le moule, les bras levés, les mains jointes au-dessus de la tête, prêt à commander au centimètre près le déplacement de l'engin. L'orifice du moule, équilibré au niveau d'eau sur ses assises se trouvait exactement dans l'axe du grappin et dans l'alignement du navigateur aux bras levés.

« Si cet animal d'Hélios s'est trompé dans ses calculs... » se dit Werner. Mais il ne s'arrêta pas à cette idée trop contraignante. En quatre gestes précis, il rendit l'opération irréversible : il coupa le ventilateur de la soufflerie. Il abaissa les trois leviers des différentiels.

Au sommet du porteur, une fissure écarlate commença de s'ouvrir lentement. Les parois blindées s'écartaient, glissaient, s'escamotaient dans le ventre du wagon sans roues qui constituait la cellule de la fonderie. En même temps, montait des profondeurs comme une énorme marmite de lave le contenu du bronze en fusion.

La fournaise révélée comme une grenade entrouverte fanait l'éclat de la lune, faisait autour de son soleil insoutenable la nuit alentour hermétiquement obscure. Il semblait que sous la chaleur irradiée qui les rendait étincelantes, les vitres de Bel-Air allaient voler en éclats.

La masse du creuset dans son habitacle, amené par la grue, surplombait la goulotte assurée sur l'orifice du moule. Les crémaillères qui commandaient son renversement progressif, commençaient à jouer sur les potences d'échappement.

Le navigateur d'un geste lent écarta ses bras en croix. Alors du bec du creuset surgit la cascade rouge du bronze liquide. La goulotte ne révélait de cette chute qu'un espace à peine large comme le bras d'un homme. Mais en ce passage étroit autour de cet écoulement solide, bleuissaient et verdissaient les oxydes où mordait, en vain, le froid de la nuit. Ces clartés pulsaient en un étrange va-et-vient de forces affrontées. La colonne du bronze s'enfonçait incandescente dans les replis du moule avec la précision d'un viol barbare.

En un lugubre ululement de corne de brume, l'air

fusait par les évents pratiqués sur le sommet du cube pour éviter son explosion.

Werner, le bras levé, surveillait les aiguilles d'un cadran qui terminait un bizarre appareil. C'était une sorte d'étroit serpentin en forme de trombone à coulisse dont l'extrémité se glissait dans l'espace révulsé de tourbillons que la colonne incandescente laissait libre entre elle et le rebord de l'entrée. Quand les trotteuses rouges se rejoignirent sur le cadran, Werner abaissa son bras.

En un bruit de chaînes comme si un navire jetait l'ancre, l'habitacle se redressa sur ses crémaillères, revint à l'horizontale, la flèche de la grue se retira lentement. Le creuset vide couleur de lune rousse ternissait sous le froid de la nuit.

Werner et ses aides se passaient avec précaution le cube qui devait sceller le moule. Ils l'adaptaient dans ses rainures au-dessus de la fournaise rouge qui commençait à cailler comme la crème du lait. Ils l'assujettirent à petits coups de masse jusqu'à ce qu'il adhère exactement au niveau.

Le creuset vide reposait dans son conteneur. Werner monta dans la cabine pour relancer les différentiels. Lentement, les parois du wagon se refermèrent. Le grutier arrêta ses moteurs. Dans le silence revenu, le clocher de Sigonce sonna cinq heures.

« On ferme le cirque! s'écria le navigateur.

– Somme toute, dit Werner, cet Hélios n'est peut-être pas aussi calut qu'il en a l'air. Mais si son truc réussit, nous n'avons pas fini de passer des nuits blanches.

– On pourrait pas circuler de jour?

– Formellement interdit! Produit dangereux n° 1!

– C'est quand même bizarre, dit Werner, que Sidoine Hélios n'ait pas donné signe de vie...

– Il doit être chez quelque pute, dit Rémy. Avec tout

ce qu'il sculpte comme culs, il doit lui falloir une sérieuse documentation! »

Ils sortaient de leurs combinaisons avec des gestes lourds. Ils laissaient tomber leur casque dans les coffres du camion. Ils allumaient des cigarettes. Les Maghrébins glissaient entre les ridelles les échelles à rouleaux.

Une dernière fois le fondeur se rapprochait de la maison, entrait dans la salle où un talus de poussière blanche balisait l'ancien emplacement du moule. Il mettait ses mains en porte-voix et il criait :

« Sidoine! Sidoine! Hélios! »

« ios! » répétait l'écho dans les profondeurs.

Werner écarta les bras. Il s'en revint vers les hommes et donna le signal du départ. Tous clignotants allumés, le convoi vira au large autour du cube dressé entre les deux marronniers. Il enfila le chemin de terre dans le même ordre qu'à l'arrivée. Longtemps, par les méandres de la route, on put entendre décliner le tintamarre des moteurs, puis tout se tut.

Sous les arbres, au sommet du cube, le soupir infime des évents qui expiraient le dernier souffle de l'air chaud, expulsé du moule, répondait au murmure des quatre canons qui déversaient leur eau dans le bassin.

La brume traînante qui hésitait au ras de la Durance gonfla soudain, déborda la vallée, se coula par le lit du Lauzon jusqu'à Sigonce qu'elle investit. Par colonnes qui comblaient les vallons, elle monta vers Bel-Air. Elle lançait contre la façade des tentacules qui occultaient les lumières. Elle investissait les communs et les granges, mais devant les marronniers, elle refluait. Elle avait encerclé, à bonne distance, l'emplacement du moule. Parfois, elle jetait dans sa direction une langue molle mais qui rebroussait contre un obstacle invisible comme des vagues sur les brisants.

Sur le pays, entièrement invisible, demeurait seul cet

îlot de clarté laiteuse, ce cube qui par l'assèchement de ses composantes était maintenant immaculé et qu'isolait une bulle de chaleur palpitante. Et cet étrange halo faisait vibrer dans l'air de l'aube approchante une feuille de marronnier épargnée par les vents de l'hiver et qui tentait maintenant de s'envoler sous le souffle chaud qui s'évaporait autour d'elle.

C'était l'unique signe de vie. Devant Bel-Air aux portes béantes, respirait seule la colline endormie sous l'hiver.

« Une tontine! s'exclama le juge. Ce serait donc là le mobile tant recherché? »

Laviolette ne répondit pas. Il regardait tomber la pluie. A travers elle, depuis le palais, on ne distinguait même pas le clocher de Manosque.

« C'est tentant... dit-il enfin. Et bien entendu on ne nous pardonnerait pas de ne pas arrêter celui à qui le crime profite... Je suis obligé de vous demander un mandat d'amener. »

Le juge se leva et vint à côté de lui.

« Je ne sais, dit-il, si je dois vous l'accorder. Ça choque mon sens artistique. Voyons! Hélios! Ce qui l'empêche d'être l'égal des plus grands, c'est son authentique dédain des honneurs! C'est son désengagement. De plus, on ne l'invite nulle part, certain qu'on est qu'il arriverait en short et qu'il ferait ouvrir les fenêtres...

– Et les portes... soupira Laviolette. Sans doute... Seulement maître Chalgrin prétend que Chantesprit vaut cinq millions, éléments corporels et incorporels... Et Sidoine est le seul de tous nos suspects à n'exciper d'aucun alibi.

– Soit. Je vous le signe votre mandat, mais c'est la mort dans l'âme.

– Je lui ai accordé ses quarante-huit heures. Je ne pouvais pas faire plus.

– Que voulait-il en faire?

– Finir une œuvre qu'il avait en train et sur laquelle il comptait beaucoup. Ce pourquoi, précisément, il n'a pas d'alibi, c'est que, depuis deux mois, il y passe sa vie dans ce moule... »

Le juge se leva, mal à l'aise. Il se frappait la poitrine.

« J'ai l'impression angoissante, dit-il, que c'est moi qui détiens la solution, sans le savoir... »

Laviolette hocha la tête :

« Eh bien! Si nous sommes deux maintenant à éprouver des perceptions extrasensorielles... »

Le téléphone sonna à l'instant même. Le juge décrocha. Laviolette reconnut tout de suite la voix suraiguë de maître Chalgrin, lorsque celui-ci était en proie à la panique. Chabrand désigna impérativement l'écouteur que Laviolette souleva sans bruit.

« ... Vous comprenez, criait maître Chalgrin, j'ai dû rassembler mes souvenirs... Consulter le répertoire... De plus, ces jours derniers, j'ai été débordé... De sorte que cette histoire de contre-assurance m'était complètement sortie de l'esprit! J'ai tenté tout à l'heure d'appeler mon excellent ami Laviolette, mais son adjoint m'a appris qu'il était sorti.

– Il est ici, dit le juge posément.

– Ah! Il est chez vous? »

Laviolette voyait d'ici la peau de Chalgrin suer de peur. Ce n'est pas tous les jours qu'on soustrait à la justice un renseignement capital. On entendait le notaire froisser fébrilement du papier sur son bureau.

« Alors voilà! reprit Chalgrin, après s'être éclairci la gorge, effectivement... Ce cher Laviolette a raison de soulever l'objection... Effectivement une contre-assurance a été souscrite par le dénommé Paterne Lafaurie... Et naturellement elle annule à son profit et – puisqu'il est mort – à celui de ses ayants droit, les effets de la tontine...

– Mais... dit doucereusement le juge, il existe bien une pièce, un document concernant cette contre-assurance?

– C'est évident!

– Mais alors, elle est certainement annexée à la minute, comme l'est en général une hypothèque... Et dans ce cas, lorsque le commissaire Laviolette est allé vous voir, vous l'aviez sous les yeux? »

Le juge et le commissaire se regardaient avec un large sourire de joie sadique épanoui sur leur visage. Ils imaginaient Chalgrin s'épongeant le front.

« Annexée! Monsieur le juge. Vous dites bien : annexée! Par inadvertance, je ne suis pas allé jusqu'au bout des feuillets...

– Tant il tenait à ce que je foute Hélios en boîte... » murmura Laviolette.

Pendant quinze bonnes secondes, le juge laissa planer un silence lourd de menaces, puis il prononça d'un ton pincé :

« Dans ces conditions, maître, vous admettrez que je sois contraint de vous convoquer pour enregistrer vos déclarations au plumitif.

– Mais quand vous voudrez, monsieur le juge! Je suis à votre disposition! »

Chabrand raccrocha sans aucun salut. Il considérait l'appareil qu'il venait de reposer, avec son mauvais regard de conventionnel frustré d'une tête.

« Depuis que ces officiers ministériels, articula-t-il lentement, brassent des affaires où douze experts-comptables ne reconnaîtraient pas leurs petits, ils se croient tout permis...

– De toute façon cette déclaration tardive ne nous avance à rien.

– Sauf qu'elle lève l'hypothèque qui pesait sur Sidoine Hélios. Désormais...

– Elle ne lève rien du tout, car : tous les proches de Paterne Lafaurie ont un alibi sûr pour au moins un crime sur quatre. Récapitulons : la grand-mère est à l'hôpital depuis la mort de son fils. On la tient sous tranquillisants. L'épouse, Fabienne, le soir de la mort de maître Armoise, était à un cours d'expression corporelle jusqu'à une heure du matin, sous les yeux de douze personnes. Quant à Léone, la fille...

– Ça va! grommela le juge. Le soir de l'assassinat de Chantesprit, je l'ai raccompagnée jusque devant la villa. Lorsqu'elle m'a quitté, il était plus de onze heures et demie. Même en volant, elle ne pouvait atteindre Chantesprit à temps pour tuer Aubert...

– D'une part! Et ensuite, souvenez-vous : quand vous m'avez raconté – sans rien omettre – l'altercation entre Hélios et Chantesprit dans la grange... Rappelez-moi en quels termes ils ont parlé de contre-assurance?

– Sidoine a dit : “ Contre-assurance! ça te fera une belle jambe! ”

– Et Chantesprit a répondu?

– “ Tu sais bien qu'il fallait la faire en même temps... ”

– Ils semblaient donc ignorer l'un et l'autre que quelqu'un d'entre eux l'avait souscrite. Ils se croyaient donc, à cet instant, propriétaires à deux de la tontine. Par conséquent, en ce qui concerne le dernier survivant, le mobile tient toujours.

– Je vous l'accorde, soupira le juge, et il est vrai que, aussi loin que nous aient conduits nos recherches, il est le seul à ne fournir *aucun* alibi pour *aucun* des crimes... »

Il tira avec lassitude un formulaire d'un casier de son bureau, le signa, y apposa son cachet. Il le considéra un bon moment encore, avant d'y inscrire le nom de Sidoine Hélios.

En le lui tendant, il dit à Laviolette :

« J'ai une curieuse impression en vous remettant cette pièce. J'ai beau savoir que nous ne sommes pas encore devant les assises... Il me semble que je viens de commettre une erreur judiciaire et qu'elle est sans appel...

– Bon! soupira Laviolette. Puisque vous en êtes là, je vais vous dire : je vais arrêter Sidoine Hélios parce que tout l'accuse, mais j'ai l'intime conviction qu'il est innocent de tous ces crimes... »

C'était un hiver pluvieux. On entendait tomber les cascades comme en Haute-Savoie. Le Béveron – ruisseau d'habitude, mais aujourd'hui torrent – submergeait les décombres d'un de ces moulins d'autrefois qui ruinaient leurs propriétaires et qu'on appelait des « Ecoute s'il pleut ». Celui-ci n'avait jamais vu passer tant d'eau sous ses aubes pourries.

« Ça ruine le tourisme, grommela Courtois, dont le père était hôtelier.

– Ça fait pousser l'herbe, rétorqua Laviolette. On aura besoin d'herbe. Sans ça! Y aura plus de moutons – que des anglais – et alors adieu les côtelettes sur le gril...

– J'aime pas l'agneau d'ici, grogna Courtois. Il a le goût de la laine...

– Vous n'y comprenez rien! Votre goût est émasculé par la viande surgelée. En tout cas moi, la pluie, ça me rend l'espoir. C'est ce qui manque à la Provence, la pluie! »

Il fallait de la vertu pour professer cette foi, car on eût dit qu'un laveur zélé projetait des seaux d'eau contre le pare-brise. Les essuie-glaces n'y suffisaient plus et Laviolette conduisait plus prudemment encore qu'à l'ordinaire.

« A ce train-là, se lamentait Courtois, nous serons de retour après les informations de huit heures. »

Laviolette ne pouvait lui avouer que la pluie était un bon prétexte pour retarder l'événement. Jamais son métier ne lui avait paru aussi amer.

« Faisceau de présomptions! grommelait-il. Y en eût-il un wagon... Ça n'a jamait fait un commencement de preuves...

– Plaît-il? demanda Courtois.

– Oh, dit Laviolette, je parle seul comme tous les paranoïaques... »

Le chemin de Bel-Air, nouvellement agrandi au bull, faisait une hémorragie de terre. Il drainait à mi-parcours un méchant ruisseau descendu du Revest-Saint-Martin et qu'on avait dédaigné parce qu'il était toujours à sec. Aujourd'hui, il s'était déjà creusé dans la terre battue un lit de dix mètres de large. Par hasard, dessous, un banc de rocher plat servait d'assise au chemin, ce qui permettait de passer quand même.

Bel-Air était camouflé derrière la pluie et ils n'aperçurent qu'au dernier moment le cube blanc sous les marronniers noircis. Il était calé horizontalement sur un socle de rouleaux en fer et une odeur de chaudronnerie flottait encore alentour.

« Parbleu, se dit Laviolette, c'était pour ça le coup de téléphone de Sidoine, l'autre jour. Qui sait si... »

« Qu'est-ce que c'est ce truc? demanda Courtois.

– Un chef-d'œuvre... dit Laviolette.

– Mince ! » s'exclama Courtois.

Laviolette amena la voiture jusqu'au seuil de la filature et les deux hommes s'engouffrèrent dans la maison en s'ébrouant. Dès qu'ils furent à l'abri, ils se retournèrent encore incrédules, pour contempler le ciel comme s'il les avait piqués. On eût dit que – comme de coutume – il mesurait en une seule fois à la Provence, la quantité d'eau qu'il dispense ailleurs en toute une année.

Les deux hommes se tournèrent résolument vers l'intérieur de la maison. Contrarié par un jour pourtant avare, la clarté du lustre sale éclairait mal le capharnaüm dont l'emplacement – maintenant vide – du moule accusait encore davantage l'immensité.

« On devrait fermer la porte ! proposa Courtois.

– Laissez ! Ça ne plairait pas à Sidoine. »

Ils s'avancèrent vers l'âtre.

« Dites donc, il fait froid ici ! s'exclama Courtois.

– Oui. Il fait froid. Il fait plus froid que d'ordinaire. »

Mains aux poches, Laviolette contemplait la table et l'âtre qui ne fumait plus.

« Hélios ! » appela-t-il à voix forte.

Courtois déambulait sans aucun émoi parmi les colonnes de fesses de marbre. Il n'avait pas l'imagination érotique.

« Hélios ! répéta en criant Laviolette.

– Il n'a pas l'air d'y être ! dit Courtois.

– Allez voir à l'office. Moi je monte aux étages. Vous me rejoindrez. »

Courtois s'attendait à découvrir une souillarde d'homme seul – boîtes de conserve jonchant les tables et vaisselle de trente repas dans les bacs de l'évier. Or la cuisine était claire, en ordre, un seul verre, lavé, traînait sur l'égouttoir. Le réfrigérateur ronronnait. La pièce était vide.

Il revint dans le capharnaüm. La voix du commissaire, à l'étage, clamait le nom d'Hélios à tous les échos, mais la chape de la pluie les avait enfermés sous l'éteignoir. Laviolette apparut au tournant de l'escalier à côté du fessier veiné d'agate qui en occupait l'angle. Il aperçut son adjoint les bras écartés et acheva de descendre les marches.

« Tout est vide là-haut, dit-il, mais c'est incroyable ce que c'est vaste cette maison... Vous devriez... »

Il hésitait à donner cet ordre, le temps, là-dehors était de nature à décourager la bonne volonté. Il s'y décida pourtant.

« Mon vieux, je suis navré, mais il va falloir que vous exploriez les dépendances. »

Courtois fit la grimace, puis son visage s'éclaira. Il venait de découvrir contre le jambage de la cheminée un parapluie de berger rouge fané dont il s'empara avec satisfaction.

« Vous vérifierez notamment, dit Laviolette, si la remise qui sert de garage est vide. S'il est sorti, c'est forcément avec sa voiture.

– Il n'aurait pas, objecta Courtois, laissé l'électricité allumée...

– Ça! s'exclama Laviolette. Si vous connaissiez Hélios... C'est un homme qui vit au-dessus de ces contingences.

– N'importe! insista Courtois. Quelqu'un qui tient sa cuisine propre éteint l'électricité quand il s'en va. »

Il tourna le dos à son chef et déploya le parapluie avant même d'être dehors.

« Je vais attraper la crève! se dit Laviolette tout haut. Et si je l'attrape, je ne pourrai plus réfléchir... »

A gauche de la cheminée, un bûcher contenait de la

bourrée sèche et des pommes de pin. Des tronçons d'olivier gris étaient aussi entassés contre le mur.

Laviolette médita quelques instants devant l'important dôme de cendre d'où ne sortait plus aucune fumée. Il toucha du dos de la main les dalles réfractaires. Elles étaient à peine chaudes.

« Il y a plus de trente-six heures, se dit-il, que nul ne s'est plus inquiété de ce feu... »

A l'aide d'un tisonnier, il écrêta le tas de cendre et le touilla jusqu'au fond. Un lit de charbonnille y brasillait encore en un grouillement de vers. Il posa là-dessus quelques pommes de pin et de la bourrée sèche. Au bout de dix secondes, la flamme s'éleva haute et claire. Laviolette garnit le feu avec précaution, évitant de l'étouffer sous trop de combustible. Quand il eut devant lui de belles flammes bien rouges, il avança un siège et se plongea dans ses pensées.

Il oubliait de rouler une cigarette, tant il était aux écoutes de cette maison que pourtant on n'entendait pas respirer; la pluie s'était emparée de tous ses moyens d'expression et son bruyant sans-gêne dominait tout.

« Patron! Patron! »

C'était Courtois qui revenait. Le parapluie rouge ouvert en grand, avec lequel il s'engouffra dans la pièce, avait repris couleur au contact de l'averse. Il s'en débarrassa en le renversant sur le sol. Dans sa main droite, il brandissait devant lui un objet invisible qu'il serrait entre le pouce et l'index.

« Eh bien? demanda Laviolette.

– J'ai trouvé la dodoche! s'exclama Courtois. Elle n'était pas à la remise, mais je l'ai débusquée dans une grange! Entre deux vieux paillers! Dedans, il n'y avait personne. Le moteur était froid.

– Donc il est parti à pied... Ou avec quelqu'un d'autre, dit Laviolette.

– Peut-être! En tout cas, moi, dans la voiture, à la place du conducteur, j'ai trouvé ça!

– Quoi donc? » questionna Laviolette.

Depuis deux ou trois ans déjà Courtois voulait conseiller à son chef de porter des lunettes, mais il n'osait pas.

« Ça! » répéta-t-il.

Et de la main gauche, il s'emparait de cet objet toujours invisible à Laviolette et il le lui présentait à hauteur des yeux entre ses doigts serrés.

« Un cheveu! finit-il par s'exclamer avec désolation. Un cheveu... Tenez-le-moi, s'il vous plaît. »

Laviolette finit par distinguer, entre lui et les flammes de l'âtre, une sorte de fil de la vierge que le feu sournoisement attirait. Mais il n'eut conscience de son existence qu'en le touchant. Sa consistance lui était beaucoup mieux perceptible que sa vue. Courtois sortit un trousseau de sa poche et déroula le minuscule ruban métallique du porte-clés.

« Trente-six centimètres! annonça-t-il admiratif. Un cheveu blond de trente-six centimètres de long, trouvé dans la dodoche d'Hélios, contre le siège du conducteur...

– Dites donc, il a tendance à s'enrouler sur lui-même votre cheveu blond?

– Que voulez-vous il pleut... Il fait baromètre. Mais, si vous n'en voulez pas...

– Que si que si! On va l'expédier au labo. Reprenez-le avant que les flammes l'aspirent. On connaîtra la nature du shampooing avec lequel il a été lavé, le cosmétique qu'il a subi. Par ici il y a beaucoup de petits fabricants de produits biologiques. Si nous avions de la chance... Peut-être même connaîtrions-nous le sexe de celui qui l'a perdu...

– Le sexe?

– Hélas! A notre époque un cheveu de trente-six centimètres peut appartenir à un homme aussi bien qu'à une femme. »

Son regard errait sur la table. Il interrogeait les restes du repas de Sidoine comme un augure consulte le gésier d'un poulet.

Chaque élément de cet en-cas trahissait le caractère d'Hélios : la boîte de *filetti d'alici*, c'était son défi aux diététiciens; l'Opinel à moitié ouvert, un peu terreux, c'était son défi aux biens de ce monde; le pain posé à l'envers, c'était son défi à la superstition; quant au *villeneuve* dans la bonbonne, c'était le symbole fraternel de sa communication avec les hommes de ce pays. Ce n'était peut-être pas le meilleur des vins, mais il venait d'ici.

Laviolette se leva et s'en versa machinalement un verre. Occupé à faire entrer le cheveu dans une enveloppe, Courtois entendit le glouglou du liquide et regarda son chef avec surprise.

« Vous en voulez? demanda Laviolette.

– Dieu garde! Je ne bois que du vin bouché!

– Ah... Vous ne buvez que du vin bouché... Vous savez ce que vous allez faire, Courtois? Vous allez rentrer à Manosque, envoyer le cheveu au labo et alerter toutes les brigades en donnant le signalement d'Hélios.

– Mais... Et vous, patron, comment rentrerez-vous?

– Je reste ici. J'attends Hélios.

– Mais vous allez attraper la crève! Et vous croyez qu'il va rentrer?

– Oui. Il reviendra. Il y a quelque chose de plus important pour lui que de fuir ou d'être arrêté...

– Et quoi donc?

– Ça! dit Laviolette. »

Il désignait au-delà de la porte béante, à peine visible

sous les marronniers, ce grand cube blanc que noyait la pluie.

Quand il fut seul, la maison lui parla. C'était sous le martèlement des eaux, le tambourin solitaire d'une gouttière sous les combles que recueillait un seau de fer. Ce tintamarre secondaire se cristallisait dans l'oreille de Laviolette en une phrase rapide qui se répétait à l'infini et qui insistait lourdement.

Il se secoua : « Le diable t'emporte, se dit-il, toi et tes perceptions extra-sensorielles... »

Néanmoins il se leva pour gravir de nouveau l'escalier. La gouttière résonnait allègrement comme la musique d'un orchestre accompagnant une ballerine.

Les portes de l'étage – comme celles des greniers au-dessus – étaient béantes – depuis toujours semblait-il – sur un salon à billard; sur une salle à manger à meubles de chêne brut. Au bout du large corridor à tommettes, devant la dernière croisée, trônait sur une sellette d'atelier un pot de misère noire dont les stolons cascadaient jusqu'au sol.

Tout à l'heure, Laviolette n'avait jeté qu'un coup d'œil dans la chambre pour y constater l'absence d'Hélios. Cette fois il y pénétra vraiment pour l'examiner. Le lit immense, couvert de peaux de bêtes en était le seul confort, les hautes fenêtres le seul luxe. Les murs étaient nus et blancs. Une chaise paillée tenait lieu de table. Deux livres y reposaient sur leur tranche ouverte, pour marquer une page quelconque. La lampe de chevet flexible vissée au montant du lit était en fer battu.

Seul le paravent chinois, où s'accouplaient de fastueux dragons multicolores à têtes de dignitaire, éclaboussait de sa recherche insolite cette pauvreté hautaine. Ce devait être une pièce unique.

Laviolette en fit le tour. Il abritait un fauteuil paillé avachi et dissimulait une porte basse encastrée dans une étroite embrasure. C'était une porte ancienne directement entée sur la muraille, sans huisserie. Les boucles des paumelles glissèrent sur les gonds en silence, lorsque Laviolette soulevant le loquet en forme de losange, la poussa devant lui.

Elle abritait la faiblesse d'Hélios. Laviolette fut à la fois heureux et navré de découvrir qu'il en eût une.

C'était une salle de bains sans autre miroir qu'une minable glace à trois volets achetée sur quelque foire mais dont la baignoire était creusée dans un seul bloc de granit. La robinetterie – en or – reproduisait à plusieurs exemplaires une dryade enfourchant un sylvain.

Une autre porte faisait vis-à-vis à celle de la chambre. Elle était fermée aussi et commandait la salle à manger. Ses gonds, aussi, étaient silencieux.

Ainsi donc, on fermait seulement ces deux portes dans cette maison transparente. Pouvait-on en déduire que, s'il existait un secret dans la vie d'Hélios, il tenait entre ces deux portes?

Laviolette revint sur ses pas, vers le paravent chinois. D'ici le tambourin de la gouttière couvrait le bruit de la pluie. Laviolette la situait, dans le pivot de la rosace en plâtre qu'il contemplait au plafond. La goutte pianotait son bizarre alphabet morse dans le seau de fer.

Laviolette, en soupirant, se laissa aller dans le fauteuil, derrière le paravent. Quelque chose s'écrasa sous son pied, qu'il prit pour de la boue séchée, mais en se penchant pour vérifier il recueillit quelques fragments charbonneux qui laissèrent des traces sur ses doigts. En se redressant, il frôla le paravent et s'aperçut qu'à cette distance, on voyait à travers celui-ci la pièce comme s'il n'existait pas. On voyait le lit perpendiculaire, la chaise chargée des deux livres ouverts, les deux fenêtres où baissait le jour trempé de pluie.

Il recula. Le paravent redevint opaque. Il y distingua l'envers des motifs à dragon. Il passa de l'autre côté, pour refaire la même expérience, en vain. Ce paravent n'était transparent que sur une seule face.

Soudain, dominant la gouttière et la pluie, le bruit de casserole d'un moteur poussif naquit sous les fenêtres. Laviolette sortit de la chambre et se dirigea vers l'escalier. Un appel éclatait au rez-de-chaussée.

« Hélios! Oh Hélios! »

Quand Laviolette atteignit la première volée d'où on dominait le capharnaüm, il vit planté au milieu de la pièce un personnage en caban jaune qui louchait d'une manière surprenante et qui l'apostrophait :

« Il n'est pas là, Hélios?

– Apparemment non, répondit Laviolette.

– Et alors? Qu'est-ce qu'on fait? »

L'homme louchait de plus belle. Planté sur ses jambes courtes, les mains ouvertes, il attendait de cette rencontre la réponse à toutes ses questions.

« Je ne sais pas, dit Laviolette. Qu'est-ce que vous deviez faire?

– Démolir le moule, pardi, mais soi-disant qu'Hélios devait y être? Soi-disant qu'il a téléphoné au patron lundi pour qu'on soit là aujourd'hui..

– A cette heure-ci?

– Non... A deux heures... Mais on a crevé, à un kilomètre d'ici. La roue de secours était à plat. J'ai envoyé un homme à Forcalquier – à pied! – pour qu'on vienne nous dépanner...

– Vous êtes donc resté sur la route depuis deux heures de l'après-midi?

– A peu près oui.

– Et vous n'avez pas vu Hélios? En voiture ou à pied?

– Non. Il est passé deux voitures en tout. Il a fallu

les guider parce qu'on tenait les deux tiers de la route. Mais Hélios n'était pas dedans... Et à pied? Je n'ai jamais vu Hélios à pied. »

Il louchait avec insistance, s'efforçant de connaître la qualité de son interlocuteur.

« Vous êtes marchand de statues? demanda-t-il.

– Non, répondit Laviolette. Je suis commissaire.

– Ah bon! Eh bien merci. Moi je vais y aller.

– Vous allez commencer ce travail sans lui, par ce temps?

– Oh! C'est pas la première fois. Sûr par ce temps! Il ferait beau voir! J'ai essayé de parler d'intempéries au patron, il m'a demandé si je me foutais de lui... Soi-disant qu'avec le temps qu'on lui a fait perdre par notre négligence... »

Quelqu'un lançait un compresseur dans la tourmente. Bientôt, ce bruit couvrit tout. Laviolette empoigna le parapluie rouge et s'avança.

Cinq hommes en caban attaquaient le cube au pic et au marteau piqueur. Il faisait presque nuit. Sous les marronniers, un éparpillement du vent chassa pour une seconde le tintamarre du compresseur. A trois cents mètres de là, sous la brume soulevée sur les coteaux du Revest surgirent des halliers ployant de neige comme des mimosas chargés de fleurs. Les flocons descendaient sur la pente, chassaient la pluie, se substituaient à elle. Bientôt, les cabans jaunes des ouvriers en furent constellés. Le vent du nord souffla à ras de terre sur les chevilles. Les flocons collants tombaient serrés, gros comme des pièces de cinq francs et d'abord avec la même rapidité que la pluie.

Lorsque la tempête tourna à l'horizontale, giflante, faisant fi des cabans et du parapluie, la nuit se ferma presque aussitôt et ce fut une malédiction de neige, sous laquelle on n'avait plus envie que de fuir.

Le vacarme des marteaux piqueurs couvrait les vociférations de souffrance des hommes sans gants, et qui prenaient les flocons sur la gueule, de face, dans les moustaches.

Les manœuvres chantaient leur chagrin :

« L'importanté c'est la rosa! »

Ils s'encourageaient à coups d'imprécations italiennes :

« Allez forza! Porca putan! »

L'un d'eux bondit au camion pour éclairer la scène car on n'y voyait goutte. Un seul phare s'alluma, l'autre étant hors d'usage.

A cette découverte ils couvrirent d'insultes leur patron qui les laissait dans un tel dénuement. Mais le ballet des barres à mine et des pics ne s'interrompit jamais. Des pans de moule roulaient au sol que les manœuvres jetaient dans la benne du camion. Ils piochaient à petits coups précis dans la matière blanche. C'étaient des spécialistes. Malgré les difficultés de l'heure, ils travaillaient avec précision au centimètre près, riches d'une méthode longuement éprouvée. Pour s'encourager ils criaient de temps à autre :

« Aquéou putan d'Hélios! »

Ça les soulageait. Mais sous la lueur – laquelle d'ailleurs faiblissait étrangement – de l'unique lanterne, commençait de luire sur un coin effrité du moule, une courbe élégante, couleur de fond de mer.

« Porca madona! Aldo! cria l'homme qui louchait. Mets le moteur en marche, sinon on est foutu! La batterie se décharge! » L'un des hommes obéit et tira sur le démarreur. La lueur baissa encore, rougit, faillit s'éteindre. Le moteur renâclait, s'étouffait puis soudain se mit à rugir et le phare se ranima.

Ils poursuivaient leur travail insensé dans cette lueur louche. Tout le dessus du moule s'était effondré, pourtant la clarté sans relief du phare, zébrée par les cordes de neige qui la biffaient horizontalement, ne précisait aucun contour. Ses courbes incertaines fondaient sur le fond noir de la nuit.

Occupé à retenir son parapluie complètement inutile, les pieds glacés dans ses chaussures de ville, Laviolette pourtant écarquillait les yeux. Il avait la conviction intime qu'une grande partie de la vérité résidait dans cet obscur magma qui sortait du néant devant lui en un menaçant accouchement de monstre. Dans un quart d'heure – mais comment allait-il tenir un quart d'heure? – l'explication du mystère surgirait devant lui, peut-être insoutenable au regard.

« Forza! Porca Madona! »

Ces imprécations les aidaient grandement, semblait-il, et Laviolette brûlait de s'y essayer. Il s'avançait jusqu'à se faire bousculer par les hommes, jusqu'à les toucher et pourtant les contours de l'œuvre lui échappaient toujours. Il distinguait seulement une sorte de baleine informe qui plongeait dans le ressac de la tempête. Des rafales de flocons serrés comme des poignées de sable l'aveuglaient.

Soudain, il s'aperçut qu'autour de lui le ballet des cinq hommes se muait en déroute. Le tuyau du compresseur qu'on débranchait lui cingla les pieds. L'air décomprimé fusa hors de la machine et il entendit qu'on la faisait rouler, qu'on l'accrochait au véhicule.

« Approchez le camion : cria-t-il. Eclairez ça! Eclairez ça! »

Mais ils balançaient dans la benne en toute hâte leurs outils divers. Ils lui répondirent quelque chose d'inaudible où il lui sembla comprendre qu'ils reviendraient le lendemain pour finir.

Il leur donna l'ordre de revenir, mais en pure perte. Déjà, ils s'engouffraient dans la cabine avec des regards traqués de lièvres pris au gîte. Le chauffeur embrayait. Les roues chassaient dans les cinq centimètres de neige qui s'amoncelaient déjà. Laviolette se serait jeté devant le capot qu'ils l'eussent, se dit-il, laminé sans pitié tant ils avaient hâte de fuir. En tout cas, il n'essaya pas.

« Porca putan! » leur cria-t-il pour se soulager.

Il était seul, dans une nuit à ne pas distinguer ses pieds, giflé par le déferlement des flocons, les oreilles sifflantes de vent aigre. Là-bas, à plus de vingt mètres, la porte de Bel-Air et sa lumière était à peine visible.

Pourtant il ne s'avoua pas vaincu. A tâtons, il se rapprocha de l'œuvre. Il la toucha. Elle était froide, sentait le métal neuf. Il trébucha sur des contours. Ses mains glissèrent sur des creux déjà comblés de neige. Il en fit le tour complet à deux reprises – ayant fermé le parapluie qu'il planta dans la neige et qui y resta – mais il ne possédait pas le sens tactile d'un aveugle. Il ne put rien déduire de ses tâtonnements. Il lui sembla seulement qu'à un moment quelconque, il avait caressé une chevelure d'airain.

Vaincu par le froid aux pieds, il regagna péniblement la maison, sans parapluie, couvert de neige comme un bonhomme. La vue de l'âtre lui rendit courage. Il s'élança comme un chien de chasse pour se débarrasser de la neige et s'empara d'une brassée de bourrée qu'il jeta sur les bûches dolentes. A la grande flamme qui s'éleva, il s'exposa en tournant comme un derviche. Il avait besoin de quelque chose de fort, mais à défaut, il se versa un verre de *villeneuve*.

Dans la hauteur du conduit de la cheminée, le feulement du vent vibrait comme une corde de contrebasse. Parfois, un flocon esquivant les flammes descendait jusqu'au brasier et chuintait en s'évaporant sur la braise.

Laviolette se tourna vers la table et machinalement

remit le pain à l'endroit. Le pain, la boîte d'anchois, le gruyère et l'Opinel... Cette consolation, à portée de la main, le tenta. Il commença sans conviction à tartiner un anchois sur le pain dur.

Il mâchait pensivement depuis quelques minutes cette nourriture de poseur de voie, lorsqu'un faisceau de phares tamisé par la neige balaya les carreaux des fenêtres. Une portière claqua. Le juge Chabrand surgit de la nuit et s'avança vers l'âtre.

« Il faut vous aimer pour venir par ce temps-ci, s'exclama-t-il. On n'y voit pas à dix mètres. Même avec mes pneus cloutés, j'ai failli me planter dans le Béveron! Et j'ai croisé un camion! Borgne! Et en plein virage!

– Venez! s'exclama Laviolette. Il faut absolument que je voie! »

Abandonnant sa tartine sur la table, il entraîna le juge au-dehors.

« Voir quoi? s'exclama le juge. Vous pouvez voir quelque chose, vous? Regardez! »

La tempête cinglait comme une lanière de fouet. Dès qu'on risquait un pied au-dehors, elle vous crachait à la figure. Ça n'était pas qu'il tombât beaucoup de neige, mais c'était la vitesse du vent qui lui imprimait sa hargne. Laviolette n'écouta même pas le juge, il s'élança et celui-ci fut bien contraint de l'éclairer. Le vent avait accumulé les flocons contre le groupe de bronze et on ne distinguait de lui qu'une masse aux contours fondus.

Laviolette s'obstinait pourtant. Enfonçant jusqu'aux chevilles dans la neige, il essayait, à grands revers de gant, de balayer celle qui s'était agglutinée sur le bronze, mais la couche avait durci. Elle résistait.

« Vous êtes absolument déraisonnable! » grondait le juge qui s'escrimait à côté de lui, avec une efficacité d'intellectuel. « Il faudrait au moins un outil ! » criait-il avec désespoir.

A eux deux, en un laps de temps qui leur parut mortellement long, ils réussirent à déblayer un espace de cinquante centimètres, mais cela ne leur permit de découvrir qu'un avant-bras d'airain qui s'incurvait vers le douillet manteau de neige sous lequel il dormait.

Ils étaient essoufflés et transis et le juge n'y tint plus.

« Vous allez me foutre ma batterie à plat ! s'exclama-t-il. Nous serons jolis ! Et vous allez attraper la crève ! Voyons ! A votre âge ! »

Il le ramena presque de force vers l'âtre où il jeta des branches sèches. Laviolette s'affala dans un fauteuil paillé.

« Qu'est-ce que vous êtes venu foutre ? grogna-t-il.

– Vous assister », dit le juge.

Il était drapé dans son carrick enfin devenu tel qu'il le souhaitait : vert olive à force d'usure. Il observait curieusement Laviolette avec une pointe de tendresse dans ses lunettes où brillait le reflet des flammes.

« Dites donc ! On ne pourrait pas essayer de fermer les battants de cette porte ?

– Ils sont ouverts depuis trop longtemps. Ils sont coincés. Vous avez vu Courtois ?

– Je l'ai vu. Nous avons diffusé un avis de recherche concernant Hélios sur tout le territoire, mais, grâce à votre magnanimité, il a au moins trente-six heures d'avance sur nous... Néanmoins, on ne devrait pas tarder à mettre la main dessus.

– On ne devrait pas tarder, répéta Laviolette pensivement. Et le cheveu ? »

Le juge ne répondit pas tout de suite. Laviolette lui avait fait le coup assez souvent pour qu'il ne fût pas fâché, à son tour, de garder par-devers soi une observation capitale qu'il croyait avoir faite.

– On l'a envoyé au labo, dit-il enfin.

– Vous auriez pu tranquillement vous coucher, grogna Laviolette.

– Ouais... J'aurais pu. Mais figurez-vous que tout seul, dans mon cabinet de ce palais sans âme, je me suis dit que l'assassin détenait encore une dizaine de capsules. Je me suis dit aussi qu'avec votre manie de découvrir la vérité malgré vous, si vous tombiez – par hasard! – sur le pot aux roses, le meurtrier ne vous ferait pas de quartier...

– Merci, dit Laviolette amèrement, pour toutes ces gentillesses. »

Chabrand tira de sa poche un élégant étui et vint le lui présenter.

– Ne vous effrayez pas, dit-il, ce sont quand même des Gauloises sans filtre. Je vois que vous n'avez même pas le courage d'en rouler une... Prenez, ça vaudra mieux que rien... »

Il en prit une lui aussi et tendit au commissaire la flamme de son briquet.

« Vous fumez à nouveau? demanda Laviolette.

– Oui... répondit le juge pensivement, depuis...

– Depuis quand?

– Quelques jours... » acheva Chabrand.

Ils restèrent chacun dans leur fauteuil, les pieds au feu, engoncés dans leurs lourds manteaux, les mains gantées. Les courants d'air claquaient du haut en bas de l'édifice avec des soupirs d'âme en peine. Dans leurs dos, le froid était coupant comme une lame d'épée. Parfois, s'ils se retournaient pour présenter leur échine au feu, ils apercevaient des flocons égarés, pulsant comme des insectes blancs et qui finissaient par glisser invisibles sur le marbre froid des femmes tronquées. Vers dix heures, le lustre s'éteignit.

« Voilà autre chose! dit Chabrand.

– Bof! soupira Laviolette, pour ce qu'il y a à voir... »

Les flammes de l'âtre creusaient leurs visages; leur faisaient des méplats inquiétants. Ils se recroquevillaient sous le froid et pourtant, ils s'endormirent.

Etait-ce le glas? Etait-ce le tocsin? Ils étaient raides d'étonnement dans leur fauteuil, tous deux sur le qui-vive et s'efforçant de se distinguer dans l'ombre. Le feu ne faisait plus de flammes. Il rougeoyait. Le bout des tisons commençait à faner.

« Vous entendez? » dit le juge.

Ils se précipitèrent tous deux jusqu'au seuil.

Le vent soufflait plein nord. Il gelait à pierre fendre. Sur le ciel nettoyé comme par une serpillière, les constellations étaient repoussées devant la nuit, telles qu'on les figure dans les livres d'enfant.

Là-bas, à vingt mètres, sous les marronniers, dans l'aveuglante clarté de projecteurs à lumière blanche, une forme imprécise encore se démenait. Ses bras se levaient, s'abaissaient et à chacun de ces mouvements répondait ce gong d'airain qui sonnait comme un glas.

Ils se jetèrent en avant, dérapant sur la neige dure. Le juge saisit le poignet qui tenait un marteau de carrier. Laviolette ceintura la forme. C'était un corps de femme qui lui glissait entre les mains, robuste, doué d'une force peu commune qui lui distribuait des coups de genou, des coups de pied, tentait de lui échapper en criant des choses folles. Le juge avait réussi à la dessaisir du marteau et à le jeter au loin, mais l'inconnue luttait avec l'énergie du désespoir et chaque fois que, à coups de pied, à coup d'ongles, elle réussissait à desserrer leur étreinte, elle n'en profitait pas pour fuir mais revenait obstinément à son objectif et se meurtrissait les poings à force de frapper dessus à mains nues.

Cet objectif, c'était une figure de bronze trois fois grande comme son visage de femme et que les coups de marteau semblaient ne pas avoir effleurée. L'inconnue l'avait exhumée de la neige grâce à une pelle de terrassier qui gisait là et c'était là-dessus que tout à l'heure, elle frappait à coups redoublés.

Mais on n'écrase pas avec la même facilité une figure d'airain qu'un visage de chair, surtout lorsque cette figure est le reflet d'un rêve.

Laviolette avait réussi à lui passer la paire de menottes rouillée, oubliée depuis si longtemps au fond de sa poche qu'il en jouait comme d'un trousseau de clés. Mais, pour faire pénétrer l'inconnue à l'intérieur de la maison, ils durent la transporter à bras-le-corps. Ils récoltèrent encore des coups de pied dans cet exercice. Enfin, ils réussirent à l'asseoir dans un fauteuil, devant l'âtre.

Ses phalanges étaient écorchées. Elle était pâle et n'avait plus de lèvres à force de les serrer. Pendant que Chabrand la maintenait encore, Laviolette jeta de nouvelles bûches dans l'âtre et ce qui restait de la bourrée pour faire une bonne flambée.

La flamme soudain éclaira de face tous les traits de l'inconnue. Elle tenta de détourner la tête.

« A quoi bon? dit Laviolette qui fourrageait le feu sans la regarder, nous vous connaissons. Vous êtes la veuve de Paterne Lafaurie...

– Oui... dit-elle à voix basse. Je suis Fabienne Lafaurie. »

Et elle se mit à pleurer en silence.

Ils firent silence. Elle frissonnait. Pendant que Laviolette s'occupait de faire un feu d'enfer, le juge avait allumé une lampe à pétrole qui trônait solitaire sur la tablette de la cheminée et il était allé fureter dans la cuisine. Il en ramenait une bouteille de cognac dont il remplit au tiers un verre à pastilles.

Laviolette fit jouer la clé des menottes et les escamota au fond de sa poche.

« Pardonnez-moi... dit-il, mais il fallait bien vous empêcher de vous briser les poignets. C'est dur le bronze, vous savez...

– Buvez ça ! » commanda le juge en lui tendant le verre.

Elle s'en empara avidement et le porta à ses lèvres.

Ses mains tremblaient encore.

« Vous vous êtes fait mal ? dit le juge.

– Je ne sens rien », répondit-elle.

Elle regardait le feu fixement de ses yeux pervenche. C'était une belle femme tranquille qui promenait la tentation de sa chair sous une si svelte apparence que d'abord on n'en prenait pas conscience. C'était une beauté disciplinée, attentive à ne pas donner prise, modeste par nécessité, comme si la sensualité contenue qui se dégageait inconsciemment de ses formes pouvait lui nuire plus que lui servir.

« Je ne sens plus rien, souffla-t-elle. Je suis morte. Je suis morte depuis trois mois.

– Pourtant vous avez froid », dit Laviolette.

Il se souvint des fourrures sur le lit de Sidoine; s'emparant de la lampe, il monta à l'étage et en ramena deux qu'il drapa sur Fabienne. Elle se laissa faire docilement.

« Vous les avez prises, dit-elle, dans la chambre de Sidoine...

– Oui... » répondit Laviolette surpris.

Alors, elle porta à son visage un coin de cette fourrure et s'y caressa doucement la joue.

Ils se turent tous les trois un grand moment. Autour de Bel-Air, le gel appuyait sur le silence pour le souder.

Fabienne buvait son cognac à petits coups. Elle dévisageait alternativement ces deux hommes dont l'expression n'était qu'interrogation. Ils étaient à l'affût de ses moindres paroles.

Laviolette essayait de faire coïncider les traits de cette blonde avec le visage de bronze en fer de lance au nez effilé comme un poignard de chair, qu'il avait aperçu dans la nuit tout à l'heure, trois fois grand comme une tête de femme réelle. Mais ni la bouche large de Fabienne, trait dominant de son signalement, ni son nez impertinent – seul signe de finesse sensuelle que sa modestie ne pût dissimuler – ne se juxtaposaient apparemment avec ce fragment d'un ensemble perdu sous la neige et qu'il avait eu à peine le temps d'entrevoir. La vérité lui apparut toute banale et il l'exprima aussi simplement.

« Ce n'était pas votre image, n'est-ce pas madame, que vous tentiez de détruire tout à l'heure?

– Non ce n'était pas la mienne.
– Aviez-vous fait erreur?
– Non. Je n'avais pas fait erreur.
– Madame, dit le juge, vous n'êtes pas obligée de parler. Je tiens à vous le souligner. »

Il était retranché dans le noir. On ne voyait briller que ses lunettes. Elle le contempla avec un triste sourire.

« Ce sera donc vous qui m'entendrez, dit-elle, c'est curieux... Il y a très longtemps que j'ai envie de parler de moi, mais je ne savais pas comment le faire ni surtout devant qui...

– Prenez votre temps, madame, dit Laviolette, nous sommes tout ouïes et nous avons les idées larges.

– Ce n'est pas la première fois sûrement que vous entendez une histoire aussi banale; mais j'ai été mariée à dix-sept ans et j'ai commencé à vivre à trente-six, il y a... six mois... Mais n'allez pas croire que c'était difficile de ne pas vivre. Je ne voyais mourir autour de moi que des femmes qui n'avaient pas vécu : ma mère, mes tantes... Je pensais que c'était le sort commun. Et c'était dérisoire parce que pendant tout ce temps, je vieillissais à côté de cet être qui aurait pu combler ce vide... C'était une drôle de vie que la nôtre : toujours en fête. Les gens nous enviaient : “ Les Lafaurie, les Dardoire, les Armoise et le comte, ils sont toujours en bringue et toujours avec ce sculpteur de chèvres. ” Ces cinq hommes, amis d'enfance, faisaient comme si tout le reste n'existait pas : ni femme ni enfants ni le temps écoulé. Ils sautaient d'une frairie à l'autre. Et nous étions quatre femmes qui suivions, quatre femmes sur leurs gardes, essayant d'agir comme si elles avaient été aussi amies d'enfance. Les recettes de cuisine volaient entre nous et les prouesses intellectuelles de nos enfants... Et pourtant... Si nous avions crevé cette enveloppe... Nous étions toutes quatre d'une catégorie en voie de disparition : des filles à dot. Avec nous, nos maris avaient joint l'utile et l'agréable. Nous étions des femmes sérieuses. Et je me disais : “ Mais voyons? Est-ce que je ne vaux pas mieux que ces stupidités? ” Pourtant, il y avait une lueur dans ce tunnel, c'était Hélios. J'avais fini par comprendre qu'il respirait plus haut que nos maris. Je le surprenais parfois qui les regardait avec commisération, parler de leurs bagnoles... »

Elle prononça ce dernier mot avec un accent qui contenait vingt ans de mépris.

« J'étais attirée vers lui... J'aurais voulu lui parler, mais il se dérobait. D'ailleurs, les quatre autres se méfiaient de lui. Et pourtant, il était laid...

– Il était laid, souligna le juge.

– Enfin... Il avait la poitrine creuse... Avec sa tête haut perchée sur ses épaules étroites, il ressemblait à un vautour. Parfois il s'en allait pour six mois, à cause de ses expositions. Il nous montrait des photos au retour. Il était vautré, avec sa laideur, au milieu d'un plateau de filles superbes... Sidoine, c'était la fenêtre ouverte... »

Elle se tut. Sa tête se frottait sensuellement contre les peaux de bêtes.

« On ne prend pas conscience de sa propre misère, reprit-elle, parce qu'on se dit : “ La faim, la guerre, la maladie, qu'est-ce que c'est, à côté de ton pauvre petit cas? Tu ne vas pas ennuyer tout le monde avec ça? ” Et puis un jour – c'était à Larche – j'étais penchée sur le pont d'un torrent. Je regardais l'eau vertigineuse. Et puis tout d'un coup, elle est devenue immobile et c'est le pont qui s'est mis à fuir en arrière avec une incroyable vitesse et moi dessus, comme un fétu de paille, mais *seule.* »

Elle laissa s'éteindre ce dernier mot comme si depuis

ce temps, elle n'avait pas encore fini de le considérer avec stupeur.

« C'est ce jour-là, reprit-elle que j'ai décidé de prendre soin de moi, de ma propre volonté, quinze ans trop tard... Ce n'est pas vrai : le destin ne vient jamais vous chercher...

– Hermerance... murmura Laviolette l'air absent.

– Oh Hermerance! » s'exclama Fabienne.

Elle leva les yeux au plafond et secoua sa chevelure comme une crinière.

« Hermerance c'était toujours pareil. " Et non ma belle, que voulez-vous que je vous dise? Je n'ai jamais vu un avenir si tranquille! Santé, prospérité... Un beau roi de cœur... " Ça c'était Paterne. Elle me le décrivait avec précision. Je la soupçonnais d'être payée pour ne voir que lui! »

Elle tendit son verre pour avoir encore un peu de cognac. Mais à peine prit-elle le temps de l'avaler, tant elle était pressée de parler. Les mots coulaient d'elle, se précipitaient en avalanche, retenus depuis trop longtemps, en vue, peut-être, d'un plaidoyer devant une cour éternelle.

« Le lendemain même, j'ai pris la route de Bel-Air... Quand je suis arrivée, Sidoine n'était pas dans son capharnaüm. Enfin, il n'était pas ici », se reprit-elle.

Elle jeta vers l'ombre totale où ne se distinguaient même plus les statues tronquées un regard de panique.

« Vous ne l'entendez pas? s'exclama-t-elle. Il me semble qu'il me répond.

– Personne ne vous répond, dit le juge, c'est le vent dans la cheminée. Et le cognac. Je ferais peut-être bien... »

Il avança la main.

« Non! s'écria-t-elle. Laissez-le-moi. C'est comme

une bouillotte sur ma poitrine... Enfin, ce soir-là, je l'ai appelé et il m'a aussi répondu, de là-haut... »

D'un mouvement de tête, elle désignait la volée de l'escalier.

« Il m'a crié de monter... Toutes les portes étaient ouvertes, sauf celle derrière laquelle il parlait. Elle était seulement entrebâillée. J'ai poussé le battant... Le poêle ronflait... Les marronniers au-delà des fenêtres étaient en désordre sous le vent... – Je vous décris ce que j'ai vu d'abord. Sidoine, assis en tailleur au milieu du lit, crayonnait sur un carton rigide. J'entendais le grincement du fusain. Debout sur le parquet, une femme nue me tournait le dos. Elle tenait un violon et son archet au bout de sa main, comme si elle s'apprêtait à le ramener sous le menton. Elle avait – encore une fois je vous dis ce que j'ai vu d'abord – elle avait d'adorables fossettes au creux des reins. A cet instant, elle s'est retournée et je l'ai reconnue... »

Il semblait que le nom qu'elle voulait prononcer mourait au bord de ses lèvres. Le juge tendait l'oreille. Il perçut « Elvire », à peine chuchoté.

Il s'éclaircit la gorge.

« Il s'agit, dit-il, de l'épouse décédée de Félicien Dardoire, notre deuxième victime, laquelle épouse, si mes souvenirs sont exacts, s'est tuée en voiture – n'est-ce pas madame? – voici près de trois mois?

– Voici près de trois mois, répéta Fabienne. C'était hier... Mais, je crois que je l'ai reconnue comme quelqu'un que jusque-là, on rencontrait déguisé. Déguisée justement en épouse de Félicien Dardoire, fière de ses adorables enfants, douze et quinze ans... D'ordinaire, elle serrait ses cheveux noirs dans un chignon... D'ordinaire, elle se faisait un visage lavé au savon de Marseille. Je me demandais toujours comment il résistait... Elle me considérait avec un sourire... effronté.

“ Eh oui, ma chère, c’est moi! m’a-t-elle dit. Sidoine a prétendu que j’étais assez belle pour faire un marbre, j’ai eu la faiblesse de le croire... ”

« Quand elle a reconnu votre voix, a poursuivi Sidoine, elle voulait se vêtir, mais je l’en ai dissuadée... Eh! va donc un peu d’imprévu! comme dit le père Gide. Alors Elvire m’a demandé : “ choquée? ” Et j’ai répondu “ non ”, sans réfléchir. Elle effleurait mes sourcils du bout de son archet et elle disait : “ Auriez-vous enfin compris? Vous y auriez mis le temps... ” Et elle s’est mise à se rhabiller négligemment devant moi... »

La voix de Fabienne se cassa soudain.

« Elle enfilait son manteau et chaussait ses escarpins en même temps, sans y toucher. Et, pour garder son équilibre, elle appuyait sa main sur mon épaule. Je ne sais pas l’effet que lui a fait mon regard. Elle s’est détournée de moi pour apostropher Sidoine : “ Croyez-vous que je sois gaie parce que je suis désinvolte? Détrompez-vous! Je suis triste à mourir. Je rentre et je voudrais rester. ”

« Je la suivis dans le couloir... Pourquoi? Je venais d’arriver pour me réconforter auprès de Sidoine et j’avais fait trente kilomètres pour ça, je ne pouvais pas déjà vouloir partir... Et pourtant j’étais derrière Elvire comme happée par son sillage... A la lettre : *je ne comprenais pas ce que j’éprouvais.* Immobile au tournant de l’escalier, je contemplais sa démarche. Et derrière moi – je le savais – Sidoine m’observait attentivement... J’avais la gorge sèche. Ma voix pour lui dire au revoir s’était frayé passage je ne sais comment. Je doute qu’elle ait passé mes lèvres. Elvire est partie... J’ai entendu démarrer sa voiture... J’étais debout à savourer – oui à savourer – cette sensation de vide, quand Sidoine s’est porté à ma hauteur pour me chuchoter :

“ Voulez-vous que je vous dise ce que vous éprouvez? ” J’ai crié “ Non ” mais j’ai quand même entendu son chuchotement persuasif. Il m’a dit : “ Vous la désirez. ” J’ai répondu “ Vous êtes fou! ” comme aurait fait n’importe quelle femme. Seulement les paroles de Sidoine avaient créé une image visible – que je pouvais me dissimuler tant que c’était de l’inexprimé – une image visible... Sidoine tournait autour de moi comme un lutin. “ Mais si! disait-il. La nature est prodigue! Elle vous attend où vous ne l’attendez pas! Votre morale est à foutre à la poubelle! Et rappelez-vous la parole de l’Evangile : Il est plus tard que vous ne pensez! Plus tard! Beaucoup plus tard! ” Il m’a entraînée vers la bibliothèque. Il la contemplait du regard, de haut en bas, avec désespoir. Il se tordait les mains : “ S’il y avait au moins là-dedans quelque chose d’assez puissant pour vous convaincre! ” Et c’est là que, pris d’une inspiration subite, il a tiré ce petit livre et qu’il me l’a tendu. “ Tenez! m’a-t-il dit, c’est très imparfait, mais vous avez encore l’âge de vous enivrer avec ça! Prenez-le et, je vous en prie, revenez-moi consciente! ”

« Il me raccompagnait et ses mains, qui ne me touchaient pas, dessinaient autour de moi – presque en tremblant – les contours d’un corps, le mien, mais que je ne reconnaissais pas au centre de ses gestes. »

Elle s’arrêta, resserra frileusement ses fourrures, s’humecta les lèvres avec son cognac et promena son nez sensuel au-dessus du verre grossier. Elle les regarda tour à tour.

« Je voudrais... » dit-elle.

Chabrand se leva et lui ouvrit son étui à cigarettes.

« Oui, dit-elle avec satisfaction... Merci : c’est ça que je voulais. »

Elle aspira quelques bouffées à la suite. On entendait l’écume d’une bûche qui cuisait doucement.

« Croyez-vous que je ne me sois pas crue folle? Mais si! Je ne me suis pas rendue à l'évidence sans lutter... Et elle, croyez-vous qu'elle ne luttait pas? Nous avons lutté avec l'énergie du désespoir et finalement, sans aucune raison valable... Jusqu'à ce jour du Revest-des-Dames où le destin nous a remis face à face et où nous avons osé nous dévisager jusqu'à ce que notre regard nous amène à...

– Elvire, dit Laviolette en lui coupant la parole, a conservé de ce soir-là un bouchon de champagne. Elle a aussi écrit une lettre à votre intention, que vous n'avez jamais reçue...

– C'est ce soir-là, pendant qu'on nous passait notre vestiaire, que j'ai osé lui glisser le livre. Je l'avais toujours sur moi – il est si petit... Je lui ai murmuré à l'oreille. " Je vous prête ce livre. J'y ai souligné quelque chose. " Mes gestes étaient si mal assurés que j'ai raté la poche. Elle s'est baissée vivement et l'a ramassé sans répondre. Et à son tour elle m'a présenté mon manteau et quand elle l'a fait glisser sur mes épaules, son souffle a effleuré ma nuque et elle a chuchoté : " J'irai vendredi soir chez Hélios. "

– Quelqu'un vous a-t-il vu lui remettre ce livre? demanda le juge.

– Vous devez bien le savoir, dit-elle, si quelqu'un m'a vue... »

Elle se leva, rejeta ses fourrures et se saisissant de la lampe à pétrole, elle marcha sans hésiter vers la statue à fossettes devant quoi Laviolette avait tant médité. Fabienne l'éclaira, la lampe haute. Les deux hommes l'avaient suivie pas à pas.

« Je n'arrive pas à croire, gémit-elle, que tout ce qui reste d'elle c'est ça... »

Elle avança la main vers le marbre.

« Il y a trois nuits, reprit-elle, je suis venue ici et j'ai pleuré contre cette froide reproduction. Dieu que c'était froid!

– Venez! dit Laviolette. Retournons près du feu... »

Elle se laissa guider docilement. Chabrand lui prit la lampe des mains. Ils la réinstallèrent avec des soins infinis, en retenant leur souffle. L'essentiel lui restait encore à dire. Tout le mystère était encore derrière son front. Il fallait se faire oublier. On lui versa encore deux doigts de cognac parce qu'elle tendait son verre et elle se remit à parler.

« J'essayais de faire cadrer son nouveau visage avec celui que j'avais connu d'elle depuis quinze ans, quand nous parlions de nos enfants et de nos confitures. En vain... L'ancienne Elvire s'était évanouie. Et la nouvelle, ce vendredi-là, il aurait fallu qu'un abîme s'ouvre autour de Bel-Air pour m'empêcher de la rejoindre. Mais croyez-vous que j'y allais joyeusement?... Je respirais la bouche ouverte. J'étais vide, les jambes en coton... Elle était là, déjà, quand j'entrai. Elle parlait avec Sidoine. Quand elle m'a vue, elle s'est vivement détournée comme pour fuir. Mais Sidoine la tenait par le poignet. Il me l'a littéralement amenée. Et il m'a pris par la main... Vous n'avez jamais éprouvé le contact de ses doigts? Tout ce qui était rétif en moi s'est instantanément calmé. Il nous chuchotait : " Voyons! Ce n'est pas vers une tragédie que vous allez, c'est vers une découverte. Vous allez vous découvrir l'une l'autre... Quand vous sortirez de là, vous serez illuminées, vous retrouverez toutes vos contraintes avec une incroyable légèreté... " »

Elle frissonna et garda le silence pendant près d'une minute. Ils comprirent qu'elle était en train de tirer une morte du néant et de la faire revivre sur ces fourrures qu'elle caressait de sa joue.

« Il se trompait, reprit-elle, et c'était nous qui avions raison d'avoir peur... Nous marchions vers l'enfer et nous y marchions tous les trois... Il nous a fait gravir l'escalier, entre nous, nous tenant chacune par la main. Il nous parlait doucement, comme à des chevaux effrayés par des ombres... Il nous a fait entrer dans sa chambre. Il avait fait du feu. Il avait acheté des peaux de bête que je ne parvenais pas à identifier, mais qui étaient divinement douces au contact. Il nous a dit : " Maintenant je ne peux plus rien pour vous " et il est parti...

– Non, dit Laviolette, il n'est pas parti... Il a fait semblant. Il est entré de nouveau sans bruit, derrière son paravent chinois avec son carnet à dessin.

– Oui, souffla Fabienne, c'est ce qu'il a fait. Pas en une seule fois sans doute ni peut-être la première... Nous avons ressenti une telle solitude, une telle sécurité... On dit que les heures de bonheur passent vite, au contraire, elles paraissent divinement longues... »

Elle se reprit à écouter le silence comme pour y capter encore ces instants que la maison avait gardés en ses murailles épaisses.

« Ça a duré jusqu'à leur dernière beuverie et au premier lièvre qu'ils ont tiré, dit-elle. Ce devait être vers le 3 octobre. Ils sont venus le faire cuire ici! »

Son index tendu vers l'âtre y désignait l'endroit précis où le poêlon de terre cuite avait été, cette nuit-là, encerclé par les braises.

« C'était la seule cheminée assez grande... J'ignore ce qu'ils ont bu à cinq... Vous pensez, le premier lièvre! Il devait être copieusement arrosé... Quand ils avaient bu, ils évoquaient les femmes. Ils se racontaient leurs exploits. Nos maris avaient le vin triste. A chaque réunion, entre hommes, ils se laissaient aller à parler de notre froideur. Et c'était ce leitmotiv obstiné qui avait fait réfléchir Sidoine sur notre cas... Ce soir-là ils ont recommencé mais Hélios avait trop bu. Il en avait assez de les entendre. Il a éclaté de rire et il leur a crié : " Froides! Pas avec moi! Vous allez voir! Vous allez voir! " Il a bondi dans l'escalier. Il était tellement ivre qu'il le montait à quatre pattes. Il a rapporté les dessins... »

Elle se voila la face.

« Ce devait être terrible! s'écria-t-elle en secouant sa chevelure. C'était nous! Nous telles que nous étions et telles que son imagination nous voyait! Tous ses repentirs, toutes ses réussites! En vrac! Ils ont voulu le tuer. Ils n'y ont pas réussi. Ils n'ont même pas réussi à lui reprendre ses croquis. Ils étaient tous trop ivres...

– Mais comment diable, dit le juge, savez-vous cela? Vous n'y étiez pas...

– Paterne me l'a raconté le lendemain, devant Léone. Je le vois encore... Il était à peine plus cramoisi que d'habitude. Il mangeait en silence, mais soudain il m'a dévisagée avec haine. Il a dit : " Léone! Ta mère est une... " J'ai posé ma fourchette. J'allais répondre, je ne sais plus quoi d'ailleurs. Au bout de ces quelques mots j'entrevoyais la liberté. Mais Léone m'a devancée. Elle l'a fixé dans les yeux et elle lui a répondu : " Et alors? " " Non mais, a-t-il dit, attends! Tu ne sais pas ce que c'est! Je vais t'expliquer! " Léone s'est levée. Il lui a ordonné de se rasseoir. Et c'est là qu'il nous a raconté sa soirée. Et c'est là que j'ai appris ce que Sidoine avait voulu de nous. Le jouet que nous avions été... »

Un grand soupir lui souleva la poitrine. Elle rejeta ses cheveux en arrière.

« A partir de là... Ça a été l'enfer. Elvire m'a téléphoné le lendemain pour me dire que nous ne devions plus nous voir. J'ai crié pourquoi, si fort que Léone est sortie de sa chambre. Elle m'a répondu :

“ Mes enfants! Mon Dieu s’ils savaient! Mon Dieu on va me les enlever : Non! Je t’en supplie! Ne nous voyons plus! ” Mais ça n’a servi à rien. Ils la traquaient. Dardoire la menaçait de tout révéler à ses enfants si elle ne lui cédait pas toutes ses parts sur les cent hectares de V.D.Q.S. Quant à Chantesprit, il avait tout de suite compris. Elvire avait de la fortune personnelle et des espérances. Il a volé un dessin à Sidoine. Il l’a montré à Elvire. Il lui a dit qu’il en tirerait des photos pour les envoyer à ses enfants... Elle me téléphonait tout ça... Dardoire l’expédiait chez Armoise pour que celui-ci explique ce qu’il attendait d’elle. Celui-là, tout bossu qu’il soit, il n’en croyait pas ses yeux de cette femme “ gaspillée ”, disait-il. Il lui disait : “ Avec moi, vous verrez! ça ne sera pas pareil! Sois à moi et je m’arrange pour que Dardoire soit dans ses torts et que tu gardes tes enfants. ” Elle n’entendait plus que ça : rapport à vos enfants! Songe à tes enfants! Dieu garde si tes enfants savaient! »

Fabienne s’arrêta, tendit impérativement son verre et quand Chabrand l’eut servi, le but d’un trait.

« Un jour, dit-elle, elle venait à ma rencontre dans la Grand-Rue. Elle a rebroussé chemin... Elle était méconnaissable. Elle avait maigri, paraissait hagarde. Le soir elle m’a téléphoné. »

De grosses larmes roulaient sur ses belles joues.

« Et votre mari? dit Laviolette.

– Il me ménageait. Il avait entrepris une grosse plantation. Pour deux mois encore il avait besoin de mon aval au Crédit Agricole. Mais... Comment dire? Dans sa hargne, il triomphait, parfois il se frottait les mains... J’avais l’impression, trompeuse, que les choses allaient se tasser quand un soir, j’ai reçu un dernier coup de téléphone d’Elvire. Elle m’a dit : “ Je vais me tuer! ” Puis elle a ajouté : “ Je reviens de chez Sidoine.

Je lui ai dit que s'il me rendait les croquis j'étais à lui s'il le voulait. Il m'a ri au nez. Je ne peux plus! il m'a dit. Et même je pourrais! J'en ai besoin pour mon chef-d'œuvre. Elvire tu vas être immortelle! Et Fabienne aussi! Tu as vu si vos visages sont ressemblants sur cette esquisse? Eh bien ils le seront encore plus dans ce bronze que je prépare. Je rassemblerai vos traits! – Oui, tu entends Fabienne? Il m'a dit ça : je rassemblerai vos traits! Fabienne je t'en supplie ne le laisse pas faire! Tue-le! Toi qui es forte!"

« Trois jours après, elle a jeté sa voiture dans le ravin en descendant le col des Garcinets. A cet endroit, elle ne risquait pas de se rater... »

Ils voulurent l'interrompre, poser une question, mais elle ne reprit pas son souffle.

« Alors, il y a deux nuits, je suis venue ici. Je voulais supplier Sidoine de détruire son œuvre... Je me serais traînée à ses pieds, je serais devenue son esclave.

– Et s'il n'avait pas consenti? » dit le juge.

Elle baissa la tête.

« Oui. Je l'aurais tué. Je crois que je l'aurais tué... Mais il n'était pas là. Alors je suis revenue ce soir... Je ne sais pas comment je suis arrivée ici... La route est une patinoire... J'avais pris un marteau... Je vous assure que si j'avais trouvé Sidoine, je l'aurais tué... Alors, en arrivant, mes phares ont éclairé cette chose couverte de neige... On n'en distinguait pas les contours, mais je savais... Je n'ai pas réfléchi... Je n'ai pas vu votre voiture. J'étais obsédée par la dernière volonté d'Elvire, mais maintenant le mal était irréparable : sur ce bronze tout le monde bientôt – y compris ses enfants – pourrait contempler ses traits. Alors j'ai pris le marteau, j'ai dégagé de la neige le visage d'Elvire et j'ai frappé j'ai frappé j'ai frappé...

– En somme... soupira Laviolette puisque vous l'aimiez... Puisque vous vouliez la venger, respecter ses dernières volontés... Vous aviez donc toutes les raisons du monde pour les tuer tous...

– Toutes! » s'exclama-t-elle farouchement.

Soudain l'électricité se ralluma. Ils découvrirent alors leurs nouveaux visages soudés désormais en une complicité apparente sur leurs traits et qu'ils ne pourraient jamais plus effacer.

« Et pourtant, murmura-t-elle, je ne l'ai pas fait. Je n'ai pas pu le faire.

– Comment, vous n'avez pas pu le faire? »

Elle secoua la tête.

« Non. Je n'ai pas pu. J'ai encore quelque chose à vous dire... Mais donnez-moi une autre cigarette. »

Chabrand s'exécuta.

« Voici... dit Fabienne. La veille de la mort de mon époux, Dardoire est venu à la maison. Il n'avait pas sa voiture habituelle. Il pilotait une Méhari. Nous venions de finir de déjeuner. Il a appelé Paterne de loin. Il soufflait, il était rouge... Tout de suite Dardoire a dit : " Paterne! Je ne fais que passer. Il faut que je te parle mais en vitesse. J'ai dans le vide-poches de ma voiture vingt-cinq capsules pour les nuisibles que je dois porter au garde adjoint. Elles me brûlent les doigts! Si jamais... " Je n'ai pas entendu la suite. Mon époux l'a tout de suite attiré dans son bureau et moi je suis revenue dans la salle de séjour pour desservir... Je suis restée seule... Je suis restée seule. »

Elle répétait ces mots d'une manière dubitative, comme si un détail capital lui échappait qu'elle tentait de ressaisir. Mais elle renonça à chercher.

« Je suis restée seule et pendant que j'occupais mes mains, mes pensées tournaient... Si je n'avais eu qu'à appuyer sur un bouton pour faire disparaître les deux hommes qui parlaient de l'autre côté de la cloison, je n'aurais pas hésité. Alors... Les vingt-cinq capsules... Les vingt-cinq capsules... Je suis sortie. J'ai vivement ouvert la porte de la Méhari. J'ai cherché dans le vide-poches. Il ne contenait rien...

– Il ne contenait rien... répéta le juge. Personne ne vous croira.

– Non, dit Fabienne. Personne ne me croira.

– Admettons que nous vous croyions. Avez-vous remarqué, ce jour-là, quelque chose qui soit de nature à vous disculper?

– Non, rien. Quand je suis revenue dans la maison – la porte était ouverte – ils sortaient du bureau. Paterne disait : " Pour être sûrs de ça, il faut téléphoner à Hermerance. " Ils m'ont aperçue et se sont tus. Dardoire est remonté dans sa Méhari et il est reparti sur les chapeaux de roues.

– Attendez! dit Laviolette. A-t-il regardé dans le vide-poches avant de partir?

– Non. Je le surveillais car je m'attendais à ce qu'il le fasse.

– Et il ne l'a pas fait. Pourtant, d'après ce que vous nous dites, il aurait été également préoccupé par ce qu'il voulait communiquer à votre mari et par la présence de ces capsules dans sa voiture. Comment se déplace votre fille Léone?

– Quand je n'en ai pas besoin, elle prend ma voiture. Sinon elle a son vélo.

– Et ce jour-là?

– Elle est partie à vélo. Je l'ai vue s'éloigner par la fenêtre de la salle, pendant que j'essuyais la table.

– Et entre l'arrivée de Dardoire et son départ, n'avez-vous pas enregistré un détail – à part le départ de votre fille – qui puisse nous aider? Un incident quelconque? Le passage de quelqu'un? Une conversation? Un bruit insolite? Le claquement de la portière de la Méhari, par exemple, alors que Dardoire était occupé avec votre mari?

– Quelqu'un qui passait...? A présent que vous me le demandez... Peut-être oui! En effet, un moteur... Je m'en souviens parce que, perdue dans mes pensées, je me suis tout de même demandé s'il s'agissait d'une tronçonneuse ou d'un trial... »

Le juge fit un pas en avant.

« Nous recherchons, dit-il, un cyclomoteur ou peut-être un trial. Avez-vous vu un de ces engins?

– Non, répondit Fabienne distraitement. Mais attendez... L'autre soir, quand je suis venue ici... Quand je suis repartie plutôt... Dans le chemin de terre, avant de reprendre la route de Sigonce, j'ai croisé un de ces engins. J'ai vu le conducteur dans mes phares... Il portait un casque intégral...

– Rouge? Avec une étoile dorée en décalcomanie?

– Peut-être, mais vous savez, je pensais à autre chose.

– Et, dit Laviolette, n'auriez-vous pas remarqué si, par hasard, il portait autour de la taille cette sorte d'accessoire? »

Il exhiba prestement le ceinturon des P.T.T. et le mit sous le nez de Fabienne sans cesser de la dévisager. Elle ne cilla pas.

« Non, prononça-t-elle clairement.

– Madame, soupira Laviolette, je vous prie de vous lever et pour une minute de quitter votre manteau. Excusez-moi, ce ne sera pas long. »

Quand il l'eut devant lui en robe de ville à couleurs délicatement fanées, il fut intimidé par la plénitude de ses formes.

« Veuillez me pardonner », dit-il.

Il lui ceignit la pièce à conviction autour de la taille.

Il enfila la courroie dans le passant et tira dessus pour la boucler dans l'ardillon. Le juge observait la scène avec intérêt. Tout en enroulant le ceinturon qu'il avait récupéré, Laviolette se tourna vers lui.

« Non! dit-il simplement, il n'y a pas lieu... »

« Un faisceau de présomptions... grommelait Laviolette. Et toutes les raisons du monde... Et pourtant! »

Dans la Grand-Rue les passants s'écartaient de cet homme qui parlait tout seul.

Manosque sentait bon le baron d'agneau et les paupiettes. Devant les pâtisseries, jusque sur les trottoirs, les gourmands faisaient la queue. On ne se nourrit pas de peu, le dimanche, dans cette ville alanguie d'un ennui cossu, sitôt que les écoliers cessent de l'animer.

Le commissaire, songeur, fit halte un instant au coin de la place, pour assister au grand rassemblement qui précédait l'audition de la messe à Saint-Sauveur. La foule était si dense que les fantômes chers à Laviolette pouvaient à peine s'y infiltrer. Le parvis était comble de visages nouveaux. D'ailleurs, les Manosquins d'antan entraient à Saint-Sauveur de biais par la petite porte de la rue Voland, craignant les coups de Dieu. Ils étaient trapus et circonspects. Aujourd'hui, des fidèles aux tailles déliées, nés ailleurs, sourires à larges dents, accompagnés de femmes au regard plus complice que chaste, y entraient délibérément, par le portail d'apparat. Ici, plus qu'en aucune autre partie de la ville, l'identité autochtone avait disparu avec l'accent. Manosque était devenue une ville quelconque.

Laviolette admira ce changement radical, avant de pénétrer dans la maison d'Hermerance. Il referma la porte et observa la cage d'escalier. Planté là, sur les grands losanges des carreaux usés il pouvait, croyait-il, oublier que cinquante ans s'étaient écoulés. Mais non, il ne le pouvait pas! Contre le mur maître, alignés, enchevêtrés, quatre ou cinq engins à deux roues brillaient de leurs couleurs vives. A leur potence, quelques imprudents, au risque qu'on les leur dérobe, avaient laissé accroché leur casque rouge à visière.

Laviolette leur jeta un regard distrait. Il devait exister de par la ville un bon millier de ces engins. Ce n'était pas encore de cet indice que naîtrait l'éclaircissement recherché.

Il monta lourdement l'escalier, toujours obsédé par la vision de Fabienne.

Il sonna chez Hermerance. Elle lui cria d'entrer, qu'elle était occupée. Il tourna le loquet de fer en losange qui lui rappela Bel-Air, car il devait dater de la même époque. Il se retrouva dans la cuisine. Sur le journal du jour grand ouvert, Hermerance, assise à sa table, cochait quelques cartons du P.M.U.

« Ah, c'est toi? s'exclama-t-elle. On en fait un ensemble?

– De quoi? demanda Laviolette.

– De tiercé pardi! »

Il se laissa choir sur une chaise en face d'elle.

« J'ai arrêté Fabienne Lafaurie... lui annonça-t-il.

– Ah!... dit Hermerance. Tu as arrêté Fabienne!... »

Elle se leva.

« Excuse-moi, dit-elle, il faut que j'arrose ma pintade. Cordélie est en train de se faire belle... Elle est invitée à des fiançailles, ce soir, avec son amie Léone. Ah, je suis bien contente! Elle a réussi son examen des P.T.T. Elle va pouvoir y entrer comme son père. Tu comprends... »

Tout en parlant d'abondance, elle soulevait le couvercle d'une cocotte noire et le bruit de la cuisson couvrait sa voix. En même temps se répandait dans la pièce cette odeur inoubliable de la volaille élevée en liberté.

« C'est une de Bourne qui me les fournit! criait Hermerance. Et pardon hé! Tout au maïs et à la repasse! »

Elle revint s'asseoir, plia ses tickets qu'elle entassa sagement à côté du journal.

« Ça n'a pas l'air de vous émouvoir beaucoup, dit Laviolette. Vous la connaissez bien pourtant, cette Fabienne Lafaurie?

– Tu sais, dans mon métier, il faut savoir garder son sang-froid.

– Vous connaissiez aussi très bien Elvire Dardoire et vous saviez, naturellement, que toutes les deux...

– Oh oh! s'exclama Hermerance comme si on lui marchait sur le pied, moi tu sais, je suis de l'ancien temps! Quand je voyais cette dame de cœur extraordinaire dans leur jeu, je croyais à la bonne amitié!

– Oui mais enfin... Vous m'avez prétendu que vous disiez toujours la vérité. Cette dame de cœur, quand les maris venaient vous voir, il fallait bien leur en parler. Elle existait aussi dans leur jeu?

– Tu sais, d'habitude, ils ne s'inquiétaient de leur femme que pour savoir s'ils seraient bientôt veufs! Seulement, attention! C'étaient des hommes qui avaient le sens de la propriété et quand ils ont su... Mon Dieu! Quel esclandre! Ils m'ont dit de tout! Ils sont venus m'accuser de leur avoir fait la main... que je tenais une officine de maquerelle! Je sais moi? J'en étais malade. Après, ils poussaient de vrais gémissements de cocus.

Dardoire je l'ai vu pleurer! Tu sais, c'étaient des chasseurs et un chasseur ça pardonne rarement ce genre de choses... Cette pauvre Elvire est revenue me voir quinze jours après le scandale... Elle était brisée, méconnaissable. J'ai vu la mort dans son jeu, mais naturellement je le lui ai caché.

– Et Fabienne? est-elle aussi revenue vous voir?

– Fabienne? Oui. Après la mort d'Elvire, elle est revenue. Elle avait des cernes sous les yeux. Elle m'a dit : " Il m'a battue. Tu te rends compte, moi! Je me suis laissée battre! Hermerance, je crois que je vais le tuer. C'est lui ou moi. Il veut bien me laisser partir mais avant, il veut que je lui donne tout ce que j'ai. Est-ce que tu le vois mort, Hermerance? Dis-moi? Est-ce que tu le vois mort? " Elle a exigé que je lui fasse les cartes. J'ai bien été obligée. J'ai vu des choses ce jour-là, ma belle! J'essayais de lui cacher, mais elle regardait avidement et elle connaissait le sens des combinaisons. Nous avons vu Paterne mort, toutes les deux. Mais... dans le jeu de Fabienne c'était pas le plus curieux et ça je le lui ai pas dit...

Elle se leva pour aller fourrager du côté de sa pintade. Quand elle revint s'asseoir, du fond de son regard comme déjà éloigné de la terre, elle scruta Laviolette longuement.

« Il y a une chose, dit-elle, rêveusement, une chose bizarre... Je ne sais pas si je dois te la dire parce que... soi-disant tu es sceptique mais tu fais ton profit de tout. Alors ça, tu comprends, ça ne fait plus partie de ton enquête. Enfin, soupira-t-elle, tu en sais assez maintenant sur cette pauvre Fabienne et puisque tu l'as arrêtée...

– Non. Elle est en garde à vue, ce n'est pas la même chose.

– Enfin, voilà, quand je lui ai tiré les cartes, il y avait

son mari mort, il y avait beaucoup d'argent... Mais alors... beaucoup! Vraiment beaucoup!... Mais en plus, derrière elle, il y avait toujours cette dame de cœur qui m'avait intriguée pendant tant d'années et que je croyais être de la bonne amitié...

– Eh bien? C'était Elvire. Nous le savons maintenant.

– Non, dit fermement Hermerance. Elvire était morte. Les cœurs morts ne sont plus des cœurs. Les cartes sont formelles : les couples s'anéantissent quand la mort survient pour l'un des deux.

– Ah?... » dit Laviolette.

Ils se regardèrent attentivement durant quelques secondes.

« Dans ce cas, reprit-il, si une autre dame de cœur lui occupait déjà l'esprit... C'était quand cette consultation?

– Il y a quinze jours. Un mercredi.

– C'est-à-dire trois jours avant la mort de Paterne. Si les cartes disent vrai, Fabienne s'était donc consolée. Par conséquent, son mobile qui était, selon nous, de punir son mari et les autres de la mort d'Elvire, cette motivation ne tient plus. »

Hermerance secoua la tête.

« Ah tu es bien homme! J'ai vu des femmes, figure-toi, faire l'amour avec leur cousin d'enfance, à deux pas du cercueil où reposait leur mari – ou leur amant! – et se remettre ensuite à crier leur désespoir! Et un vrai désespoir! Enfin, tu devrais le savoir c'est aussi fréquent chez les hommes ce genre de choses? Et moi, tu comprends, le cœur des femmes je l'ai bien connu. Et on peut aimer deux choses à la fois aussi fort l'une que l'autre! Un amour peut très bien ne pas en effacer un autre!

– Un amour peut en cacher un autre! persifla Laviolette amèrement.

– Ça arrive! » s'obstina Bérénice.

Soudain, elle se trouva regarder fixement un objet que Laviolette, dans le feu de la discussion, avait tiré de son pardessus et posé sur *le Provençal dimanche*. C'était le ceinturon des P.T.T.

« Mon Dieu! s'exclama-t-elle. Ça va brûler! »

Elle se leva vivement pour aller touiller la pintade qui grésillait dans son fait-tout. Elle revint vers Laviolette.

« Qu'est-ce que c'est que ça? dit-elle en désignant l'objet d'un simple signe du menton.

– Vous voyez bien? Un ceinturon. Je voulais vous demander si par hasard, on ne sait jamais, vous ne l'auriez pas déjà vu? »

Il lui expliqua où il l'avait découvert. Hermerance le prit entre ses mains, le tourna, le déroula, leva les yeux au plafond.

« C'est vieux, dit-elle, ça a au moins trente ans... Non je ne l'ai jamais vu. »

Laviolette se leva en soupirant.

« Eh bien, dit-il, il ne me reste qu'une seule question à poser. La même que je vous ai déjà posée la semaine dernière : le vendredi où Paterne Lafaurie est mort, Félicien Dardoire est venu ici et il est resté deux minutes...

– Comment sais-tu qu'il est resté deux minutes?

– Cordélie m'a couru après pour me le dire.

– La charogne! souffla Hermerance.

– Alors? Quel était le motif de sa visite?

– Oh rien! s'exclama Hermerance en haussant les épaules. Qu'est-ce que tu veux qu'il me dise? Cet homme, depuis le décès de sa femme, il flottait entre le désespoir, le remords et le soulagement. Enfin ça ne lui avait rien arrangé du côté du cœur. Bref : il voulait savoir combien de temps il avait été couillonné en se croyant aimé, et en somme depuis combien de temps ça durait entre Fabienne et Elvire. Cette question de durée tu peux pas savoir ce que c'est important pour les cocus.

– Et vous lui avez répondu?

– Par les cartes, oui. Elles ont répondu sans hésitation : " Depuis un mois à peine. " Et il est parti soulagé et content. »

Elle soupira.

« Seulement moi, cette dame de cœur dans le jeu de l'une et l'autre, je la voyais depuis des années.

– Et tout ça, en deux minutes?

– Puisque cette garce de Cordélie le dit! » grinça-t-elle.

Laviolette se leva et se dirigea lentement vers la porte. Il posa sa main sur la poignée en losange, mais il ne se décidait pas à ouvrir la porte. Il restait là, indécis, profondément troublé. Des pensées menaçantes vrombissaient dans sa tête avec un bruit d'essaim d'abeilles.

Soudain, il fit volte-face et revint vers Hermerance.

« Eh bien? demanda-t-elle alarmée.

– Ça se tourne tous les combien, prononça-t-il rêveusement, une volaille dans une cocotte en fonte?

– Ma foi! Tous les quarts d'heure peut-être...

– Alors pourquoi avez-vous tourné la vôtre deux fois en dix minutes?

– Mais... J'ai fait ça machinalement... Tu sais des fois on fait des choses...

– Oui. Mais des fois aussi, on fait des choses pour se donner le temps de la réflexion... »

Il s'assit de nouveau en face d'elle.

« Quand je suis entré, reprit-il, vous m'avez annoncé quelque chose au sujet de votre arrière-petite-fille...

– Je t'ai annoncé qu'elle était de fiançailles.

– Mais vous m'avez appris aussi avec qui elle en était...

– Avec Léone. Tu vois je ne te cache rien...

– Léone Lafaurie?

– Mais oui...

– Elles se connaissent depuis longtemps avec Léone Lafaurie?

– Elles sont camarades d'école. Elles ont été élevées ensemble à Saint-Charles.

– Ensemble à Saint-Charles... répéta Laviolette. Vous ne me l'aviez jamais dit.

– Tu ne me l'as jamais demandé. Et d'ailleurs, je me demande bien en quoi ça aurait bien pu t'intéresser?

– Non, reconnut-il, ça n'aurait pas pu m'intéresser. Mais, vous m'avez appris autre chose...

– Moun diou! Mais qu'est-ce que tu me persécutes? Qu'est-ce que j'ai bien pu t'apprendre? »

Il se prit la tête dans les mains pour réfléchir.

« Vous m'avez annoncé qu'elle avait réussi à son examen.

– Oui. »

Laviolette fixa Hermerance au fond des yeux si à l'abri derrière ces ganglions écroulés qui lui servaient d'orbites. Leur regard s'affronta durant près d'une minute. Derrière le crissement de la pintade qui parfois explosait dans sa cocotte, on entendait au fond de l'appartement quelqu'un qui chantait : « *Ton colosse a des pieds d'argile* », sous une douche bruyante.

« Et après? demanda-t-il doucement.

– Après quoi?

– Qu'avez-vous ajouté après?

– Oh, soupira-t-elle, je t'en ai tellement dit... J'aurais jamais dû tant t'en dire...

– Vous avez ajouté : “ Je suis bien contente. Elle vient de réussir son examen des P.T.T. Elle va pouvoir y entrer comme son père... ” »

Il prononça ces mots et de nouveau, il sortit de sa poche et déposa devant lui le ceinturon des P.T.T. Le regard d'Hermerance se leva de dessus cet objet pour fixer Laviolette droit dans les yeux. Elle recula un peu. Elle le regardait mais il y avait dans ses yeux quelque chose de fuyant comme si elle voulait saisir un détail qu'elle ne voulait pas faire partager à Laviolette.

– Tu es pas un peu momo, non? Mon arrière-petite-fille! Elle serait allée tuer quatre hommes qui ne lui ont rien fait! Et pourquoi, je te le demande? »

Laviolette, sans cesser de surveiller son regard, avait tiré vers lui le jeu de tarots qui traînait toujours au bout de la table. Il le tassait entre ses mains, en le faisant sonner sur le noyer ciré.

« Je n'accuse personne, soupira Laviolette, mais... Oseriez-vous, devant moi, faire les cartes pour Cordélie? »

Il avait déposé le jeu sous les yeux d'Hermerance, comme pour l'inviter à couper et elle contemplait ce petit tas un peu crasseux d'où elle tirait son confortable train de vie. Ce jeu de cartes qui avait dévoilé leur sort à tant d'êtres qui auraient mieux fait de continuer à l'ignorer, lui paraissait soudain hostile, chargé, dans son insignifiance, d'un pouvoir dévastateur. Quelqu'un ricanait d'aise dans l'âme de la nonagénaire, pour n'avoir rien perdu à tant attendre.

« Cordélie! cria Hermerance. Cordélie!

– Oui! » répondit Cordélie de très loin.

On l'entendit qui courait pieds nus dans le corridor de l'appartement. Elle apparut au seuil de la cuisine.

Sous la serviette disposée en madras elle avait un visage gros comme le poing, un visage de fille à peine pubère, dévoré par les lèvres boudeuses, mais, sous le soutien-gorge ajouré et sous la culotte rouge coquelicot, son corps était celui d'une femme. Elle était hâlée, couleur de safran, les pommettes hautes, les yeux verts. Lors de leur unique rencontre, quelques jours auparavant, dans la pénombre du corridor, Laviolette n'avait pu remarquer la bizarrerie de ces yeux. Il les voyait mieux aujourd'hui, à deux mètres de distance, éclairés par la lumière de midi. Chaque iris en était de dimension différente. En outre, au lieu d'être rond comme chez le commun des mortels, il formait au centre de la cornée une ellipse verticale entre les deux paupières.

Elle poussa un petit cri en découvrant Laviolette.

« Tu aurais pu t'habiller! gronda Hermerance.

– Tu m'as appelée tellement fort! J'ai cru qu'il te prenait mal...

– C'était ça. Il me prenait mal... Celui-là... gémit-elle en désignant Laviolette, il est là pour nous faire des misères... »

Laviolette se saisit du ceinturon sur la table.

« A partir de maintenant, dit-il, vous vous taisez et c'est moi qui parle. »

Il s'avança vers Cordélie et lui tendit le ceinturon.

« Reconnaissez-vous ceci?

– Mais non, pourquoi? » lui répondit-elle.

Elle le scrutait avec un doux sourire sans prendre conscience de la transparence de ses dessous et les fossettes de ses joues fraîchement lavées au savon de Marseille offraient la simple roseur de sa carnation sans défaut.

« N'importe! Ceignez-le autour de votre taille! commanda Laviolette.

– Mais...

– Faites ce que je vous demande! »

Cordélie se saisit délicatement de la lanière et, avec de gracieux mouvements, la plaça sur ses hanches.

– Hou! C'est froid! » s'exclama-t-elle.

Elle glissa le bout du ceinturon dans sa boucle et le serra jusqu'au dernier des cinq œillets de cuivre où elle enfila l'ardillon.

« Ça me va bien? » demanda-t-elle en riant.

Avec sa sacoche au sigle des P.T.T., le ceinturon pendait lamentablement sur les cuisses bombées de Cordélie, la boucle à la hauteur du pubis. Vieux, laid et sale, ce morceau de cuir évoquait sur le corps superbe des supplices érotiques.

« Non! » grogna Laviolette en secouant la tête.

Il pointa le doigt vers le joli nombril de Cordélie.

« Là! commanda-t-il, plus loin! Quelqu'un récemment a perforé cet objet d'un trou supplémentaire, beaucoup plus loin que les cinq œillets. C'est un simple trou, pratiqué probablement avec la pointe d'un couteau, à peine visible parce qu'il n'a pas été souvent utilisé et que le cuir, simplement repoussé, se referme chaque fois qu'on ôte l'ardillon... C'est dans ce trou que je veux vous voir boucler la ceinture... »

Cordélie abaissa son regard vers son ventre, ses mains tâtonnèrent sur le cuir et finirent par s'arrêter sur une minuscule érosion.

« Ici? » demanda-t-elle.

Laviolette hocha affirmativement la tête.

Cordélie docilement passa l'ardillon dans la déchirure récente.

« Voilà! dit-elle. Je vous plais comme ça?

– Cordélie! souffla Hermerance. C'est pas le moment de rire... »

Laviolette entendait derrière lui la respiration de la nonagénaire. Il lui semblait qu'elle se livrait péniblement passage dans les vieux poumons avec un bruit rocailleux.

« Pourvu qu'elle ne me claque pas dans les mains », songeait-il. Mais il ne s'arrêta pas à cette idée. Il contemplait subjugué les hanches de Cordélie. La lanière écaillée n'était plus lubrique. Le cuivre terni de la boucle essayait même de briller. Elle ajoutait à la taille de la jeune fille un attrait adorable tant elle s'y ajustait bien.

Laviolette recula d'un pas pour juger de l'ensemble.

« C'est ça... dit-il. Compte tenu que l'assassin devait porter un *jean* c'est exactement ça...

– Non, souffla Hermerance. Non... Ne te fatigue pas... La nuit de la mort de Dardoire, Cordélie était dans sa chambre... Pour sortir, il faut qu'elle passe devant ma porte et elle est toujours ouverte et je dors presque jamais... Le soir où Chantesprit a été tué, j'étais ici... J'avais deux gros commerçants qui me consultaient pour une affaire grave. S'il faut, je dirai les noms... Nous avons discuté jusqu'à une heure. Le plus gros, tiens! Il était dans un fauteuil qu'il avait tiré de la salle à manger et il bouchait tout le couloir! Cordélie, il aurait fallu qu'elle l'enjambe pour sortir. C'est la seule porte. A part celle du débarras que devant, y a toute la provision de bois... Te fatigue pas... Et même, pour la mort de Paterne et celle d'Armoise, je réussirai à prouver que Cordélie ne pouvait pas y être... Tu sais, ici, je suis forte. Et en plus j'ai nonante cinq. Si tu me fais des misères...

– Oh je sais bien! » soupira Laviolette.

Il débouclait lui-même le ceinturon autour de la taille de Cordélie. Elle le regardait faire sans aucune gêne, avec un sourire de Joconde qui lui parut narquois.

« Qu'est-ce que vous comptez faire, semblait signifier ce sourire, avec votre ceinturon pour sadique? »

« Je sais bien, répéta Laviolette, mais enfin, Cordélie, vous avez bien un trial?

– Oui, répondit Cordélie posément. Il est en bas, dans le corridor.

– Et, poursuivit-il, sous votre madras, vous avez bien de beaux cheveux dorés, longs de plus de trente centimètres? »

Cordélie pour toute réponse défit sa serviette et secoua la tête. Sa chevelure lui fit un soleil d'or autour du visage.

« C'est peut-être vous... Ce n'est peut-être pas vous... Mais on va vous couper un cheveu ou deux sur cette belle tête. On va venir secouer le trial sur une grande feuille de papier et faire passer tout ce qui en tombera par les filtres d'analyse du laboratoire. Le reste ne me regardera plus, Dieu merci... »

« Faisceau de présomptions, se disait-il. Tout ça est fragile. Un avocat le secouera comme la poussière du trial... Et le mobile? As-tu songé au mobile, toi qui es si à cheval là-dessus? »

« Mais enfin réfléchis! clama Hermerance. Pourquoi aurait-elle fait ça?

– Je ne dis pas qu'elle l'a fait. Je vais même m'efforcer de prouver le contraire, car, c'est comme ça que je procède moi : je me mets à la place d'un avocat et j'essaye de démolir tout le système d'accusation... Si j'y arrive... Eh bien, ma foi, si j'y arrive... »

Il s'était détourné du spectacle de Cordélie et il se dirigeait vers la sortie.

« Si j'y parviens, reprit-il, Fabienne Lafaurie restera en prison. Après tout, c'est à elle que le crime profite et ses alibis sont bien fragiles... »

Il allait poser la main sur la poignée mais, en un bond prodigieux, Cordélie vint s'interposer entre lui et le battant. Elle haletait. Elle avait pâli. Laviolette reçut en plein visage le parfum de ce corps soudain brûlant d'émotion. Elle avait étendu les bras au travers de la porte et elle le regardait intensément de ses étranges prunelles en ellipse.

« Vous avez arrêté Fabienne? souffla-t-elle.

– Cordélie! cria son aïeule, ne te mêle pas de ça! Qu'est-ce que ça peut te faire?

– Vous l'avez arrêtée? » répéta Cordélie sans tenir compte de cette injonction.

Laviolette fit de la tête un long signe affirmatif. En même temps, il reculait un peu car l'espace était infime entre lui et Cordélie et il sentait soudain dans ce corps dénudé une énergie impétueuse, capable de briser n'importe quel homme. Il voyait saillir les muscles du cou, se crisper les poings et le ventre plat se durcir comme un bouclier.

Ils demeurèrent ainsi face à face pendant peut-être une minute. Puis un long soupir fusa des lèvres de Cordélie et elle prononça dans un murmure :

« Vous avez gagné. C'est moi!... »

Laviolette la contempla durant quelques secondes avec une intense pitié, puis il lui dit :

« Allez passer un peignoir ou n'importe quoi... Je ne peux plus supporter de vous voir comme ça et vous allez prendre froid. »

Des années après encore, il devait se rappeler mot à mot cette phrase qu'il avait prononcée et s'enfoncer les phalanges entre les lèvres pour se les mordre.

« Prendre froid! »

Elle ricana en répétant ces deux mots, mais elle lui obéit docilement. Laviolette les jambes coupées s'assit lourdement en face d'Hermerance, changée en statue de sel. Il voulut lui tapoter machinalement les mains pour s'assurer qu'elle n'était pas en train de passer, mais elle les rétracta comme au contact d'un reptile.

« Tout ça, murmura Laviolette pour lui-même, ne ressuscitera pas les morts. »

Cordélie revenait. Elle était vêtue d'une robe chinoise noire et Laviolette reconnut sur la soie les dessins somptueux qui ornaient le paravent dans la chambre de Sidoine Hélios.

« Mais... s'écria-t-il.

– Oui, dit Cordélie avec le plus grand calme, il me l'a offerte un soir... Un soir d'automne... Après que j'ai posé pour lui. Il disait que moi seule étais digne de la porter... Je sais moi, ce qu'il me disait !

– Il vous aimait ?

– Non. Il m'admirait. Hélios n'a jamais aimé personne, mais il a beaucoup admiré... Et c'est à cause de lui que tout est arrivé.

– Vous préférez que je vous amène ? demanda Laviolette. Si vous ne voulez pas parler devant votre aïeule...

– Non, non ! Maintenant je suis lancée. Moi quand j'ai envie de quelque chose, c'est tout de suite... Grand-mère ? A son âge, on n'éprouve plus d'émotion que pour sa propre mort. »

Hermerance la regardait douloureusement, haletante, comme pour lui faire comprendre qu'elle n'en avait plus pour bien longtemps. Mais son vieux cœur se refusait à une fragilité de commande.

« Tais-toi, Cordélie ! suppliait-elle. Tais-toi ! Ne dis plus rien ! Je te tirerai de là !

– Trop tard, répondit Cordélie. Tu te figures que je vais laisser Fabienne payer pour moi ? Fabienne... » répéta-t-elle.

Elle se laissa choir sur une chaise, en face de Laviolette, à côté de son aïeule et elle se mit à lire dans le vide devant elle, tout son destin.

« Ce jour-là... Je suis arrivée comme un cheveu sur la

soupe... Je venais voir Léone comme d'habitude... Je suis arrivée juste comme Paterne s'en allait. Il sortait de la maison comme une trombe. – Il avait toujours l'air d'un taureau qui fonçait... Il montait dans sa voiture, il claquait la portière. Il démarrait sur les chapeaux de roues. Il m'a passé presque dessus. J'ai dû faire un écart. Il était violet comme une aubergine... Les portes étaient ouvertes. Personne. J'ai appelé. J'ai entendu vaguement gémir... Je suis entrée au salon. Fabienne était recroquevillée sur le divan. Elle m'a soufflé : " Je vous en supplie, ne dites rien à Léone... Il m'a battue... Je lui ai refusé ma procuration, alors il m'a battue. C'est la première fois... J'aurais dû le tuer... Mais je ne savais pas comment m'y prendre... " Elle haletait tout à côté de moi, pathétique, meurtrie. Ce n'était pas une femme, c'était un tas de souffrance... Alors, je suis allée chercher l'arnica à la cuisine et j'ai commencé à panser ses contusions. Elle gémissait : " Il m'a donné un coup de pied au bas des reins... " Alors, je lui ai dit qu'il fallait ôter sa robe... Je l'ai nettoyée, soignée. Elle avait des ecchymoses sur tout le corps. Il avait dû lui donner une bonne douzaine de coups de pied, un peu partout. Elle est restée là, à répéter merci, très longtemps. Et moi d'abord, je l'avais prise contre moi comme un bébé, comme un enfant, pour la consoler. Alors, elle m'a raconté son histoire. D'un bout à l'autre. Elle pleurait sur Elvire. Elle me répétait : " Mais vous ne pouvez pas comprendre ! " Et je lui ai répondu : " Vous croyez ? " Et alors nous nous sommes regardées dans les yeux. Moi, je lui essuyais les siens, délicatement. Et... j'éprouvais une paralysie bizarre. J'aurais dû la lâcher, mais je ne m'y résignais pas. Je venais de comprendre que si je voulais j'étais la consolation idéale, l'oubli et... Je le voulais aussi pour moi...

– Cordélie tu me tues! gémit Hermerance. Mais c'est possible, une chose pareille?

– J'essaye de t'expliquer pourquoi je dois me livrer. C'est cet après-midi-là que Dardoire nous a surprises... Oh, nous étions désunies. C'est à peine si nos mains se joignaient. Mais il a dû comprendre au désordre de notre visage. J'ai eu l'intuition qu'il allait en faire tout un plat. J'ai tout de suite imaginé qu'à eux tous, ils allaient faire avec elle ce qu'ils avaient fait avec Elvire, ce qu'elle m'a raconté et qui avait poussé cette pauvre femme au suicide... Alors j'ai décidé de veiller sur elle... J'étais bien décidée – je ne savais pas comment – à ce que jamais on ne me l'abîme... J'étais amie avec Léone, par conséquent, ma présence ne pouvait surprendre personne. Je me disais tout le temps : " Il va me la tuer... " Je le regardais évoluer de loin, ce Paterne qui, instinctivement, ne m'avait jamais aimée. Il me grognait un bonjour dégoûté chaque fois qu'il me voyait. Et c'est trois jours après que Dardoire est arrivé avec sa Méhari, juste comme je parlais avec Léone. " Il l'a encore battue, me racontait-elle. Tous les jours. Il la frappe sur les seins. Elle va finir par avoir un cancer... " Ces mots m'entraient dans la chair. On était dans la chambre, fenêtre ouverte. J'avais laissé mon trial debout contre le mur. Dardoire est arrivé... Il a appelé Paterne. Il lui a dit : " Je fais que passer! Il faut que je te parle, mais en vitesse. J'ai dans le vide-poches de ma voiture vingt-cinq ampoules pour les nuisibles. Elles me brûlent les doigts! Si jamais... " En entendant ça, j'ai compris deux choses : la première, c'est qu'il venait pour apprendre à Paterne qu'il m'avait surprise avec Fabienne, la seconde, c'est que si je manœuvrais bien, j'avais un moyen d'empêcher Lafaurie de la détruire.

– C'est donc là seulement que l'idée vous est venue de tuer Paterne Lafaurie?

– Oui, c'est là seulement. Mais tout de suite! Comme une évidence. Comme une illumination. J'ai quitté Léone qui téléphonait. Je suis descendue. Il n'y avait personne dehors. Dans le bureau, Dardoire parlait très fort. J'ai entendu mon nom. Je me suis dit : “ Mon Dieu, cette fois il me la tue! ” J'ai ouvert la Méhari sans réfléchir. J'ai fouillé. J'ai trouvé la boîte. Je l'ai prise. Je me suis enfuie.

– C'était quand ça?

– Mercredi.

– La veille de la mort de Paterne?

– Oui, c'est ça. La veille de sa mort. J'ai dormi toute la nuit en serrant cette boîte entre mes seins... Je me disais : “ Mon Dieu, pourvu qu'il ne l'achève pas d'ici demain... ”

– Mais comment avez-vous pu imaginer la manière d'utiliser ces ampoules?

– Je savais ce que c'était. Mon oncle était garde-chasse et quand j'étais petite, il m'emmenait avec lui piéger les renards. Mais, naturellement, je ne savais pas comment faire pour un homme... Je comptais sur le hasard. Je me disais : “ Une bouteille qu'il laissera traîner ou il boira en travaillant. Il suffit de l'épier... ” Et c'est comme ça que le lendemain, je suis retournée au domaine et j'ai vu Lafaurie qui traitait ses pommiers – je l'épiais entre les arbres. Et à un moment il s'est arrêté. Il est descendu. Il a foncé comme un taureau pour aller engueuler ses journaliers. Je me suis dit : “ C'est le moment ou jamais! ” Léone m'avait fait voir comment on traitait les pommiers. Je connaissais l'emplacement de la pompe sur le pulvérisateur. J'ai dévissé le couvercle du filtre. J'ai déposé sept ampoules sur la grille. J'ai revissé...

– Mais ces ampoules. Où les aviez-vous mises?

– J'avais pensé au ceinturon de mon père. C'était

bien pratique avec la pochette pour y cacher une boîte. Je tremblais... Je me disais : “ Ça marche, ça marche pas... ”

– Et ça a marché... soupira Laviolette. Et personne ne vous a vue. Personne ne vous a reconnue.

– Il n'y avait personne autour du tracteur. Que des voitures sur la route qui fonçaient à plus de cent à l'heure. Et puis... Un casque intégral, une ceinture des P.T.T. Voilà tout ce qu'on pouvait voir. Qui se méfierait d'un télégraphiste? Qui le retiendrait dans sa mémoire?

– Et c'est à partir de là que...

– Oui, c'est à partir de là. Dardoire nous avait surprises... Je ne pouvais pas faire autrement. Et d'ailleurs, celui-là... Il venait se faire faire les tarots chez Hermerance pour savoir combien il tuerait de lièvres dans la saison. Il y avait longtemps que je l'avais dans mon collimateur... Et maintenant que j'avais ces capsules... C'était presque aussi facile que d'appuyer sur un bouton. Il pouvait être aussi costaud qu'il voulait. Avec trois capsules, j'étais sûre de l'avoir... Je l'ai tourné sur le gril une bonne partie de la nuit... Quand je l'ai atteint, il savait pourquoi...

– Et maître Armoise? »

Cordélie qui dans sa volubilité avait laissé couler un peu de salive au coin de sa bouche, regarda Laviolette comme si elle le voyait pour la première fois, comme si elle s'éveillait d'un rêve, comme si elle allait demander « mon dieu, mais qu'est-ce que je dis? »

« Maître Armoise? répéta-t-elle, mais... »

Un éclair d'hésitation traversa son regard. Elle fit aller de droite à gauche ses étranges pupilles comme si quelque idée de traverse la traquait au passage.

– Ah oui!... Maître Armoise! s'exclama-t-elle. Vous n'avez pas compris? Je savais qu'ils se voyaient tout le temps. Ils étaient cul et chemise. Ils se disaient tout. La preuve! Ce que Sidoine avait révélé aux quatre autres sur Elvire et sur Fabienne! C'étaient de vrais amis. Ils s'étaient connus à la maternelle. Vous vous rendez compte? A la maternelle! Ce que l'un savait l'autre le savait aussi. Il ne fallait pas en laisser un seul vivant. Et puis... Tous ils avaient condamné Elvire à mort. Et Fabienne avait aimé Elvire. Et moi j'aimais Fabienne. Je ne voulais pas qu'ils recommencent avec elle. Et il fallait faire vite... J'ignorais combien de temps les capsules agissaient...

– Le substitut avait raison, soupira Laviolette. Vous aviez peur que le poison ne s'évente... »

Il se leva et fit deux va-et-vient à travers la cuisine. C'était une atmosphère irréelle que ce moment de midi, que cette cloche qui sonnait la sortie de la messe; que cette pintade qui continuait à mijoter doucement; que cette fille au visage lisse qui avait tué tous ces hommes sans qu'il y parût; sans qu'aucun stigmate n'altérât sa peau ni son âme. Mais depuis qu'elle s'était tue, voici trente secondes, ses traits soudain s'étaient figés en une étrange absence. Ses mains s'étaient enfoncées dans les poches de sa robe chinoise. Voyait-elle son avenir? Il sembla à Laviolette qu'en un éclair surgissait devant elle le processus fatal qui allait pour toujours lui ravir sa liberté comme on souffle sur une flamme.

« Et Sidoine Hélios? » demanda-t-il soudain pour la tirer de sa rêverie.

Elle le contempla sans répondre durant de longues secondes. Son regard était désorienté. Enfin, elle sortit sa main droite de la poche et se posa l'index sur les lèvres :

« Un chef-d'œuvre! » souffla-t-elle.

Son index s'abaissa, mais sa main resta devant sa bouche comme si elle voulait étouffer un rire peu décent qu'un certain souvenir d'Hélios aurait déclenché en elle.

Et c'est alors que Laviolette entendit le bruit terrible du verre qu'on croque entre ses dents.

Il se jeta en avant par-dessus la table. Hermerance hurla de terreur. Laviolette avait saisi Cordélie aux épaules. Mais il vit tout de suite ses lèvres étoilées de sang. L'horrible odeur de l'acide prussique le fit reculer. Les prunelles en ellipse de Cordélie s'arrondirent soudainement, comme si pour la première fois, elles découvraient la vraie dimension du monde.

Elle s'écroula lentement à terre, hors de sa chaise, dans le crissement soyeux de sa belle robe noire.

Hermerance claquait des dents, mais Laviolette qui s'apprêtait à lui porter secours s'aperçut qu'elle s'affermissait déjà des deux mains sur sa canne et qu'elle s'apprêtait à surmonter ce nouveau coup du sort. Il y a des êtres qui sont faits pour survivre afin de pouvoir raconter...

« Vous auriez dû regarder dans son jeu, dit Laviolette.

– Je l'ai fait! s'exclama la vieille femme en pleurant. J'ai tout vu. Sa mère est morte aux fous! Tout ce qu'elle t'a dit, elle l'a inventé. Jamais elle n'a été amoureuse d'une femme...

– Hermerance... C'est vous qui m'avez dit que derrière Fabienne, il y avait encore une dame de cœur...

– C'est vrai, dit-elle en se cachant la tête dans ses mains. Mon dieu, c'est vrai... Et cette dame, elle était aussi dans le jeu de Cordélie. Je t'ai menti tout à l'heure... Quand Dardoire est venu me voir, c'était pour m'apprendre que Cordélie avait affaire avec Fabienne... que Paterne avait promis de les tuer toutes les deux... Pour me dire ça, il avait pas besoin de plus de deux minutes... Et le ceinturon... Je l'ai reconnu... C'était celui de son père... Il l'avait conservé en souvenir... Du temps où il avait commencé comme télégraphiste... Mais pourquoi? Pourquoi? clama-t-elle. Elle avait besoin de tuer pour ça? »

Laviolette lui serra les mains.

« L'amour, dit-il, vous savez, l'amour c'est comme la foudre : ça détruit au petit bonheur... »

Soudain, une odeur de roussi se répandit dans l'appartement. C'était la pintade qui brûlait. Hermerance échappa à Laviolette et se précipita pour éteindre le feu. Dans sa vieille tête farcie de tant de drames, sauver le rôti d'un déjeuner de dimanche qu'elle ne mangerait jamais lui paraissait aussi essentiel que de s'abîmer sur la dépouille mortelle de Cordélie.

« En tout cas, dit Laviolette, elle a rendu un sacré service à son amie Léone : voici une fille qui pèse maintenant son poids d'or : l'assurance-vie de son père et le domaine de Chantesprit. Et pourtant, Dieu me pardonne, je crois que Cordélie a fait tout ça en jouant...

– Vous êtes cynique.

– J'essaye de me mettre dans sa peau et je crois que ça m'aurait amusé aussi... Songez à l'arme que le hasard lui avait fourni... Je suis sûr qu'au début, elle n'y a pas cru... Quand Cordélie a déposé les capsules dans le pulvérisateur, elle ne s'attendait pas à un tel résultat.

– Je n'y crois pas encore... dit le juge. Et les experts sont sceptiques.

– Parce qu'il est difficile d'imaginer ce que représente un vingtième de gramme et que, dans le filtre, Cordélie avait fait bonne mesure : sept capsules, soit plus de quatre grammes, soit plus de quatre-vingt fois la dose prescrite!

– Mais à l'air libre!

– C'est ça, ou bien admettre que Lafaurie est mort de chagrin en songeant à sa famille. Ce devait être très excitant cette façon d'arrêter la vie comme on arrête une pendule. Proprement, sans effusion de sang... Un homme s'écroule sans faire ouf, intact comme un pantin. Et à dix-sept ans on a tendance à confondre homme et pantin.

– C'était une horrible gorgone... dit le juge rêveur.

– Une gorgone déguisée en sirène!... Et elle jouait comme les enfants : à cache-tampon.

– Ici, j'ai quelque mal à vous suivre... dit le juge Chabrand.

– Et pourtant, Juge, je ne voudrais pas raviver vos mauvais souvenirs, mais... vous et moi, nous avons déjà rencontré naguère un assassin qui paraissait jouer... »

Bel-Air altier et joyeux les accueillait dans le soleil levant comme deux vieux amis.

Berceau de ce drame dès le premier jour, il semblait que les murs de la demeure l'eussent déjà oublié. La porte à deux battants était maintenant scellée par des cachets de cire, mais sur le terre-plein, entre les marronniers, comme surgi de terre à la faveur de la nuit, brillait le dernier témoignage de Sidoine Hélios.

L'œuvre printanière, comme un lézard vert qui vient de muer, scintillait de cet éclat de la naissance qui ternit sitôt que le temps commence à passer sur lui.

C'était, trois fois grandeur nature, tête-bêche comme reine de jeu de cartes, deux corps ambigus, imbriqués l'un dans l'autre par l'écartement de leurs jambes. Ce n'était pas de beaux corps classiques et sans défauts. L'érosion du vieillissement – transcendé par le génie d'Hélios – y avait imprimé sa marque. En revanche, une sorte de mouvement arrêté, pathétique à force de recherche, paraissait les animer et leur donner l'élan de la vie. Ils étaient arc-boutés sur le socle par quelques rares points d'appui, comme si cette étreinte se perpétrait dans le ciel. Quand le soleil tourna au midi, tous les traits de ces deux têtes perdues si loin l'une de l'autre s'imprégnèrent d'une douceur indéfinissable qui balançait, au gré des ombres et des reflets, entre la souffrance et le plaisir.

Chabrand d'un côté et Laviolette de l'autre scrutaient intensément ces visages pour tenter d'y retrouver l'image d'Elvire – qu'ils ne connaissaient que par les photos du dossier – et celle de Fabienne, survivante du drame. Appuyés des deux mains sur ces épaules de bronze, ils se penchaient vers ces larges bouches trois fois plus grandes que les leurs, comme vers une source ou vers un miroir. Et ils comprirent que Sidoine Hélios avait embelli ces têtes de tous les bonheurs dont il n'avait pas joui lui-même. Jamais ces expressions rassemblées n'avaient éclairé de visage au monde. Sidoine les avait inventées.

« Mais alors... dit le juge. Pourquoi Fabienne voulait-elle en détruire un en particulier?

– Il devait être reconnaissable pour elle seule, à certain détail d'elle seule connu mais qu'elle croyait discernable pour tous.

– Jamais en tout cas, aucun enfant ne reconnaîtra sa mère dans ces têtes de bronze.

– Savez-vous ce que je crois? dit Laviolette. C'est que le destin a forgé toute cette histoire pour permettre à Hélios d'avoir une mort à la hauteur de son génie...

– Parce que vous êtes certain qu'il est mort?

– Avant son dernier geste que je n'oublierai jamais, quand j'ai demandé à Cordélie : “ Et Sidoine? ” elle m'a répondu : “ Un chef-d'œuvre ” et elle a posé un doigt sur ses lèvres. J'ai cherché ce que ça voulait dire et je crois que j'ai fini par comprendre. Et si vous avez bien le dossier en tête, vous devez comprendre aussi. Souvenez-vous ! Quand nous avons interrogé Werner, le fondeur. Il nous a dit : “ Quand je suis monté sur le moule, la feuille de contreplaqué qui obturait le trou d'homme était maintenue par une grosse tête de marbre. J'en ai déduit que Sidoine n'était pas au travail et qu'il avait condamné l'entrée pour éviter que la poussière ne pénètre, comme il le faisait toujours. ” Et quand j'ai demandé à Werner s'il n'avait rien remarqué d'autre, il m'a répondu après avoir bien réfléchi : “ Si, une odeur inexplicable de frangipane. ” Ça aussi, c'est consigné dans le dossier. »

Il allait allumer la cigarette qu'il venait de rouler, puis il parut se raviser, contempla longuement le groupe et enfin il battit le briquet.

« Après tout, dit-il, c'était un créateur. Pour lui seule l'œuvre comptait ! J'ignore, reprit-il, comment elle s'y est prise pour le tuer. Etait-il dans le moule ou bien l'a-t-elle jeté dedans une fois mort ? Il pesait léger comme une plume Sidoine. Puis elle a dû refermer l'ouverture. Quand Werner est arrivé, il a fait sortir le moule par ses équipiers et il a coulé le bronze sur le corps de Sidoine. C'était ça qu'elle appelait “ un chef-d'œuvre ”. Personne, jamais, ne découvrirait le corps ! »

Il toquait d'une phalange contre la masse d'airain comme si Hélios allait lui crier d'entrer.

« Il est là-dedans, poursuivit-il, probablement au plus épais de la coulée, soulevé d'abord par le bronze liquide puis tenu en suspens parce que devenu aussi lourd que lui, l'écume même de ses tissus n'a pas dû atteindre la surface – songez à la masse ! Les résidus de ses maigres restes doivent être lovés en spirale comme il l'était dans le ventre de sa mère. C'est probablement ce qu'il appelait de ses vœux : être foudroyé dans sa production au moment où il commençait à se répéter.

Cordélie, en croyant le tuer, lui a permis de s'accomplir. Car nous ne dirons jamais – n'est-ce pas Juge – ce que nous savons sur la mort de cet homme. Il faudrait briser ce chef-d'œuvre... »

Mais le juge ne songeait pas à Sidoine. Il parla pour lui-même.

« Elle devait être, dit-il, plus ambiguë encore que son histoire ne le donne à penser. J'aurais voulu... »

Un vent dormeur agitait autour de Bel-Air les hautes branches des arbres; sous leur guirlande noire, le rassurant ensemble de Sigonce se découpait au soleil devant les montagnes.

Les deux hommes s'assirent pour le contempler sur le talus aux sauges et, perdus l'un et l'autre en d'étranges pensées, ils ne prononcèrent plus une parole.